글누림비서구문학전집

기억의 숲

10
글누림비서구문학전집

메도루마 슌 장편소설

기억의 숲

메도루마 슌 지음
손지연 옮김

차례

작가의 말

한국의 독자들에게

1879년 일본은 무력으로 위협해 류큐국을 병합했다. 그것은 일본 제국주의의 아시아 제국에 대한 침략의 전초가 되는 것이었다. 그 이전까지 류큐국은 명나라와 청나라의 책봉체제 하에서 중계무역지로 번성하였고, 독자적인 문화를 갖고 있었다. 그러나 일본의 지배 하에 놓이게 되면서 독자적인 언어와 문화, 생활습관을 부정당하고, '일본=야마토'로의 동화가 강제되어 갔다.

학교에서는 표준어 교육이 시행되었고, 지역사회에서는 근대화라는 이름으로 야마토 식 문화를 받아들이도록 했다. 그것은 오키나와인들에게 마음속에서 자기부정을 강제하는 결과를 낳았으며 열등감을 갖게 만들었다. 야마토로 돈을 벌러 간 오키나와인의 경우는, 남쪽의 뒤쳐진 섬에서 온 '이등신민'이라는 이름으로 일본 본토인의 차별을 받아야 했으며, 이 같은 차별에서 벗어나기 위해 오키나와 출신이라는 것을 숨기고, 오키나와 식 이름을 본토 식으로 바꿔가며 일본인이 되고자 노력한 이들도 있었다.

그러나 그러한 노력은 공허한 것이었다. 제2차 세계대전에서 오키나와는 일본군과 영·미군의 결전장이 되었고, 지상전에 휩쓸려 주민들 4명 가운데 1명(약 12만 명)이 사망하기에 이르렀다. 돈을 벌기 위해 사이판 섬이나 테니안 섬, 파라오 제도, 필리핀의 다바오 등 태평양 섬들로 이주해 간 수많은 오키나와인들은 일본군의 옥쇄전에 휘말려 희생되었다.

오키나와인의 죽음은 미군의 공격에 의한 것만이 아니었다. 일본은 오키나와인이 국가와 천황에 대한 충성심이 약하다는 편견을 갖고 있었으며, 스파이 혐의를 씌워 주민을 학살한 병사도 있었다. 그뿐만 아니라 적에게 발각될 것을 염려해 방공호 안에서 우는 아기를 일본 병사가 살해했다는 증언도 적지 않다.

미군의 공격에 밀려 오키나와 섬 남부로 패주하는 과정에서 일본군은, 자신들이 들어가기 위해 방공호에서 주민을 내쫓는 일도 비일비재했다. 방공호에서 내쫓긴 주민들은 미군의 포격에 노출되어 산과 들에서 쓰러져 갔다. 주민의 식량을 강탈하는 일도 잇따랐다. 나는 조부모로부터 "미군보다 우군(일본군)이 더 무서웠다"라는 말을 들었다.

일본 정부와 군부는 오키나와를 '본토 결전' 준비시간을 벌기 위한 장場으로 사용하였고, 전투가 장기화되면서 막대한 주민들의 희생이 따랐다. 그 첫 번째 목적은 천황제의 유지였으며, 미국과 유리한 교섭을 끌어내기 위해 오키나와를 '버리는 돌捨て石'로 사용했다.

그런 구조는 전후에도 계속되었다. 동아시아에서 공산주의가 확산되는 것을 저지한다는 명목으로, 미군은 전쟁이 끝나도 오키나와를 계속해서 점령하며 기지의 강화·확대에 박차를 가했다.

쇼와천황 히로히토ヒロヒト는, 연합국 최고사령관인 맥아더에게 메시지를 보내, 오키나와 점령을 지속시켜 장기 조차租借하기를 희망했다. 전쟁범죄 책임을 면하고 자기보존을 위해 히로히토는, 미국에 아첨하여 오키나와를 팔아넘긴 것이다.

미국은 오키나와를 '태평양의 요석要石'으로 자리매김하고, 한국전쟁과 베트남전쟁 등에서 미군의 출격·병참의 거점으로 삼았다. 1952년 4월 28일 샌프란시스코 강화조약이 발효되고, 미국의 일본 점령체제가 끝이 났다. 그러나 오키나와는 일본과 분리되어 계속해서 미군의 지배하에 놓였다.

전쟁 방기를 주장한 일본국 헌법은 오키나와에는 적용되지 못하였고, 전후 민주주의도 없었다. 미 육군 중장이 고등변무관을 맡아 입법원이나 행정 주석 위로 군림했다. 1950년대 야마토에서는 반기지운동이 활발하게 전개되었고, 오키나와로의 미군기지 이전이 추진되었다. 무장한 미군 병사에 의해 주민들의 토지가 강제 접수되고, 새로운 기지 건설이 강행되었다. 이에 저항하는 주민들은 뭇매를 맞았으며, 토지를 빼앗겨 해외로 이민을 떠나는 오키나와인도 있었다.

미군 병사에 의한 흉악범죄도 잇따랐다. 살인, 강도, 강간, 교통사고 등이 일어나도, 오키나와인은 사법권을 행사하여 범죄자인 미군 병사를 재판할 수 없었다. 그 때문에 미국 본국으로 도망가 버리는 병사도 있었다. 범죄를 저지른 미국 병사를 오키나와인은 자신들의 손으로 처벌할 수조차 없었던 것이다.

오키나와인의 분노는 일본 복귀운동과 반전·반기지 투쟁 움직임으로 나타났다. 총검을 들이대고 위협하는 미군 병사에 맞서 저항하고, 1970년 12월에는 가데나嘉手納 기지가 있는 고자コザ 시에서 수천 명의 군중이 70대가 넘는 미군 차량을 불태우는 '고자 폭동'이 일어났다. 1972년 5월 15일, 오키나와의 시정권施政權이 일본으로 반환되었다. 그러나 '일본 복귀'의 실태는 오키나와인이 바라던 것이 아니었다. 무엇보다 거대한 미군기지는 반환되지 않은 채, 새롭게 자위대가 배치되는 것으로 일·미 양군의 강화가 추진되었다.

패전으로부터 73년, 일본 복귀로부터 46년이 지난 오늘날까지도, 오키나와에는 재일미군전용시설의 70퍼센트 이상이 집중되어 있다. 그뿐만이 아니라 일본 정부는 북한과 중국의 위협을 부추겨 오키나와에서 자위대 배치를 확대하고 있다. '기지의 섬·오키나와'는 지금도 여전히 그대로다. 일본 정부와 일본인의 대다수는, 일본 전체의 이익을 위해 오키나와를 희생시키는 차별구조를 오늘날까지 이어오고 있다.

류큐·오키나와의 역사는 중국, 일본, 미국이라는 강대국 사이에서 동아시아의 여러 나라와 교류하면서 형성되어 왔다. 명나라·청나라와의 책봉체제와 야마토에 의한 지배와 피차별체험, 전쟁피해, 반공주의와 미군지배 등 한국의 역사와 공통된 부분도 있을 것이다.

다른 한편으로, 일본에 병합된 이래 오키나와인은, 일본 제국주의의 아시아 침략을 끌어안아야 하는 입장에 놓여 있다. 야마토로부터 차별을 받는 동시에 한국이나 타이완 등 일본의 식민지 지배를 받은 아시아 사람들을 차별하고, 침략에 가담하는 피해와 가해의 이중성을 짊어지게 된 것이다.

제2차 세계대전 이후에도 오키나와인은 미군기지에서 일하며 경제적으로 기지에 의존하는 것으로 한국, 베트남, 아프가니스탄, 이라크 등지의 미군이 행한 침략전쟁을 간접적으로 지탱하고 있으며, 가해 측에 서있다. 오키나와에서 직접 출격하는 것뿐만이 아니라, 오키나와에서 훈련하여 단련된 미군 병사들이 세계 각지에서 살육과 파괴를 반복하고 있다. 오키나와는 지금도 여전히 피해와 가해의 이중성을 내재한 채 기지문제에 직면해 있다. 하루라도 빨리 그러한 상황을 극복하지 않으면 안 된다.

이 작품의 배경에 대해 몇 가지 설명하고자 한다. 소설이므로 내용은 모두 허구에 해당하지만, 미군 병사 일행이 섬으로 헤엄쳐 건너와 사요코라는 여성을 강간한 작품 속 사건은 나의 어머니로부터 들은 이야기를 바탕으로 한 것이다.

오키나와 전투 당시 어머니의 나이는 11세였다. 당시 오키나와 섬 북부에 있는 야가지屋我地 섬에 살고 있었다. 섬 건너편 강에 운텐항運天港이라는 항구가 있었는데 일본 해군 기지로 사용되고 있었다. 어뢰정과 특수 잠항정 등이 배치되어 있었기 때문에 항구는 미군의 공격 대상이 되었고, 주변 주민들도 덩달아 피해를 받았다. 전쟁 전에 할아버지가 병으로 사망하고, 할머니는 여자 혼자의 몸으로 세 명의 자식들을 건사하며 전화戰禍를 헤쳐가야 했다.

패전 후, 섬에서의 생활이 다시 시작되었다. 어느 날, 건너 편 강가에서 헤엄쳐 온 수명의 미군 병사들이 하의만 걸치고 마을 안을 배회하는 모습을 어머니가 목격했다. 미군 병사들의 목적은 여성들이었고, 이웃 집 여성이 미군 병사에게 납치되어 숲 안으로 끌려갔다. 여성이 돌아온 것은 다음 날 아침이었다고 한다.

이런 종류의 사건은 오키나와 각지에서 발생했다. 여성을 노리고 미군 병사가 마을로 들어오면, 주민들은 종을 울려 도망치도록 신호를 보냈다. 그럼에도 많은 여성들이 희생되었다. 아내와 딸을 지키려고 저항하다가 살해당한 남자들도 있었다. 무장한 점령군의 폭력에 떨면서 오키나와 사람들의 전후가 시작된 것이다.

마을의 리더들 가운데에는 지역 여성을 지키기 위해 전시戰時 일본군 위안부로 동원되었던 여성들을 미군의 위안부로 바치는 이들도 있었다. 지상전이 벌어졌던 오키나와에는 백여 개가 넘는 위안소가 설치되었고 그 중에는 조선에서 끌려온 여성들도 있었다. 이들 여성은 일본군의 강압으로 고통스러운 성노예 생활을 해야 했다.

이 작품 안에는 2001년 9월 11일, 미국 본토에서 발생한 납치 항공기에 의한 동시다발자살테러 이야기가 등장한다. 사건이 일어난 직후부터 오키나와 미군기지도 삼엄한 경계태세에 들어갔다. 기지

게이트와 펜스 주변에 소총으로 무장한 미군 병사들이 늘어서서 출입하는 차량을 일일이 검사하는 통에 기지 주변 도로가 극심한 정체를 겪었다. 오키나와의 미군기지도 공격당할지 모른다는 소문이 퍼져 일본 관광객이 격감하여 오키나와 경제가 큰 타격을 받기도 했다.

오키나와에 있어 미군기지의 존재는 정치, 경제는 물론이고 문화와 일상생활에 이르기까지 그 파급력이 매우 크다. 민가와 철조망 하나를 사이에 두고 미군기지가 존재하고, 폭음 피해와 훈련으로 인한 사고, 미군 범죄 등으로 주민들의 일상이 침해당하고 있다. 1995년 9월에는 세 명의 미군 병사가 12세 소녀를 차로 납치해 강간하는 사건이 발생했다. 이 사건은 오키나와인에게 큰 충격을 안겨주었고 대규모의 항의집회로 이어졌다.

오키나와 현의 면적은 일본 전체의 0.6퍼센트에 지나지 않는다. 거기에 재일미군전용시설의 70퍼센트 정도가 집중되어 있다. 일상적으로 군대와 접하고 있는 것은 오키나와 전투 체험자에게 전쟁에 대한 기억을 떠올리는 것으로 이어진다. 오키나와 전투가 발발한 지 15년이 되는 해에 태어난 나도, 오키나와 전투와 군사기지 문제에 대해 자연스럽게 관심을 갖게 되었고, 이것을 소설의 주제로 삼게 되었다.

나는 어렸을 때부터 부모님, 조부모님이 들려주는 오키나와 전투 체험을 듣고 자랐다. 대학에 들어가서는 반전·반기지 운동에 참가

하고, 데모와 집회, 미 군사훈련을 저지하기 위한 현지 항의운동에
도 참가했다. 현재는 나고名護 시 헤노코辺野古에서 추진하고 있는
미군 신기지 건설을 저지하기 위해 카누를 타고 해상에서 항의운동
을 전개하고 있다.

　반기지 운동에 많은 시간을 할애하는 탓에 소설을 쓸 시간적 여
유가 없다. 도무지 소설가라고 말할 만한 상황이 아니다. 소설에 전
념하고 싶지만 오키나와가 처한 상황을 보면 가만히 있을 수 없다.
다만 이러한 삶을 살지 않았다면 『기억의 숲』과 같은 소설을 쓸 수
없었을 것이다.

　이번 손지연 교수의 번역으로 『기억의 숲』을 한국 독자들도 읽을
수 있게 되었다. 이에 깊은 감사의 마음을 전한다. 작품 안에 오키
나와어로 표기한 부분이 있다. 학생 시절 언어학 교수에게서 오키
나와어와 일본어의 차이는 영어와 독일어의 차이만큼이나 크다, 라
는 말을 들은 적이 있다. 번역을 하는 데에 상당한 노고가 있었으리
라고 생각한다. 그 노고에 감사하면서, 부디 이 작품을 통해 한국
독자들이 오키나와에 많은 관심을 가져주길 바란다. 한반도에서 전
쟁의 위기가 발생하면 오키나와의 미군과 자위대도 즉시 임전태세
에 들어간다. 그렇게 되지 않도록 오키나와 땅에서 노력을 계속 이
어가고 싶다.

2018년 4월

저자 메도루마 슌

구미중심적 세계문학에서 지구적 세계문학으로

괴테가 옛 이란인 페르시아에서 아주 유명하였던 시인 하피스의 시를 독일어 번역을 통해 읽고 영감을 받아서 그 유명한 『서동시집』을 창작한 것은 아주 널리 알려진 일이다. 괴테는 비단 하피스 뿐만 아니라 페르시아의 역사 속에 등장하였던 숱한 시인들에 대해서도 공부하고 일일이 설명하는 노고를 그 책에서 아끼지 않을 정도로 동방의 페르시아 문학에 심취하였다. 세계문학이란 어휘를 처음 사용한 괴테는 히브리 문학, 아랍 문학, 페르시아 문학, 인도 문학을 섭렵한 후 마지막으로 중국 문학을 읽고 난 후 비로소 세계문학이란 말을 언급했을 정도로 아시아 문학에 깊이 심취하였다. 괴테는 '동양 르네상스'의 전통 위에 서 있었다. 16세기에 이르러 유럽인들이 고대 그리스 로마의 정신적 유산을 비잔틴과 아랍을 통하여 새로 발견하면서 르네상스라고 불렀던 것을 염두에 두고 동방에서 지적 영감을 얻은 것을 '동양 르네상스'라고 명명했던 것이다. 동방의 오랜 역사 속에 축적된 문학의 가치를 알게 되면서 유럽인들이 좁은 우물에서 벗어나 비로소 인류의 지적 저수지에 합류한 것이다.

그러나 중국에서 생산된 도자기와 비단 등을 수입하던 영국이 정작 수출할 경쟁력 있는 상품이 없다는 것을 깨닫고 인도와 버마 지역에서 재배하던 아편을 수출하며 이를 받아들이라고 중국에 강압적으로 요구하면서 아편전쟁을 벌이던 1840년대에 이르면 사태는 근본적으로 달라졌다. 영국이 산업화에 어느 정도 성공하면서 런던에서 만국 박람회를 열었던 무렵인 1850년대에 이르러서 비로소 유럽이 전 세계를 지배하게 되는 움직임이 시작되었다. 13세기 베네치아 출신의 상인 마르코 폴로와 14세기 모로코 출신의 아랍 학자 이븐 바투타가 각각 자신의 여행기에서 가난한 유럽과 대비하여 지상의 천국이라고 지칭하기도 했던 중국이 유럽 앞에서 무너지는 것을 보면서 예전의 방식은 더 이상 통하지 않게 되었고 새로운 세계상이 만들어져 가기 시작하였다. 유럽인들은 유럽인들이 만들고 싶은 대로 이 세상을 만들려고 하였고, 비유럽인들은 이러한 흐름에 저항한다는 것이 거의 불가능하다는 것을 알아차린 이후에는 유럽의 잣대로 세상을 보는 방식을 배우기 위해 유럽추종에 혼신의 힘을 쏟았다. '동양 르네상스'의 기억은 완전히 사라지고 그 자리에 들어선 것은 '문명의 유럽과 야만의 비유럽'이란 도식이었다. 유럽의 가치와 문학이 표준이 되면서 유럽과의 만남 이전의 풍부한 문학적 유산은 시급히 버려야할 방해물이 되기도 하였다. 처음에는 유럽인들이 이러한 문학적 유산을 경멸하고 무시하였지만 나중에서 비유럽인 스스로 앞을 다투어 자기를 부정하고 유럽을 닮아가려고 하였다. 의식과 무의식 전반에 걸쳐 침전되기 시작한 이 지독한 유럽중심주의는 한 세기 반을 지배하였다. 타고르처럼 유럽의 문학을 전유하면서도 여기에 함몰되지 않고 자신의 전통과의 독특한 종합을 성취했던 이들이 없었던 것은 아니지만 주된 흐름을 바꾸기에는 역부족이었다.

　유럽이 고안한 근대세계가 내부적으로 많은 문제점들을 드러내자 유럽 안팎에서 이에 대한 비판이 이루어졌고 근대를 넘어서려고 하는 노력들이 다방면에 걸쳐 행해졌다. 특히 그동안 유럽의 중압 속에서 허우적거렸던 비유럽의 지식인들이 유럽 근대의 모순을 목격하면서 자신의 과거를 돌아보는 성찰의 시간을 가지면서 사태는 달라지기 시작하였다. 유럽중심주의를 넘어서려는 이러한 노력은 많은 비유럽의 나라들이 유럽의 제국에서 벗어나는 2차 대전 이후에 이르러 본격화되었다. 정치적 독립에 그치지 않고 정신적 독립을 이루려는 노력이 문학을 중심으로 광범위하게 이루어졌던 것이다. 구미중심주의에 입각하여 구성된 세계문학의 틀을 해체하고 진정한 의미의 지구적 세계문학으로 나아가기 위해서는 두 가지의 인식 전환이 필요하였다. 하나는 기존의 세계문학의 정전이 갖는 구미중심주의를 분석하고 비판하는 것이다. 현재 다양한 세계문학의 선집이나 전집 그리고 문학사들은 19세기 후반 이후 정착된 유럽중심주의의 산물로서 지독한 편견에 젖어 있다. 특히 이 정전들이 구축될 무렵은 유럽이 제국주의 침략을 할 시절이기 때문에 이것은 더욱 심하였다. 아무리 뛰어난 재능을 가진 유럽의 작가라 하더라도 제국주의에서 자유로운 작가는 거의 없기에 그동안 별다른 의심 없이 받아들여졌던 유럽의 세계문학의 정전들을 가차 없이 비판하고 해체하는 작업은 유럽중심주의를 넘어서기 위해서 반드시 거쳐야 할 과정이었다. 하지만 이는 필요조건이지 충분조건은 아니었다. 서구문학의 정전에 대한 비판에 머무르지 않고 비서구 문학의 상호 이해와 소통이 절실하다. 비서구 문학의 상호 소통을 위해서는 비서구 작가들이 서로의 작품을 읽어주고 이 속에서 새로운 담론들을 만들어 내는 것이 필요하다. 기존 정전의 틀을 확대하는 것은 임시방편일 뿐이고 근본적인 전환일 수 없기에 이러한 작업은 지구적 세계문학의 구축을 위해서는 반드시 거쳐야한다. 비서구문학전집은 이러한 인식의 전환을 위한 새로운 출발이다.

글누림비서구문학전집 간행위원회

기억의 숲

眼の奥の森

"미국アメリカー 사름덜이 헤엄청 왐져."

히사코ヒサコ가 소리 높여 외쳤다. 복사뼈 부근에서 찰랑거리는
파도를 느끼며 물속 조개를 찾던 후미フミ가 얼굴을 들어 히사코가
가리키는 쪽을 바라보았다. 섬 건너편 강가에 임시로 설치한 항구
에서 열댓 명의 미군 병사들이 작업을 하고 있었다. 저녁 무렵이 되
자 작업이 끝났는지 그 가운데 몇몇이 작업복을 벗어던지고 바다로
뛰어들었다. 먼저 뛰어든 병사가 다른 동료들보다 훨씬 앞서서 헤
엄치고 있었고, 뒤이어 뛰어든 이들은 환호성을 지르며 서로 경쟁
이라도 하듯 후미 일행이 있는 쪽으로 헤엄쳐 왔다.

강 건너편 섬과 불과 2백 미터밖에 떨어져 있지 않았고, 내해內海
로 되어 있어 파도도 잔잔했다. 우민추海人 물질하는 사람을 가리키는 오
키나와어를 아비의 품이라는 뜻을 담아 우야누부추쿠루親の懷라 부르

21

고, 태풍이 올 때면 원양을 항해하던 배들도 피해 들어오는 그런 온화한 바다였다. 사리 때에는 조수의 흐름이 빨라지지만 평상시에는 아이들도 건너편 강가로 헤엄쳐 건너다니곤 했다.

얕은 여울에서 조개를 줍던 아이들은 후미와 히사코 외에 세 명이 더 있었다. 다미코タミコ와 후지코フジコ는 같은 학년으로, 이들 넷은 초등학교 4학년이었다. 함께 온 또 다른 한 명은 다미코의 언니인 17살 사요코小夜子였다. 사요코만 가깝게 접근해 오는 미군 병사를 불안한 듯 바라보고 있었다. 마을로 올라갈지 어쩔지 망설이는 모양이었다. 다미코 일행에게 가까이에 모여 있으라고 외쳤지만, 네 명 모두 물가 안쪽 자리로 살짝 옮기는 시늉만 하곤 조개 줍기를 계속하고 있었다.

후미는 미군 병사들에게 아무런 불안감도 느끼지 않았다. 전쟁이 시작되기 전, 선생님은 무시무시한 미군 이야기를 자주 해 주셨다. 붙잡히면 어른 아이 할 것 없이 폭행을 당하고 눈을 도려내고 허벅지를 찢어 죽여 버린다고 했다. 그러니 붙잡혀서는 안 되고 포로가 되기 전에 스스로 목숨을 끊는 편이 좋다고 했다. 그렇게 말하는 선생님에게 남학생 하나가 어떻게 죽으면 되나요, 라고 질문했다. 선생님은 그때가 되면 어른들이 지시하는 대로 따르면 된다고만 말하고 구체적인 가르침은 없었다.

후미는 자신이 죽는다는 걸 상상할 수 없었기에 스스로 목숨을 끊으라는 소리를 들어도 그렇게 무서운 느낌은 들지 않았다. 다만 미군 병사에 대한 공포심은 마음속에 강하게 자리 잡았다. 간혹 미군 병사가 아이들의 생간을 먹고, 여자들은 미국으로 끌고 간다는 등의 말을 하며 여학생들을 놀리며 즐거워하는 아이들도 있었다. 그러던 얼마 후 전쟁이 시작되어 숲 속 동굴에 숨어 지내다 미군에게 들키기라도 하면 극심한 공포감에 다리가 얼어붙어 걸을 수도 없었다. 동굴 안에는 같은 마을에 사는 열댓 가족이 숨어 지냈는데, 후미는 할아버지와 할머니, 어머니, 그리고 7살, 4살짜리 남동생들과 함께였다. 아버지와 오빠는 방위대에 끌려 나가고 없었다.

할아버지 등에 업혀 숲을 내려가는 동안 후미는 양손으로 얼굴을 가리고 옆에서 걷고 있는 미군 병사와 눈을 마주치지 않으려 애썼다. 등을 두드리며 뭔가를 건네려는 미군을 외면하며 할아버지 등 안으로 파고들었다. 마을의 우간주拜所 오키나와에 전해져 내려오는 신이 강림하는 장소이자, 신에게 배례하는 장소 광장에 모였을 때 여기서 모두 죽게 될 거라고 생각했다.

할아버지 등에서 내린 후미는 남동생들과 함께 어머니 소맷자락에 매달려 주위를 살폈다. 일본어를 할 줄 아는 미군 병사가 가족마다 이름을 묻고 다니며 종이에 기록하고 있었다. 주위를 에워싸고 있는 미군 병사들은 총을 어깨에 메고 있었지만 마을 사람들에게 들이대진 않았다. 담배를 피우거나, 두세 명씩 모여서 잡담을 하고 있었다. 노인들에게 담배를 건네는 병사도 있었지만 받아드는 이는 없었다. 아이들에게도 과자 같은 것을 나눠 주려고 했지만 모두 부모 등 뒤에 숨기 바빴고 손을 내미는 아이는 없었다.

한 시간쯤 흐른 후, 트럭이 도착하자 미군 병사들은 후미 일행을 몇 대로 나눠 태우고는 다른 섬에 있는 수용소로 보냈다. 그곳에서 생활한 지 한 달여 만에 후미의 미군 병사에 대한 공포감은 친밀감으로 바뀌었다.

선생님 말씀과 달리 미군들은 수용된 주민에게 위해를 가하기는 커녕 식량을 배급하고 상처 입은 사람이나 병에 걸린 사람들을 치료해 주었다. 수용소에는 섬 안 여섯 개 마을에서 온 주민들이 모여 있었고, 후미 일행이 끌려올 무렵에는 4백 명 가까이 되는 사람들이 타다 남은 집이나 끝없이 펼쳐진 대형 텐트에 분산되어 생활하고 있었다. 섬사람 중에는 하와이로 이민 갔다 온 사람이 있어 이들 가운데 영어를 할 줄 아는 몇몇은 미군 통역병과 함께 새로 들어온 이들에게 지시사항을 전달하거나 수용소 생활에 대해 설명하는 일을 도맡았다.

흰색 가루로 전신을 소독하고 간단한 검진을 거친 후, 두 명의 미군 병사와 이민에서 돌아온 남자의 안내를 받아 같은 마을 사람들이 머무는 텐트로 옮겨졌다. 거기에서 후미는 난생 처음 아버지의 두 배쯤은 되어 보이는 백인 병사가 건네준 초콜릿을 맛보았다. 세상에나 이렇게 맛있는 게 있다니, 후미는 놀랐다. 미군 병사들 중에는 아이를 좋아하는 이들이 많았다. 며칠 지내는 동안 후미도 여느 아이들처럼 지나다니는 미군 병사에게 달려들어 과자를 달라고 조르게 되었다.

　그 가운데 토니ㅏㄴㅣ라는 병사가 있었는데 후미가 머무는 텐트 담당이었는지 종종 모습을 나타냈다. 후미를 귀여워해서 올 때마다 통조림이나 초콜릿을 가지고 왔다. 후미가 노래라도 부르면 싱글벙글하며 땅바닥에 주저앉아 귀를 기울였다. 영어를 조금 할 줄 아는 마을 남자의 말에 의하면 토니의 나이는 21살이고 후미 또래의 여동생이 있다고 한다.

　남자아이들은 토니를 보면 "타니タニー, 타니, 빅 타니, 마기マギー 크다는 뜻의 오키나와어 타니"라고 부르며 왁자지껄 웃어댔다. 오키나와어로 타니가 음경이라는 뜻이라는 걸 알 리 없는 토니는 예의 그 사람 좋은 미소로 소년들을 대했다. 후미는 그런 남자아이들의 행동에 화가 났지만 아무 말도 하지 못했다.

　섬에 주둔하던 일본군은 미군의 공격이 본격화되어 상륙하기 전 해안 가까이에 구축한 진지에서 섬 중앙부 숲으로 이동해 있었다. 사방이 10킬로미터도 되지 않는 작은 섬으로, 표고 50미터 정도의 숲 곳곳에 자리한 동굴 안에 호를 만들어 숨어 있었는데, 미군이 상륙한 지 10일쯤 지나자 전투력을 상실하고 괴멸상태가 되어 투항이 이어지고 있었다.

　수용소의 다른 구역에 수용된 일본군 병사를 보는 섬사람들의 표정은 각양각색이었다. 멋대로 자라난 수염과 말라비틀어진 모습에 동정을 보내는 이들도 있었고, 용맹하다더니 맥없이 패배하여 포로가 된 것에 화를 내거나 경멸하는 이들도 있었다. 후미는 일본군 병사 따위는 어떻게 되든 상관없었다. 죽지 않고 전쟁이 끝난 것이 더없이 기뻤다.

한 가지 신경 쓰이는 것이 있다면 오빠 일이었다. 아버지와는 수용소에서 재회했지만 오빠는 일본군과 함께 본도本島 오키나와 본섬을 가리킴로 건너갔다는 소식만 들었을 뿐 그 이후로 어떻게 되었는지 알 수 없었다. 섬 안의 전쟁은 끝났지만 본도 중남부에서는 아직 격렬한 전투가 계속되고 있었다.

한 달 조금 지나 수용소에서 마을로 복귀한 후미 일행은 섬 밖으로 나가는 것이 금지된 가운데 미군이 지급하는 물자에 기대어 복구를 위해 노력하고 있었다. 학교는 아직 시작되지 못했고 후미는 온종일 바쁘게 일해야 했다. 밭일을 돕고 남동생들을 돌보고 숲에서 장작을 줍거나 바다에서 조개를 캐며 조금이라도 살림에 보탬이 되려고 노력했다.

섬에 돌아와 처음 해변에 나갔을 때 강 건너편 풍경이 확 바뀐 것에 놀랐다. 바위를 메워 다리를 놓았고, 무성했던 아단アダン 판다누스과 교목으로, 열대나 아열대 바닷가 지역에 널리 분포함. 오키나와와 타이완이 원산지로 높이가 6m에 달함 숲을 말끔히 정리해 큰 창고를 몇 채씩이나 세웠다. 미군의 소형 유송선이 바쁘게 드나들고, 트럭은 검은 연기를 뿜어대며 물자를 부지런히 실어 나르고 있다. 빛바랜 녹색 군복을 벗어던지고 상반신을 노출한 채 작업을 하고 있는 미군 병

사들의 붉고, 희고, 검은 다갈색 몸은 멀리에서도 기세 좋게 보였다. 야간 조명이 현란하게 빛을 발하자 바다 건너편은 갑자기 별세계라도 된 듯했다.

다만 매일을 바다에 나가 조개를 캐면서 항구의 모습을 바라보다 보니 그 경치에도 곧 익숙해져 버렸다. 평소 작업을 마치고 바다에 뛰어들어 수영을 하는 미군 병사들이 많았기 때문에 오늘도 여느 때처럼 더위를 식히는 것이라고 후미는 생각했다. 그래서 미군 병사들 쪽은 신경 쓰지 않고 넘실거리는 파도 속에서 조개를 찾으려고 시선을 고정시키고 있었다. 바다 안쪽 얕은 여울에 있는 것은 대부분 작은 감자조개였다. 조금 더 깊이 들어가면 더 큰 소라나 바다에 붙은 갯가재도 잡을 수 있지만 어른과 함께 가지 않으면 허락되지 않았다.

그렇게 조개 캐기에 열중하던 중 미군 병사들의 목소리가 가까이에서 들려와 깜짝 놀란 후미가 고개를 들었다. 내해를 건너온 미군 병사들이 이쪽을 향해 걸어오며 큰 소리로 무언가를 말하고 있었다. 30미터 정도 떨어진, 파도가 밀려오는 가장자리에 사요코를 둘러싸고 다미코와 히사코, 후지코가 모여 있었고 후미만 아직 합류하지 않았다. 아까부터 불렀는데 조개 줍는 데 정신이 팔려 눈치채지 못한 모양이다. 어깨에 둘러맨 대나무 바구니를 보니 아직 목표량을 채우지 못했으나 후미는 사요코 일행이 있는 쪽으로 걸어갔다.

산호나 돌에 발이 찔리지 않도록 조심하면서 후미는 언덕을 향해 걸음을 서둘렀다. 좀처럼 앞으로 나아가지 못해 초조해 하며 겨우 파도가 장딴지를 씻어 내리는 곳에 이르자, 미군 병사들이 바로 뒤쪽까지 와 있었다. 사요코는 후미와 미군들을 번갈아 보며 다미코 일행의 어깨를 감싸고 있다. 사요코가 떨고 있는 것이 느껴졌다. 세 명의 친구들에게도 그 떨림이 전해졌고, 후미도 심장이 요동치는 것을 느끼면서 파도를 차며 내달렸다.

후미가 도착하자 바로 미군 병사 하나가 추월해 왔다. 사요코는 섬으로 난 길 방향의 모래사장 위로 오르려 했으나 미군 병사가 앞을 가로막아 섰다. 백인 병사였다. 붉게 그을린 상반신은 금빛 털로 덮여 있고 하반신은 트렁크만 걸치고 있었다. 후미는 사요코 뒤에서 미군 병사를 응시했다. 처음 보는 병사였다. 토니의 부드러운 표정이나 분위기와는 다른, 어딘지 모르게 흥분한 듯한 표정과 분위기에 다리가 후들거렸다.

양쪽 팔에 문신이 있는 미군 병사가 웃으며 사요코에게 무언가 말을 건넸다. 영어를 알아들을 리 없는 사요코는 후미 일행을 재촉하며 미군 병사 옆을 잰걸음으로 벗어나려 했다. 미군 병사가 사요코의 팔을 움켜잡았다. 해변에 비명이 울려 퍼졌다. 팔을 끌어당기며 미군 병사가 사요코의 입을 틀어막는다. 모래사장에 주저앉으려는 다리를 다른 미군 병사 둘이 움켜쥐면서 몸을 붙잡는다. 아단 숲으로 끌려가는 사요코를 후미 일행이 소리를 지르며 뒤쫓으려 했다.

다미코가 울면서 옆으로 벗어나려 하자 미군 병사 하나가 다미코의 팔을 붙잡고 모래사장에 내동댕이쳤다. 기묘한 형태로 일그러진 모래 위로 떨어진 다미코는 두서너 번 기침을 하곤 신음소리를 냈다. 후미는 다른 미군 병사의 몸에 달려들었다. 미군 병사는 당황한 얼굴로 후미의 몸을 제압했지만 후미가 손을 물어뜯자 비명을 지르며 나가떨어졌다. 모래사장 위로 쓰러진 후미의 눈에 후지코와 히사코가 다른 미군 병사에게 얼굴을 얻어맞고 나뒹구는 모습이 보였다. 후미 일행은 모래사장에 주저앉은 채 꼼짝할 수 없었다.

후미에게 손을 물린 미군 병사는 아단 숲 안쪽과 후미 일행을 번갈아 감시하며 말없이 서 있었다. 다른 한 명의 미군 병사는 부산스럽게 움직이며 주먹으로 손을 때리거나 혼잣말을 해대고 있었다. 다미코가 흐느껴 울자 그가 귓가에 대고 호통을 치며 머리를 쥐어박았고, 옆에 서 있던 미군 병사는 당황하며 말렸다. 더 이상의 폭력은 없었지만 후미 일행은 무서워서 울지도 말하지도 못했다. 아단 숲 속에서 비명과 신음 소리, 때리는 소리가 몇 번인가 들려왔다. 그때마다 후미 일행은 얼굴을 숙이고 서로의 몸을 감싸며 사요코가 살해당하지 않기만을 빌었다. 전쟁이 시작되기 전에 선생님이 하신 말씀이 정말이었다고, 바로 오늘 자신은 미군 병사에게 살해당할 거라고 후미는 생각했다.

아단 숲에서 두 명의 미군 병사가 돌아오자 해변에 있던 두 명과 교대했다. 천천히 숲 속으로 걸어가는 한 명과 달리 다른 한 명은 노래라도 부르듯 소리를 지르며 달려갔다. 후미 일행을 감시하는 두 사람은 모래사장에 몸을 누이고 한쪽 팔을 괴고는 때때로 숲을 향해 큰 소리로 무언가를 외쳐댔다.

이윽고 아단 숲에서 두 명의 미군 병사가 돌아오자 넷은 짧은 대화를 나눈 후 곧바로 바다로 뛰어들어 항구를 향해 헤엄치기 시작했다. 해는 벌써 언덕 너머 창고 뒤로 저물었고, 석양 분위기가 감돌았다. 미군 병사들이 언덕에서 20미터쯤 멀어지자 다미코가 제일 먼저 일어나서 아단 숲으로 달려갔다. 후미와 다른 둘도 그 뒤를 쫓았다. 모래사장을 기어올라 선두에 있던 다미코가 숲으로 들어가려 할 때였다. 안에서 들어오지 마, 하는 소리가 날아왔다. 후미 일행은 가던 발을 멈추고 날카로운 가시 잎이 무성한 아단 그림자를 바라봤다. 어스름 속에서 벌거벗은 몸을 감싸 안고 웅크리고 있는 사요코가 보였다. 후미는 아직 남녀의 행위를 알지 못했다. 그래도 사요코의 모습이 그냥 얻어맞기만 한 것도, 발로 차인 것도 아닌, 몸과 마음에 깊은 상처를 입힌 폭력에 노출되었음을 직감했다.

우두커니 서 있는 네 명에게 "너네덜은 아무 일도 안 당헌 거지?"라며 염려하는 사요코의 목소리가 들려왔다. 그러고는 어머니를 불러오라고 다미코에게 말하고, 옷도 가져오라는 말도 덧붙였다. 다미코가 마을로 달려가 어머니를 불러올 때까지 후미 일행은 우두커니 서 있을 수밖에 없었다.

사요코가 미군 병사에게 겁탈당했다는 소문은 그날 저녁까지 마을에 퍼지지 않았다. 저녁식사가 끝나자 후미에게 남동생들을 데리고 뒷방으로 가 있으라고 하고는 부모님과 조부모님이 안방에서 소리 죽여 이야기를 나누었다. 얼마 후 부모님과 조부모님이 함께 집을 나가서는 밤늦게 돌아왔다. 어머니는 후미에게 혼자서는 절대 바다나 산에 가지 말 것이며, 미군이 보이면 곧장 집으로 도망쳐 오라고 주의를 주었다.

다음 날부터 섬 전체가 무거운 긴장감에 휩싸였다. 젊은 여자들은 집안에 숨어 밖으로 나오지 않았고, 마을로 통하는 길이나 해변에는 남자들이 교대로 서 있었다. 가민추神女 오키나와 샤먼의 일종으로, 영적인 기운을 가진 여성 사제를 일컬음가 기도하는 곳인 아사기アサギ 광장에 심어진 커다란 가주마루ガジマル 뽕나무과 상록나무로 오키나와에 널리 분포되어 있음에 화약을 뺀 불발탄을 이용해 만든 종鐘이 매달려 있었다. 밭일이나 집안일을 하다가도 금방이라도 종이 울릴 것 같아 마을 주민 모두가 신경이 곤두서 있었다.

오후가 되어 후미는 히사코와 후지코를 불러 숲으로 나무를 하러 갔다. 다미코는 아침 내내 집안에서 나오지 않아 같이 가자고 말하지 못했다. 이 밖에 또래 여자아이 세 명과 양들에게 줄 풀을 베러 가는 남자 한 명이 합류하여 마을에서 2백 미터 정도 떨어진 숲으로 나갔다. 깊은 곳으로는 들어가지 않도록 주의하면서 커다란 소나무 아래에서 낙엽을 주워 담을 때였다. 갑자기 종이 울렸다. 격렬하게 울리는 종소리에 가지를 줍거나 풀을 베던 아이들이 튕기듯 몸을 일으켜 마을 쪽으로 시선을 돌렸다. 땔나무와 풀을 모아 짊어지려 할 때, "다

31

내벼뒹 가자, 나중에 가지레 오자고" 하는 남자의 다급한 외침이 들려왔다. 후미보다 한 학년 위인 지카시チカシ였다. 짊어지려던 것을 내팽개치고는 모두 일제히 집 쪽을 향해 있는 힘껏 내달렸다.

후미 일행이 마을에 다다르자 아사기 광장에 미군 지프차가 멈춰 서 있는 것이 보였다. 차 주위에 서 있는 다섯 명의 병사 가운데 네 명은 어제와 같은 일행이었다. 달려 나온 부모들에게 에워싸여 아이들은 집으로 돌아갔다. 어머니와 함께 달리면서 후미는 아버지와 마을 남자들 20명 정도가 아사기 광장에 빙 둘러 서 있는 것을 보았다.

마루로 들어가는 문이 잠겨 있어 부엌 쪽으로 돌아서 들어갔다. 어머니는 재빨리 문을 안쪽에서 잠그고, 조부모님과 남동생들이 있는 작은방으로 후미를 불러들였다. 할머니는 불단을 향해 손을 모으고 열심히 기도를 한다. 어머니가 할머니 뒤로 가서 앉자 남동생들이 달라붙는다. 문틈으로 밖을 내다보던 할아버지 옆에서 후미도 옹이구멍을 통해 밖을 내다봤다.

아사기 광장에 서 있는 미군 병사를 마을 남자들은 말없이 바라보고 있었다. 다섯 명의 미군 병사 가운데 둘은 어깨에 라이플총을 둘러메고 있어 남자들은 미동도 할 수 없었다. 미군 병사들은 지프차 옆에서 담배를 피우거나 술을 돌려 마시면서 남자들의 모습을 살피고 있다. 그러다 불현듯 미군 병사가 움직이기 시작했다. 두 명의 미군 병사가 어깨에 메고 있던 라이플총을 겨누며 마을 남자들과 대치했다. 세 명의 미군 병사가 모습을 감춘 지 얼마 되지 않아

집 문을 발로 차 부수고 난입하는 소리가 들렸다. 집 주인의 비명소리가 들렸지만 남자들은 꼼짝하지 않았다.

어머니가 부르는 소리에 후미는 밖을 내다보던 것을 멈추고 동생들을 감싸 안고 몸을 웅크렸다. 언제 자기 집 문이 발로 차여 부서질지 불안해서 견딜 수 없었다. 미군 병사들은 한 시간 가까이 마을 안을 휘젓고 돌아다녔지만 후미네 집까지는 미치지 못하고 돌아갔다. 아버지가 밖에서 부르자 어머니가 서둘러 문을 열었다. 할아버지가 "무신 일이냐"며 물었다. 아버지는 입을 굳게 다문 채 나머지 마루문을 열었다. 어머니가 내온 차를 선 채로 마시고는 처마 밑에 놓여 있던 곡괭이와 망태기를 손에 들고 밭으로 나갔다. 찻잔을 내려놓으며 보였던 비장한 표정은 후미도 처음 보는 것이었다.

그런 표정을 한 건 아버지만이 아니었다. 다음 날 마주친 마을 남자들은 노인에서 젊은이까지 모두가 같은 표정을 하고 있었다. 전날 남자들이 보고 있는 앞에서 두 명의 젊은 여자가 미군 병사들에게 겁탈당했다. 어른들이 작은 소리로 그 일에 대해 말하는 것을 듣고 후미는 다음 차례는 자기 집일 거라고, 미군들이 틀림없이 짓밟고 들어올 거라고 생각했다. 그날은 남동생들만 빼고 가족 모두가 잠을 이루지 못했다.

미군 병사들은 나흘 동안 나타나지 않았다. 그렇다고 해서 그 사이 긴장을 풀어놓은 건 아니었다. 마을 사람들 모두 피곤에 지친 얼굴을 하고 대화도 줄었으며, 웃음소리도 들리지 않게 되었다. 남자들이 감시에 나서면서 밭일이나 전쟁으로 인한 피해 복구 작업도 멈춘 상태였다. 후미 일행은 종이 울리면 바로 뛰어 돌아올 수 있는 범위 내에서만 행동했다. 조개를 줍기 위해 바다에 나가지는 않았지만 땔감을 구하거나 양에게 먹일 풀 베는 일은 하루도 빠짐없이 해야 했다.

평소 같으면 각자 행동했을 남자들도 함께 숲 가장자리를 따라 이동하며 땔감을 주웠다. 그날은 숲 서쪽 끝으로 나갔다. 마을에서 4백 미터 이상 떨어져 불안했지만 바다에 면한 벼랑 위에서 미군의 항구가 내려다보였기 때문에 교대로 한 사람씩 감시 역을 맡고 나머지는 땔감을 줍거나 양에게 먹일 풀을 베고 있었다.

감시 순번이 후미 차례가 된 지 4, 5분 지날 무렵이었다. 짐을 싸는 작업이 거의 끝난 모양으로 열 명가량의 미군 병사가 창고 그늘에서 휴식을 취하고 있었다. 그 가운데 네 명이 일어서더니 작업복을 벗기 시작했다. 후미는 시선을 집중해 그 모습을 응시했다. 트렁크 차림을 한 네 명이 교량을 걷는 것을 보고 가까이에 있던 지카시에게 알렸다. 지카시는 후미 바로 옆으로 와서 네 명의 미군 병사가 차례로 바다로 뛰어드는 것을 보고 다른 아이들을 향해, "미국놈덜이 왐져.", 라고 큰소리로 알렸다. 모두 앞쪽 마을을 향해 달리기 시작했다.

후미와 지카시는 벼랑 위에서 바다를 보며 그 곳에 멈춰 서 있었다. 미군 병사들이 바다로 뛰어든 직후, 벼랑 아래 바위에서 한 명의 젊은이가 작살을 들고 바다로 뛰어 들어가는 것이 보였다. 훈도시褌 폭이 좁고 긴 천으로 이루어진 옛날 일본 남자 속옷 차림의 젊은이는 바다로 뛰어 들어가 끈을 허리에 장착하고 바다를 향해 헤엄치기 시작했다. 서둘러 집으로 돌아가야 한다고 생각하면서도 후미도 지카시도 젊은이에게서 시선을 뗄 수 없었다.

세이지盛治다.

지카시가 혼잣말하는 소리를 듣고 젊은이가 사요코 집 근처에 사는 세이지라는 것을 후미는 알아차렸다.

서쪽 해가 바다로 반사되어 미군 병사들의 모습은 검은 머리밖에 보이지 않았지만, 아직 언덕 가까이에 있는 세이지의 모습은, 뒤에 매달려 있는 끈과 작살과 함께 수면 아래로 선명히 보였다. 세이지는 파도가 일지 않도록 평영으로 헤엄쳐 미군 병사들의 측면으로 돌아 들어가고 있었다. 미군 병사들이 내해 중간쯤에 도달했을 때, 세이지는 방향을 바꿔 조류의 흐름을 타고 지금의 배 이상의 속도로 미군 병사들에게 접근해 갔다.

세이지가 30미터쯤 접근했을 때 미군 병사들도 헤엄쳐 다가오는 세이지를 눈치챘다. 미군 병사들은 잠시 헤엄을 멈추고 세이지 쪽을 보는가 싶더니 이내 빠른 속도로 섬으로 향했다. 세이지 역시 영법을 바꿔 빠른 헤엄으로 4, 5미터까지 접근해서 바다 속으로 잠수해 들어갔다.

투명한 바다를 가르며 미군 병사들에게 다가가는 세이지의 모습이 언덕 위에서는 확실하게 보였다. 후미도 지카시도 숨죽이며 잠수로 미군 병사들을 뒤쫓는 세이지를 응시했다. 끝에서 헤엄치고 있는 미군 병사를 앞질러 나간 세이지는 허리에 장착한 끈을 끌어당겨 작살을 움켜쥐었다. 그리고 밑에서부터 미군 병사의 배를 찔러 올렸다. 작살에 찔린 미군 병사가 비명을 지르며 필사적으로 도망간다. 수면 위로 얼굴을 내민 세이지는 그의 등을 향해 작살을 내던졌지만 옆으로 빗나갔다.

한 미군 병사가 찔린 병사를 부축하고, 다른 두 명은 세이지 쪽으로 헤엄쳐 왔다. 세이지는 움켜쥔 작살을 어깨 위에 장착하고 미군 병사들에 맞서 공격 자세를 취했다. 가까이 다가오는 미군 병사를 향해 작살을 던지자 어깨 부근에 명중했다. 어깨를 찔린 미군 병사의 비명 소리가 후미 일행이 있는 곳까지 울려 퍼졌다. 어깨에 피를 흘리면서도 미군 병사는 붙잡은 작살을 놓지 않았다. 다른 한 명의 미군 병사가 물보라를 일으키며 세이지 쪽으로 접근해 온다. 세이지의 손에 들려 있는 칼날이 번쩍인다. 바로 옆까지 온 미군 병사는 잠수하여 휘두르는 칼을 피했다. 세이지는 작살을 붙잡고 있는 미군 병사를 향해 칼을 휘둘렀다. 미군 병사가 손을 놓고 잠수하자 세이지는 거꾸로 돌아 섬을 향해 헤엄치기 시작했다. 앞서 칼에 찔린 미군 병사가 수면 위로 올라와 세이지의 뒤를 쫓았지만 20미터 정도 헤엄치다 아무래도 쫓아가기 힘들다고 판단한 듯 동료가 있는 쪽으로 되돌아갔다.

배를 찔린 미군 병사는 동료의 도움을 받아 배영 자세로 떠 있었다. 어깨를 찔린 남자가 합류하자 서로 의지하면서, 세이지를 쫓던 남자가 항구를 향해 손을 흔들어 큰 소리로 도움을 청했다. 항구에 있던 미군 병사들도 이상한 낌새를 알아 챈 듯 서둘러 움직이기 시작했다. 세이지는 섬을 향해 있는 힘껏 팔을 내젓고 있었다. 항구에 구조 보트가 내려지기 전에 세이지는 이미 벼랑 아래 바위가 있는 곳에 다다랐다. 작살을 묶었던 끈을 풀고 바위 그늘에 숨겨 두었던 옷을 찾아 입은 세이지는 작살을 손에 들고 바위가 있는 곳을 내달려 아단 숲으로 모습을 감췄다.

후미와 지카시는 넋을 놓고 그 모습을 처음부터 끝까지 바라보고 있었다. 세이지의 모습이 벼랑 위에서 확인할 수 없게 되자 그제야 정신이 들어 도망쳐야 한다는 사실을 깨닫고 초조해졌다. 아까부터 마을 쪽에서 종이 울리고 있었다.

어서 가자.

말이 떨어지자마자 지카시는 후미의 손을 잡고 뛰기 시작했다. 후미는 부끄러움도 잊은 채 땀으로 축축해진 지카시의 손을 잡고 뒤처지지 않으려고 전력을 다해 달렸다. 마을 가까이에 이르자 두 사람은 손을 놓고 각자의 집을 향해 뛰었다. 달리면서 아사기 쪽을 보니 가주마루 나무 아래에 열댓 명의 남자가 모여 손에 몽둥이와 곡괭이를 들고 이야기를 나누고 있는 모습이 보였다.

마당으로 헐레벌떡 뛰어 들어 온 후미는 늦었다며 어머니에게 혼이 났다. 작은 방에선 할머니가 불단에 손을 모으고 기도를 하고 있고, 동생들은 그 뒤에서 할머니 모습을 흉내 내며 장난을 치고 있다. 마당에 서서 기다리던 할아버지는 후미를 집에 들이고는 바로 방문을 걸어 잠갔다. 후미는 어머니에게 벼랑에서 보았던 미군 병사와 세이지의 일을 말했다. 문을 닫으며 듣고 있던 할아버지는 바로 아사기 광장에 모여 있는 남자들에게 연락을 취했다. 불단에 기도를 올리던 할머니의 목소리가 커지자 동생들의 얼굴에서 웃음기가 사라진다. 후미는 겁먹은 눈으로 자신을 바라보는 동생들을 안고 등을 쓸어주었다.

미군 병사들이 나타난 것은 그로부터 30분쯤 지난 후였다. 여러 대의 지프차와 소형 트럭에 나누어 타고 온 미군 병사들이 족히 20명은 돼 보였다. 내리자마자 바로 총을 겨누고는, 통역 병사가 아사기 광장에 서 있던 남자들에게 손에 든 물건을 모두 내려놓으라고 소리쳤다. 30명가량의 남자들이 주저주저하면서 시키는 대로 따랐다. 통역은 20대 중반의 일본계 남자였다. 흥분한 어조로 남자들에게 무언가 강하게 다그쳤지만 무슨 말인지 알아들을 수 없었다. 후미는 세이지를 잡으러 온 것이라고 생각했다. 통역관의 말을 듣던 남자들 사이에 동요가 일었다.

부대장隊長인 듯한 군인이 통역관에게 무언가를 말하고, 통역관은 남자들에게 호통을 쳤다. 남자들이 서로 얼굴을 보며 말하기 시작하자 통역관은 큰 소리로 제지시켰다. 부대장의 지휘로 미군 병사들이 이동하자 남자들도 통역관의 지시대로 그 뒤를 따랐다.

미군 병사가 마을을 돌며 집집마다 수색하기 시작했다. 자신의 집에 다섯 명의 미군 병사가 다가오는 것을 눈으로 확인한 후미는 두려운 마음에 어머니에게 가서 안겼다. 문을 요란스럽게 두들기자 할아버지가 서둘러 열어주었다. 미군 병사는 신발을 신은 채로 방 안으로 들어와 큰 소리로 무언가를 말하며 집안을 살폈다. 돼지우리와 좁은 마당 구석구석까지 살펴보더니 옆집으로 이동했다. 미군 병사들의 살기어린 모습에 할아버지는 안방에서 무릎을 꿇고 고개를 숙이고 있었고, 후미는 할머니 품에 얼굴을 묻은 채 떨고 있었다.

날이 저물어 아버지가 돌아오기 전까지 아무도 집밖으로 나가지 않았다. 후미는 아버지가 할아버지에게 하는 말을 듣고서 미군이 왜 그랬는지 알게 되었다.

미군 병사들은 세이지를 붙잡기 위해 두 조로 나누어 행동했다. 열 명 정도가 한 조가 되어 집집마다 조사하며 다녔고, 다른 조는 숲 주변을 수색했다. 그 사이에 부대장과 통역관이 가주마루 아래에서 세이지의 부모와 구장, 경방단장警防団長을 취조하고 있었다. 미군은 세이지의 행동이 단독인 것인지 조직적인 것인지 주의를 기울여 조사했다.

남자들은 숲을 수색하는 미군 병사를 도울 것을 강요당했다. 협력하는 척만 할 뿐, 남자들은 세이지가 무사히 도망치기를 바랐다. 좁은 섬 안에 숨어 있을 곳은 한정되어 있다. 미군이 사람을 더 동원해 산을 뒤진다면 2, 3일 안에 붙잡힐 것이 틀림없다. 헤엄쳐서 본도로 도망치는 수밖에 길이 없다는 걸 모두 알고 있었다. 게다가 내해에는 미군의 소형 군함이 빈번히 드나들고 있어 들키지 않게 헤엄치는 것은 쉽지 않을 듯했다. 미군은 자신들 일이니만큼 이미 해안선 순찰을 시작했을 것이라고, 듣고 있던 할아버지가 말했다.

아버지의 전언에 따르면 세이지의 부모가 완전히 겁에 질려 있었다고 했다. 미국인들에게 잡히면 살해당할 거라고 세이지의 어머니가 울며 말했다고 한다. 세이지의 아버지는 정말 세이지가 한 일이 맞느냐며, 믿을 수 없어 했다고 한다. 부모들뿐만이 아니라 마을 남자들 모두가 세이지의 행동에 놀라움을 감추지 못했다. 아직 17살밖에 되지 않았고, 몸은 바다에 단련되어 탄탄했지만 얼굴은 아직 어린 티가 남아 있었다. 세이지의 아버지는 성격이 불같은 면도 있었지만 대체로 점잖은 편이었다. 싸움도 잘 못하고 어렸을 때는 울보였던 세이지가 미군 병사를 작살로 찔렀다는 소리에 모두가 반신반의했다. 어쨌든 세이지의 부모는, 세이지가 낮에 집을 나가 아직 돌아오지 않았고 아끼던 작살도 보이지 않는다고 말했다고 한다.

미군의 상황은, 어깨를 찔린 병사는 크게 다치지 않았지만 배를 찔린 병사는 위독한 상태라고 한다. 네 명의 미군 병사 중에는 수용소에서 봤던 세이지의 얼굴을 기억하는 이가 있었다. 통역관인 일본계 병사는 세이지가 방위대에 있으면서 일본군과 함께 행동한 것도 알고 있다고 했다.

"아직 어린 녀석인디 말이여."

아버지가 감탄한 듯, 기가 막힌다는 듯한 어조로 말했다.

"어른도 감히 못헐 일이여."

할아버지의 말에 아버지는 침묵했다.

그날 밤, 미군은 아사기 광장에 대형 텐트를 설치하고 발동기를 가동시켜 집집마다 비출 수 있도록 서치라이트를 켰다. 두 명이 한 조가 되어 마을 안을 순찰하고 텐트 옆에는 총을 둘러멘 병사가 불침번을 서고 있었다. 발동기 소리가 밤이 된 마을에 울려 퍼졌고 간혹 미군 병사들의 발자국 소리와 이야기 소리도 들려왔다. 후미는 가슴이 두근거려 잠이 오지 않았다.

이튿날 아침 일찍부터 본격적인 산 수색이 시작되었다. 전날과 마찬가지로 마을 남자들에게 협력을 강요했다. 여자와 아이들은 미군의 움직임에 불안을 느꼈지만, 집에 틀어박혀 있을 수만은 없었다. 밭일과 물 긷기, 양 먹일 풀베기를 하지 않으면 생활을 할 수 없었다.

샘터에서 길어 온 물을 다시 집안의 물통으로 옮겨 부으면서 후미는 작살에 배를 찔린 미군 병사가 과연 살아남을 수 있을지 어떨지 생각했다. 초록빛이 감도는 푸른색의 투명한 바다에 핏빛이 번져 간다. 쓰러져 배를 움켜잡은 병사를 옮겨 가던 미군 병사들의 모습이 떠올랐다. 만약 배를 찔린 병사가 죽기라도 한다면 세이지는 사형되고 말 거라고 생각했다.

바다에서 올라와 작살을 손에 움켜쥐고 바위를 향해 달음질쳐가던 세이지의 모습도 떠오른다. 지금 어디에 숨어 있는 걸까, 사요코는 이 사건을 알고 있을까, 라는 생각이 머릿속에서 떠나질 않았다.

미군들에게 겁탈당한 이후부터 사요코나 다미코나 집에 틀어박혀 밖으로 나오지 않았다. 그녀의 부모가 밭에 나와 일을 해도 사요코의 상태를 묻는 이는 없었다. 후미도 다미코의 집 앞을 지날 때는 걸음이 빨라졌다. 문을 걸어 잠그고 뒷방에 있을 사요코와 다미코의 모습을 상상하니 목이 조여 오는 듯했다. 숨 쉬기가 어려워 눈물이 맺혔다. 어제 미군 병사들이 집집마다 뒤지며 돌아다닐 때, 사요코와 다미코네 집에도 신발을 신은 채로 올라갔을 터였다. 문을 열어젖히며 미군들이 큰 소리로 떠들어대며 들어올 때 두 사람의 심정은 어땠을까.

어머니가 부르는 소리에 정신이 든 후미는 자신이 물통 옆에 멍하니 서 있었음을 깨달았다. 어머니 곁으로 가 보니 마을 사람들이 줄지어 숲 쪽으로 향하고 있는 모습이 보였다. 세이지가 숨어 있는 동굴에 미군이 독가스를 던진 모양이라고 말하고는, 어머니는 무서운 듯 숲 쪽을 바라봤다. 후미는 다리가 후들거려 가만히 서 있을 수 없었다. 상황을 살피러 가는 마을 사람들 속에 섞여 후미도 어머니와 함께 숲으로 향했다.

가로로 깎아지른 암벽의 갈라진 틈 사이로 스며든 달빛이 흔들리자 동굴 바위 그림자가 마치 웅크린 사람이나 짐승처럼 보였다. 잠시 후 그림자가 부스스 움직이더니 미군 병사가 총을 손에 쥐고 허리를 굽혀 천천히 좁혀 들어간다. 세이지는 한쪽 팔로 작살을 겨냥하고는 위협하듯 목소리를 높였다. 빌어먹을 미국 놈덜 너네덜이 붙잡아지카부댄? 게민 이레 와 보시지, 몬딱 가슴광 배를 찔렁 죽여 줄 테다……, 맨 앞에 있는 그림자에 작살을 찌르자 진흙을 바른 듯한 감촉과 함께 흐릿한 목소리가 들리고 작살에 힘이 실린다. 선두에 선 그림자가 동굴 바닥으로 넘어지고 뒤따르던 그림자가 후퇴한다. 웅크리고 앉아 몸을 뒤트는 그림자에 두세 번 작살을 찔러대는 세이지의 귀에 바다 위에서 미군이 지르던 비명이 되살아난다. 바다 속에서 올려다 본 수면 위로 길쭉길쭉한 손발을 가진 몸이 빛을 발하며 앞으로 나아간다. 심장을 겨냥해 찌른 작살이 빗나가 배를 찔렀지만 결과는 성공적이었다. 공들여 날을 간 작살의 증오는 피부를 뚫고 내장을 찢었을 것이다. 그러나 한 번으로는 부족했다. 아주 고통스럽게 죽어가사 허여……, 두 번이고 세 번이고 배의 피부를 갈기갈기 찢어서 장기가 바다로 흘러넘치게 하고 싶었는데 방해물이 끼어들어 다 하지 못했다. 너네덜이 우리 섬에서 허구정헌 대로 마음대로 해봐, 나가 용서헐 줄 알아? 미국 놈의 썩은 피도 썩은 창자도 고등어 먹잇감이 되민 그만이여……, 바다에서 끝장 내지 못한 억울함을 담아 휘두르는 작살 끝이 동굴의 돌에 맞아 갑자기 튄 불꽃에 세이지는 동작을 멈췄다.

미국 놈의 모습은 어디에도 보이지 않았고 거친 숨을 내쉬면서 주저앉았던 몸을 동굴의 냉기가 감싼다. 으슬으슬한 감촉에 닭살이 돋았는데 이마에는 땀방울이 맺혀 있다. 목줄기를 따라 흘러내리는 땀이 피처럼 느껴져 당황하여 손으로 닦아내자, 미끈미끈한 감촉이 이미 썩기 시작한 피의 냄새를 발한다. 암벽의 갈라진 틈 사이로 다가가 푸른색을 머금은 빛을 통해 혈관이 드러난 손을 확인한 세이지는, 동굴 바닥에 등딱지를 부딪치며 버글대는 게들에게 눈길이 갔다. 당장이라도 손톱이고 살점이고 다 뜯어 먹힐 것 같아 가까이에 있는 바위 위로 기어오르려 할 때 머릿속에서 무언가 소리가 울려 퍼진다.

　　무사 떨엄시니? 무얼 겁내엄시니? 함포에 나가 떨어정 죽은 사름에 비허민 지금까지 살아온 것만으로도 운이 아니냐……머릿속에서 피가 핑글핑글 도는 소리에 말소리는 사라졌다. 극심한 두통에 작살을 떨어뜨리고 양손으로 머리를 감싸 안은 채 웅크려 앉은 세이지는, 어머니, 어머니, 나 좀 도와 줍서, 지켜 줍서……, 라는 말을 반복했다. 금방이라도 울음을 터트릴 것 같은 얼굴로 자신을 바라보고 있는 어머니에게 세이지는 두 손 모아 기도했다. 나 혼자서라도 싸워 보고정해서, 어머니, 불효를 용서해 줍서……, 두 손을 모으고 암벽으로 난 가로 틈 사이로 스며드는 푸른빛을 정면으로 받아 밖을 내다보니 갈라진 틈에서 불어오는 바람은 미지근한 숲과 바다 냄새가 뒤섞여 있다. 그것을 들이마시니 아픔이 사라지고 마음이 안정되는 듯 세이지는 입을 한껏 벌려 밤기운을 들이마시면서 숲 속에서 들려오는 부스럭거리는 소리 가운데 유난히 반복되는 소리에 귀를 기울인다.

들려오는 것은 파도 소리일 테고 나무들 그림자 저편에서 반짝이는 것은 바다일 것이다. 어렸을 때부터 물질하던 아버지와 함께 제 집 드나들 듯 드나들었던 바다는 뭍에서도 파도의 감촉을 피부로 항상 느꼈는데, 지금은 아주 먼 일처럼 느껴진다. 청정한 바당이 미국 놈의 피로 더럽혀지고……, 문득 들려오는 소리에 세이지는 무릎을 꿇고 손을 모아, 용궁의 신이시여, 우타키御嶽 오키나와에 전해 내려오는 제사를 지내는 신성한 장소의 신이시여, 섬의 신이시여, 용서해 주십서, 나가 헌 행동이 이 섬을 위헌 일이라는 걸, 미군 무리에게 이 섬 그 어디도 짓밟히지 않도록, 마을 여자덜을 지키기 위헌 일이었음을, 용서해 주십서……, 몇 번이고 몇 번이고 머리를 조아리자, 섬을 지킨다구? 너가……? 라며 웃는 소리가 머리 위로 울린다.

철혈근황대鐵血勤皇隊 천황에게 충성을 맹세하는 부대로, 주로 오키나와의 어린 남학생들을 징집함로 동원되기 전 가족들에게 이별을 고하러 온 기요카즈淸和와 소토쿠宗德가 한심하다는 듯한 표정으로 세이지를 쳐다본다. 섬에서는 중학교로 진학하는 일은 손에 꼽을 만큼 드물었기 때문에, 아버지 일을 돕기 위해 학교도 자주 빠지고 공부와는 완전히 담쌓았던 세이지는 종종 바보라고 놀림 당했지만, 어렸을 때부터 무슨 일이든 우수했던 두 친구였기에 경외의 마음을 가졌으

면 가졌지 원망하는 일은 없었다. 세이지는 항구로 향하는 두 친구에게, 우군友軍과 함께 천황폐하를 위허영 싸워줘, 나는 우리 섬을 지키기 위허영 싸울 테니까, 라고 말했다. 친구들은 그런 세이지를 비웃으며, 자꾸 '멍멍'대는데 네 놈이 개냐?'나'라는 뜻인 '와레(われ)'를 오키나와 방언으로 '왕(わん)'이라 발음하는데, 이를 '왕왕(わんわん)'이라는 개 짖는 소리에 빗대어 상대를 비하하는 표현 어서 표준어나 배워 두라구, 일본인이니까……, 라며 내뱉듯 말했다. 세이지는 부끄러워 견딜 수 없었다. 표준어를 쓸라치면 혀도 입술도 볼도 경직되어 움직여지지 않았고, 얼굴도 타버릴 듯 뜨거워지는 건 아무리 해도 고쳐지지 않았다. 두 친구의 뒷모습을 바라보면서도 머리를 들 수 없었다.

마음먹은 대로 표준어를 구사하진 못하지만, 일본을 위해, 천황폐하를 위해, 전쟁에서 승리하기 위해, 자신이 할 수 있는 일은 무엇이든 할 요량으로 방위대의 일원으로 섬에 배치된 우군과 함께 미국 놈들과 싸우다 죽을 작정이었다. 낮에는 진지 구축과 참호 파기 작업을 하고, 밤에는 허가를 받아 바다에 나가 물고기와 문어를 잡아 마을에 제공하고, 병사들을 기쁘게 해 주었다. 나가 헐 수 있는 건 이런 것뿐이난……, 아직 20대 중반인 사카구치坂口라는 소위가 고맙다는 인사를 하자, 아무 말 없이 멀뚱히 서 있던 세이지는 마음속으로 그렇게 혼잣말을 되뇌며 미국군이 상륙하면 혼자서라도 상대할 것이며, 최후에는 탄환을 껴안고 전차戰車로 몸을 던질 결심을 굳혔다. 무슨 말에나 차렷 자세를 하고 예, 예, 하며 경례를 붙이던 세이지를 비웃는 일본군도 있어서, 표현을 제대로 하지 못하는 만큼 행동으로 보여주고자 했으며, 서툴지만 게으름을 모르는 세이지를 칭찬하는 일본군도 있어, 학교에서나 집에서나 늘 혼자였던 세이지는 기뻐하며 일본군에게 심취해 갔다. 할 줄 아는 것이라곤 물질밖에 없는 인간이 우군과 함께 천황폐하를 위해 싸울 수 있다는 사실만으로도 감사했다. 그리고 사후에는 불언실행不言實行의 야마토大和 남자였다, 라는 말을 듣길 원했다.

경헌디 말이여……, 문득 등 뒤에서 들려온 돌이 구르는 소리에 세이지는 작살을 움켜쥐었다. 누게냐? 라고 소리치는 자신의 목소리가 동굴에 반향을 일으켜, 어둠 속에 발을 멈춘 그림자는 총을 잡고 자신이 있는 곳을 찾고 있다고 생각하고는 가까이에 있는 바위로 몸을 숨기고는 숨을 죽이고, 이번에는 절대로 놓치지 않으키여……, 라며 핏발 선 눈으로 응시한다. 허리를 낮추고 아랫배에 힘을 주어 쏴야지……, 학교 군사 교련에서 루즈벨트 인형을 모의총으로 쏠 때 몇 번이나 호된 호령을 들어야 했다. 같은 반 친구들이 웃음을 참고 있다는 걸 알고 나니 기합을 넣으려던 목소리가 거꾸로 기어들어갔다. 그때마다 담임교사는 혀를 끌끌 차며 죽도로 세이지의 허리를 내리쳤다. 아버지에게 맞았던 거에 비하면 그렇게 아프진 않았지만, 공부는 그렇다 하더라도 미국 놈을 격퇴하는 일도 남들만큼 못한다고 생각하니 분해서 눈물이 흘렀다. 땀을 닦아내는 척하며 손등으로 눈물을 훔치고는 온몸을 던질 듯한 기세로

짚으로 채워진 인형을 쏘아댔다.

이제 더 이상 그 누구한티도 바보 취급 당허지 않을 거여……, 나 혼자서라도 미군과 싸워 보이크라, 죽는 건 하나도 안 무서 워……, 그렇게 스스로에게 되뇌며 어둠을 응시하고 있자니, 미친 소리 허지 마, 전쟁은 끝나신디 무신 말을 허는 거냐 세이지……, 라며 질책하는 어머니의 목소리가 들려온다. 아직 전쟁은 끝나지 않았수다, 어머니, 일본이 미국 놈들에게 질 리 없잖우꽈……, 세이 지의 말에 어머니는 기가 찬 얼굴을 하고, 너가 아직 몰람구나, 일 본군 병사덜 몬딱 수용소에 가둬정 있는 걸, 너도 보지 안해시냐, 라며, 경허고 천황폐하도 항복했고 목이 잘려나갔댄 햄져……, 라며 손에 든 흰 물체를 흔들어 보인다. 어머니가 머리카락을 움켜쥐고 있는 것은 밋밋한 얼굴을 한 사람의 목이었다. 세이지가 놀라 뒷걸 음치며 어머니, 뭐허는 거우꽈, 그런 짓 허민 스파이로 몰령 일본군 한티 붙잡힐 거우다……, 라고 외쳤지만, 어머니는 천황폐하의 목을 오른손에 들고 웃으며 다가온다. 아아, 이건 진짜 우리 어멍이 아니 여, 어멍이 이런 일을 헐 리 없어……, 라고 생각한 세이지는, 빌어 먹을 미국 놈덜이 우리를 속이고 있는 거여……, 라며 작살을 고쳐 잡고, 이빨이 듬성듬성 빠진 입에서 썩은 쥐 냄새를 풍기며 다가오 는 어머니에게 작살을 휘둘렀다. 너란 녀석은 부모한티도 작살을 들이대엄구나……, 어머니는 작살 자루를 잡더니 여자의 힘이라고 믿어지지 않을 정도의 완력으로 끌어당겼다. 세이지는 작살을 빼앗기지 않으려고 필사적으로 매달리며 어머니, 어머니, 용서해 줍서, 용서해 줍서……, 라며 고개를 떨궜다. 그 등 뒤에서 몽둥이가 날아와 세이지는 신음하며 머리를 들어올렸다.

사바니ナ バニ 어선을 이르는 오키나와어 위에서 몽둥이를 휘두르던 아버지가 바다에 빠져 올라오려는 세이지에게 몽둥이질을 해댄다. 있는 힘을 다해 헤엄쳐 사바니 끝으로 손을 뻗치자 몽둥이로 그 손을 내리친다. 세이지가 비명을 지르며 손을 빼내자 이번엔 머리를 노려 몽둥이질 하려는 것을 피했다. 바다 속으로 가라앉았다 떠올랐다 하다 보니 입과 코로 바닷물이 흘러들어왔다. 수차례 물에 빠져가며 단련한 수영 기술만큼은 세이지가 동급생들에게 뒤지지 않는 유일한 것이었다. 암벽에서 스며들어온 푸른빛이 물로 변하고 기세 좋게 동굴로 흘러 들어오는 바닷물에 젖어 세이지는 헤엄치려 했지만 돌처럼 몸이 무거워 꼼짝하지 않았다. 빛과 소리가 사라진 바다 밑으로 빨려 들어가는 듯한 공포감에 비명을 질렀다. 난, 죽지 않을 거여, 이대론 절대로 안 죽어, 죽는 것은 조금도 안 무서워, 더 많은 미국 놈덜을 찔러 죽여뒁 죽을 거여……, 다리에 감겨오는 어둠의 손을 발로 차버리고, 물을 가르며 암벽의 갈라진 틈에 다다르자, 세이지는 흘러들어오는 밤공기를 마음껏 향유했다. 말라비틀어진 물고기처럼 입을 움직여 밤의 찬 공기를 들이마시면 마실수록 폐에 흘러들어오는 바람은 가슴 안쪽에 동굴을 만들어 불안을 부채질한다. 세이지는 암벽을 손으로 더듬으며 평평한 돌을 찾아내 뚜껑으

로 삼았던 것을 치웠다. 암벽 틈 사이로 손을 넣어 쇳덩어리를 꺼낸
다. 신중하게 달빛 아래로 옮겨 손바닥을 펴니 수류탄이 둔탁한 빛
을 반사하고, 확실한 무게감은 안도감을 전해준다. 최후에는 이 수
류탄을 미군 무리에 던지고 작살을 들고 돌진해 들어갈 작정이었다.

　미국 놈덜이 상륙하기 전에는 용맹한 말덜을 늘어놓더니 맥없이
투항헌 일본 군대나, 자기 섬 여자가 겁탈을 당해도 아무런 저항도
허지 못하는 남자나, 흡사 불알 떨어진 강셍이 꼴이다. 난 저덜이영
달라, 빌어먹을 미군 무리를 날려버리고, 혼자서라도 작살로 아주
많이 찔렁 죽여불키여, 사요코여, 나가 꼭 적을 잡아주키여……, 집
을 에워싸고 있는 후쿠기福木 오키나와 지역에 분포하는 방풍림, 방조림을
조성할 때 주로 쓰이는 상록수를 일컬음 나무 사이로 들여다보이는 사요
코 집 덧문은 잠겨 있었지만, 흐느껴 우는 소리가 새어 나왔다. 어
린아이의 흐느끼는 소리와 쉬어버린 울음소리도 섞여 있는 것은 사
요코 외에 여동생과 할머니도 울고 있기 때문이다. 어머니와 여자
아이들에게 둘러싸여 집으로 들어가는 사요코를 본 순간, 헝클어진
머리, 핏기 없는 옆얼굴에, 큰일이 벌어졌음을 직감했지만, 말을 거
는 건 불가능해 보였어……, 자신의 집 뒤편을 돌아 무성하게 자라
나 있는 후쿠기 줄기와 가지 틈 사이로 모습만 살폈다. 숨죽인 사요
코의 울음소리는 세이지의 마음을 에이게 했고, 아픔은 사라카치サ
ラカチ 날카로운 가시로 덮인 귤과 수목 사루카케미캉을 이르는 오키나와어의
가시처럼 후벼 팠어. 상처에서 계속해서 흘러내리는 피울음소리에,

무신 일이 있었던 거여? 왜 그추룩 울고 있는 거니……, 세이지는 견딜 수 없어 집을 나왔다. 아사기 광장 가주마루 아래에 서 있는 남자들을 발견하고 다가가니 대여섯 명의 남자들이 일제히 사요코 집 쪽을 응시하며 말없이 서 있었다.

사요코에게 무슨 일이 있었는지 세이지가 알게 된 건, 그날 저녁이 되어서였다. 아사기 광장 우간주 앞에 모여 있던 남자들은 목소리를 낮춰 사요코의 아버지로부터 들었다는 말을 전했다. 남자들과 조금 떨어진 곳에서 떨어져 귀 기울이고 있던 세이지는, 아단 숲 속에서 미군 무리의 굵은 팔에 제압당하고 손으로 입을 틀어 막힌 채 눈물 흘리며 아픔과 고통을 참았을 사요코의 모습이 떠올랐다. 온몸이 땀으로 젖어 소리 치고 싶은 것을 억눌러 참았다. 내해를 건너왔다는 미국 놈덜 네 명을, 꼭 죽여불키여……라며 마음속으로 다짐했다. 다른 남자들도 모두 같은 심정이겠거니 하고 주위의 표정을 살폈다. 그러나 노여운 말들을 쏟아내면서도 결기를 촉구하는 말은 그 누구의 입에서도 흘러나오지 않았다. 고작 결정한 것이 미군 무리가 마을로 들어오는 것을 감시하기 위해 2인 1조가 되어 마을 요소요소에 서 있자는 것과, 여자들끼리 해변에 나가지 못하도록 하자는 정도였다. 분노보다 강한 공포감에 남자들의 넋이 나갔음을 세이지는 알아차렸다.

미국 놈들한테 상처를 치료받고, 통조림과 과자를 받고, 술과 담배를 받는 사이, 불과 얼마 전까지 죽창으로 찔러 죽여주겠어, 라며

기염을 토하던 일은 모두 잊은 듯 그저 비굴한 웃음을 띠며 미국
놈들에게 다가가기 바빴다. 미국 놈덜이 무신 짓을 허든 아무 말도
허지 못허게 되어부렀지……, 가슴속에 끓어오르는 말은 열탕처럼
거품을 일으키며 분출하고, 얼굴이 열로 부글부글하여 숨을 쉴 수
없어 남자들의 무리에서 벗어나 아사기 광장을 빠져나온 세이지는,
인기척 없는 마을길을 따라 빠른 걸음으로 바다로 향했다. 모래사
장으로 나오자 흐르는 구름이 달빛을 가로막고, 밀려드는 하얀 파
도와 모래가 달라붙은 살갗에 그림자가 따라오다가는 사라져 버린
다. 빛이나 그림자나 파도나 의지를 가진 생물체처럼 세이지를 붙
잡고 흔들어댄다. 건너편 강 항구의 불빛을 노려보던 세이지는 간
장을 도려내는 사요코의 고통스러운 비명을 집어삼키며 해변을 달
려 아단 숲으로 뛰어들었다. 날카로운 가시의 아단 잎사귀들이 수
런거리고 쌓인 마른 잎들 사이를 기어 다니던 게와 오카야도카리ォ
ヵヤドヵリ 열대 지역 해안가에 서식하는 갑각류 집게의 일종가 내는 소리 너
머로 미국 놈들의 발자국소리와 웃음소리가 들려온다. 세이지는 떨
어진 나무를 쌓아 올린 그늘 안에 숨어 덤불 안쪽을 살피며 다가오
는 미군 병사의 얼굴에 하얗게 마른 나무를 떨어뜨렸다. 정수리 부
분을 정확히 맞춘 것 같은 느낌과 함께 나뭇가지가 두 동강이 났다.
날카롭게 잘린 부분을 아래로 고쳐 잡고 웅크리고 있는 미군 병사
의 등에 내리꽂는다. 등줄기를 맞고 튕겨져 나온 나뭇가지를 연거
푸 내려 찌르자 미국 놈들이 내는 신음소리는 점점 잦아들었다. 너

네덜 같은 벌레는 절대로 살려둬선 안 돼……, 라며 나뭇가지가 부러져 한 뼘이 될 때까지 계속해서 찔러대던 세이지의 귀에 사요코의 목소리가 들려온다. 이제 되었져, 너가 마음 아파허지 않아도 돼……, 어둠에 끼어든 달빛은 숲 속 나무들의 잎사귀 부딪치는 소리와 먼 바다에서 들려오는 파도소리에 흔들린다. 세이지는 동굴 바닥을 양손으로 내리치며 자신의 무력함에 눈물을 흘렸다.

난 무신 일이라도 헐 거여……, 사요코는 상냥했다. 그 아이는 어렸을 때부터 어른스러웠고, 마음이 깨끗한 아이였으며, 커가면서는 미모도 물이 오르기 시작하고……, 학교에 들어가서 학년이 올라갈수록 점점 함께 이야기하거나 노는 일이 별로 없어져 갔지만, 오가다 만나면 미소를 주고받는 일은 여전했다. 다만 그것도 세이지가 5학년을 다니던 해 가을까지였다. 섬 북부 숲에서 세이지는 산양에게 줄 풀을 뜯고 있었다. 가까이에서 여학생 여럿이 땔감을 하고 있었는데 그 가운데 사요코도 끼어 있었다. 사요코가 신경이 쓰일수록 그녀의 모습을 똑바로 쳐다볼 수 없어 고개를 푹 숙이고 풀을 베고 있던 세이지는, 갑자기 뒤쪽에서 발길질이 가해져 앞으로 고꾸라졌다. 세 명이 등 뒤에 엉겨 올라오더니 양손을 제압하고는 낫을 빼앗았다. 아아, 또 못된 짓이 시작된 건가……, 라고 생각하며, 저항하면 오히려 더 큰 일을 당할지 몰라 그대로 몸을 맡겨두고 있으려니, 등 뒤로 올라탔던 몸을 다리 쪽으로 옮기고 다른 두 명은 상반신을 누르고 양손을 비틀어 꼼짝하지 못하게 했다. 그러고는 한 명이 누덕누덕 기운 바지를 움켜쥐고 단번에 몸을 뒤집었다. 세 명이 합세하여 세이지의 몸을 위쪽으로 향하게 하고는 한 명이 성기에 손을 뻗쳐 표피를 무리하게 까고는 어이, 이것 봐, 이것 봐, 하며 세이지의 몸을 여학생들을 향해 내보였다. 여학생들은 소리를 지르며 등을 돌렸지만, 세 명이 질러대는 소리에 힐끔힐끔 보거나 개중에는 웃는 아이도 있었다. 저항하려 하자 얼굴을 후려쳐 코피와 눈물범벅이 된 자신을 가여워 하는 눈길로 보고 있는 사요코의 모습도 보였다. 가중되는 자극에 세이지의 의지와 달리 성기가 발기되는 것을 지켜보며 세 명은 웃었고, 몇몇 여학생들은 혐오스럽다는 표정을 하면서도 시선을 피하지 않았다. 이런 멍청헌 녀석도 남덜추룩 조젱이가 서네……, 라며 동급생 하나가 큰소리로 말한다. 풀숲으로 내동댕이쳐진 세이지는 재빠르게 바지를 올려 입고 베어놓은 풀과 낫도 그대로 둔 채 숲 속으로 달려 들어갔다.

다음날부터 사요코는 길에서 세이지를 봐도 못 본 체 하고 빠른 걸음으로 지나쳤고, 세이지 역시 사요코의 얼굴을 제대로 쳐다볼 수 없었다. 멀리에서 사요코의 모습이 보이기라도 하면 숨어들었다. 모습을 대할 때는 물론이고 사요코를 떠올리는 것만으로도 몸이 멋대로 반응하여 양심에 찔렸는데, 다리를 벌려 개처럼 벌겋게 벗겨진 성기를 드러내 보인 자신의 모습을 바라보던 사요코의 시선을 떠올리니, 세 명에 대한 분노보다도 자신의 추한 모습에 대한 혐오가 밀려들었다. 앞으로 두 번 다시 사요코의 눈에 자신의 모습이 비

취지는 일이 없었으면 하는 생각까지 들었다. 그래도 집이 이웃하고 있어 얼굴을 마주치지 않을 수 없었다. 한 달이 지나고 두 달이 지날 무렵 사요코는 아무 일도 없었다는 듯 말을 걸어오고 웃어 주었지만, 세이지는 고개를 숙이고 우물거릴 뿐 예전처럼 입 밖으로 말이 나오지 않았다. 얼마 후 쥬산이와이十三祝い 13살이 되는 해를 축하하는 행사를 맞이하고 학교를 졸업하고 14살이 되고, 15살이 되면서 세이지는 아버지를 도와 물고기를 잡으며 하루하루를 보내고 있었다. 가끔 고기가 많이 잡히는 날에는 조개나 생선을 이웃 사람들에게 나눠주며 다녔는데, 사요코에게 고맙다는 인사를 듣는 날이 가장 기뻤다. 그것을 낙으로 삼으며 섬 생활을 보내고 있었다.

그것이 벌써 몇십 년 전 일처럼 생각되었다. 물고기를 둘러메고 마당에 서 있는 세이지에게 웃으며 손을 내밀던 사요코의, 고마워, 라는 목소리도, 이제 더 이상 못 들으키여, 이제 더 이상 못 들으키여……, 라는 생각에 미치자, 나벆이 없어, 나벆이 없어……, 암벽에 기대어 양손으로 움켜 쥔 작살을 볼에 대고 한 말이 동굴에 잔물결처럼 울려 퍼지며, 너벆이 못해, 너벆이 못해……, 라는 말이 어둠 속에서 되돌아온다. 사요코한티 상처 입힌 미군은 한 놈도 냉기지 않고 나가 죽여불키여……, 수통을 집어 들고 미지근해진 물을 들이키며, 눈을 감고 몸을 뜨겁게 달구는 분노에 눈물을 흘리고 있자니, 오른쪽 눈 안에서 새끼손가락 손톱만한 크기의 딱딱한 살아 있는 생물체가 움직이기 시작하더니, 그것이 두 마리, 세 마리씩 수를 더해 간다. 생물체는 귓구멍과 콧구멍 안, 피부 아래로 이동하며 등과 가슴, 손발 앞으로 다가왔다. 가슴 안으로도 기어 들어가 오글오글 댄다. 수용소 병원에서 미군이 파묻은 벌레가 자신을 죽이려 하는 것이라고 생각하고, 몸을 일으켜 털어내려 머리를 흔들고 있으려니 동굴 옆으로 탄착한 함포사격 폭풍이 암벽 틈으로 불어 들어와 세이지의 몸을 흔들어댄다. 숲이 타는 냄새에 당황해서 밖을 내다본다. 태양이 내리쬐는 모래사장에 연속해서 함포가 떨어져 모래바람을 일으키고, 아단 숲은 땅과 한 덩어리가 되어 공중으로 떠오른다. 세이지는 참호 바닥에 몸을 뉘이고 귀를 기울였다.

전날 밤, 상륙한 미국군을 무찌르기 위해 우군으로부터 건네받은 것은 두 개의 수류탄뿐이었다. 한 개를 적에게 던지고 상대가 정신을 못 차리는 틈을 타 다른 한 개를 들고 적에게 돌진하라는 명령이 내려지고, 해변을 따라 아단 숲에 파놓은 참호에서 세이지는 다른 방위대원과 함께 몸을 숨기고 날이 밝아 가는 먼 바다에 늘어선 적함을 노려보고 있었다. 미국군은 일본군의 의도를 간파하기라도 한 듯 상륙하기 전에 철저히 해안부로 함포사격을 가했다. 파란색이라고 하기엔 아직 색이 옅은 하늘과 잿빛으로 흐려진 바다의 경계선에서 빨간색 빛이 연속적으로 보일 쯤 공기를 가르는 소리가 압박해 온다. 폭풍과 굉음이 한꺼번에 엎드려 있던 참호 위를 덮쳐 찢기어 넘어진 아단 잎과 줄기가 모래와 함께 떨어져 나뒹군다. 충격으로 가슴이 요동치며 덜덜 떨며 얼굴을 들어 올린 세이지의 목덜미를 움켜잡고 이웃 마을에 사는 오시로가 "어서 빨리 안 도망치민 죽는다."고 외쳤다. 다른 방위대원도 참호에서 뛰쳐나와 오시로의 뒤를 따라 해변 서쪽 끝에 있는 조금 높은 곳에 자리한 숲으로 달려간다. 아단 뿌리에 다리가 걸려 나뒹군다. 영문을 모른 채 멍하니 있던 세이지의 귀에 다시 공기를 가르는 소리가 들려온다. 참호 바닥에 포복하고 있던 몸 위로 함포의 탄착음과 폭풍과 열기가 한 덩어리가 되어 밀려온다. 숲 안쪽 언덕을 파서 만든 방공호 안에 놓아둔 기관총으로 상륙하는 미국군을 측면에서 공격할 터였다. 그곳으로 도망치는 것은 미군에게 방공호를 알려주는 꼴이 될 거라고 생각한 세이지는 도망치는 방위대원을 저지하려 했지만, 참호 밖으로 얼굴을 내밀지도 못하고, 온몸을 뒤흔드는 땅울림으로 쏟아져 내리는 모래와 아단 파편에 매몰되어 버렸다. 난 이제 여기서 죽는 건가……라고 생각하며, 아직 죽고 싶지 않아, 죽고 싶지 않아……, 라고 되뇌며 참호 밖으로 뛰쳐나와 도망치려 했다. 그러나 몸은 움직이지 않고, 귀도 눈도 뜨지 못한 채, 어머니, 어머니……라는 외침만 되풀이했다.

얼마만큼 시간이 흘렀을까, 정신을 차리자 세이지의 몸은 반 이상이 모래에 파묻혀 버렸고, 주위를 둘러보니 아단 숲은 흔적도 없고, 햇빛이 반사되어 눈부신 모래사장의 서쪽 끝 숲도 높이 반 이상 사라지고, 검게 그을린 나무들에서 피어오르는 연기가 맑게 갠 파란 하늘로 솟아오르고 있다. 멍하니 바라보던 세이지는 이명이라고 생각했던 소리가 그것이 아니라는 것을 깨달았다. 시선을 옮기자 5 미터 정도 떨어진 곳에서 수많은 파리들이 날아다니고 있다. 거기에 여기저기 흩어져 있는 것이 오시로大城의 잔해라는 것을 알고는 세이지는 모래사장 위로 쓰러졌다. 하늘이 갑자기 캄캄해지면서 아아, 난 이제 죽었어……라는 혼잣말에, 사요코가 울 것 같은 얼굴을 하고 있었다. 그녀의 얼굴을 바라보며, 나 같은 놈 때문에 울지 마……라고, 세이지는 입술을 깨물며, 모래 위로 손을 뻗어 뒹굴고 있는 수류탄을 주워 올렸다. 오랜 시간을 들여 몸을 일으키자, 난, 죽지 않아, 난, 죽지 않을 거여……라고, 사요코를 위해영이라도 죽을 순 없어……라고 되뇌는 소리가 동굴 안에 울려 퍼진다.

여긴 어디지……? 텐트 아래에는 몇 명의 부상병이 누워 있고, 원망과 고통을 머금은 신음소리가 열기를 품은 텐트 아래로 팽창하여, 찢어지고, 끈적끈적하게 뒤엉킨 가운데 갑자기 이상한 말소리가 들리더니 가깝게 다가와 세이지의 얼굴을 들여다본다. 눈도 눈썹도 피부색도 탈색된 듯한 얼굴이 나타나, 급히 수류탄 핀을 뽑으려 했지만 손가락 하나 움직일 수 없고, 수통을 입술을 향해 대고 흘려보내는 물을 거절할 수도 없다. 열기를 품은 몸은 세이지의 의지와 달리 좀더, 좀더……라며 물을 찾았다. 산양의 눈을 한 하얀 얼굴이 그 모습을 보고 웃으며 물을 더 주었다. 물을 마신 세이지는 아아, 난 미국 놈덜 덕에 살았다……는 것을 알았다.

그렇게 한 달이 넘게 미군에게 상처를 치료 받고, 처음엔 거부했던 식사도, 옆에 누워 있던 일본군이, 어서 먹어, 이 바보 같은 놈아, 라고 호통을 치는 바람에 할 수 없이 먹게 되었는데 너무 맛있어서 놀랐다. 통조림 고기와 콩의 자양분이 살이 되어 상처부위를 아물게 하는 것이 눈에 보이는 것 같았고, 일어서서 걸을 수 있게 되었을 무렵에는 보살펴 준 미군에게 감사하는 마음을 갖게 되었다. 병원용 텐트를 나온 세이지는 수용소 안 일본군 병사를 수용한 구역으로 일단 보내진 후 얼마 안 있어 같은 섬사람들이 모여 있는 구역으로 이동했다. 거기서 부모님과 남동생, 여동생을 만났지만, 그 기쁨 밑바닥에는 미군 덕에 목숨을 구했다는 당혹함이 남아 있어, 지금까지 갖고 있던 주체할 수 없는 미군에 대한 증오심과, 목숨을 구해준 것에 대한 감사함이, 마을로 돌아와서도 정리되지 않은 채 그대로 계속되었다.

　전쟁은 이제 끝난 건가? 천황폐하는 어떻 된 거야? 그 물음에 대답할 수 있는 사람이 마을에 있을 것 같지 않았고, 해변 건너편에 세워진 미국군 항구에 유송선이 빈번하게 드나들고, 미군 병사들이 바쁘게 움직이는 것을 보고, 전쟁은 아직 끝나지 않았……, 다른 곳에서 전투가 계속되고 있어……라고 생각했다. 그런데 섬 수용소에 수감되었던 일본군 병사들은 쓸개 빠진 놈처럼 땅바닥에 주저앉아, 엷은 미소를 띠며 미군 병사에게 담배를 구걸하고 있고, 무기를 탈취해 싸우려는 기개는 조금도 없었다. 우군이 싸운다면 나도 함께 싸울 건디……라고 세이지는 생각했지만, 그런 날은 오지 않았다. 오늘 내일, 먹고 살 것을 우선 생각하지 않을 수 없었다. 우군이 징발해 간 사바니는 미국군의 공격으로 파괴되었기 때문에 산호초로 덮인 옅은 물가를 걸으며 조개와 문어를 잡거나, 물고기를 잡거나, 황폐한 밭을 일구는 일에 하루하루 쫓기는 나날이 이어졌다.

어느 날, 뭔가 사용할 만한 도구가 있는지 찾으러 일본군이 사용하던 숲 속 안쪽 동굴로 들어간 세이지는, 바위 그늘에 수류탄 하나가 떨어져 있는 것을 발견했다. 약간 녹이 슬었지만 아직 쓸 만한 것 같아 손수건에 싸서 마른 곳을 찾아 암벽 틈 사이에 넣고는 납작한 돌을 뚜껑 삼아 막아 놓았다.

그 돌을 치우고 차가운 금속 덩어리를 쥐고, 새어들어 오는 빛을 받으며 세이지는, 아아, 그래, 이제 알겠다, 이 수류탄은 미국 놈에게 살해당한 사름덜의 원한을 풀어주랜, 나한티 남겨진 물건이라는 걸……, 손바닥 위에 올려놓은 무게감에 자신을 얻고서, 꼭 원한을 풀어주키여……, 비록 나 혼자 몸이주만……미국 놈덜 절대 용서허지 않으키여……라, 그렇게 맹세하는 세이지에게 미군은 소리 높여 웃었고, 그 웃음소리 뒤로 여자의 외침이 들려온다.

자기네 섬 여자가 당하고 있는데 어떵허연 침묵허멍 보고만 있고 막지 않은 거야, 어떵허연……, 소리는 목구멍 깊은 곳에서 뭉개지고, 말은 머릿속에서 울릴 뿐이었지만, 여자의 울음소리는 면도칼처럼 세이지의 살을 갈기갈기 찢고, 드러난 뼈를 깎는다. 지프차 옆에서 있던 두 명의 미군은 손에 든 라이플총을 남자들을 향해 조준하고 기죽은 모습을 보고 웃는다. 집에서 나온 미군 세 명이 두 명과 교대한다. 껌을 씹으며 말하고 있는 미군들의 벗은 상반신은 땀으로 젖어 있고, 풍겨오는 땀내에 세이지는 토할 것 같았다. 우두커니 서 있는 마을 남자들은 신음소리가 흘러나오는 집안쪽과 땅을 번갈아 바라보며, 미군을 노려보던 이들도 총구가 향해 오면 고개를 떨궈 버린다. 총을 빼앗앙 몬딱 다 죽여불키어, 라고 마음먹어도 몸이 움직이질 않는다. 돌 같은 눈에서 흘러내리는 것이 입술 끝과 턱을 적시며 발등에 떨어져도 한발도 내딛지 못하는 자신의 무력함이 원통했다. 동굴 안쪽에서 피가 흘러나올 때까지 세이지는 자신의 팔을 깨물며, 가슴 안쪽 상처를 움켜잡고, 아사기 광장을 짓이기며 사라져 가는 지프차 엔진 소리와 타이어 소리가 동굴에 울려 퍼지는 것을 들으며, 풍겨오는 가솔린 냄새를 맡았다. 남자들이 다 사라지고 혼자 남은 세이지는, 집으로 돌아가 늘 사용하는 작살을 들고는 우물 옆에 웅크리고 앉아 날을 갈았다. 작살 날 끝 예리한 부분에 스쳐 손가락에서 피가 날 때까지.

후쿠기로 둘러싸인 집 건너편에서 울고 있는 사요코의 소리는 멈추지 않을 것이고, 사요코는 이제 두 번 다시 마음 놓고 웃진 못헐 거여, 앞으로는, 마음 깊은 속에서 늘 울고만 있을 테주……, 그렇게 생각하자, 미국 놈들 총에 겁먹고 아무것도 하지 못했던 스스로에 대한 노여움으로 미쳐 버릴 것 같았다. 전쟁은 끝나지 않았어, 절대로 끝나지 않았어, 사요코한티도, 나한티도, 언제까지나 끝나지 않을 거야……, 달빛에 빛나는 작살 끝을 응시하며, 난 미국 놈덜허고 계속해영 싸울 테다……라고 결심했다. 아무도 눈치채지 못하게 숲 안쪽 동굴에 물과 식량을 옮기고, 이른 아침부터 오후 늦게까지는 아버지와 함께 고기를 잡고, 미국 놈들 작업이 끝나는 저녁이 되면 작살을 손에 들고 파도가 밀려오는 바위 그늘에서 건너편 강을 노려보았다. 아사기의 종이 울려도 난 이디서 계속 기다릴 거다……, 바당이라면 철포는 쓰지 못헐 테주, 바당이라면 나 혼자서도 이길 수 있어……, 라고 생각하며 헤엄쳐 오는 미국 놈들을 계속해서 기다렸다.

그런데 드디어 그날이 왔는데, 단 한 명밖에 제대로 찌르지 못했다. 용서해 주라, 사요코, 너의 원한을 풀어주지 못했져……, 그래도 이대로 물러서진 않으키여……, 손바닥에 올려놓은 수류탄 무게는, 사요코와 살해당한 섬사름덜과 우군 병사덜의 원한의 무게이며, 이게 나를 구해줄 거여……, 라고 믿었다. 벌써 며칠째 잠을 자지 못했다는 것도 잊은 채, 차오르는 흥분을 주체할 수 없었다. 머릿속에 흘러넘치는 말들로 잠을 자려 해도 자지 못하고, 눈을 감고 계속 기다리고 있던 세이지는, 문득 목덜미에 뜨거움을 느껴 얼굴을 들어 올렸다. 암벽에서 흘러 들어오던 빛이 어느 틈엔가 강한 빛으로 바뀌어 있었다. 얼굴을 찡그리며 반짝이는 빛줄기를 보고 있자니, 동굴 전체에 남자의 목소리가 울려 퍼졌다.

세이지, 나오라, 너가 거기에 숨어 있는 거 다 알고 있져, 지금 나오민, 미군덜도 너 목숨은 빼앗지 않을 거난, 걱정허지 말라, 빨리 나오라, 너네 아방도, 어멍도, 마을 사름덜도 다 기다렴시난, 나쁜 생각은 허지 말라, 너가 찌른 미군도 죽지 않았댄 햄져, 끌려간댄 해도 곧 돌아와질 거여, 나오라……, 마이크로 말을 건네고 있는 이는 구장 가요嘉陽가 틀림없었다. 전시에는 방위대장을 하며 그 누구보다 앞장서서 미국 놈들을 증오했던 그가 수용소 안에서는 요령 좋게 전향하여 미국군이 마을에 지급하는 물자 배급처에서 일하더니, 어느 틈엔가 새로운 구장까지 된 가요의 얼굴을 볼 때마다 부끄러움도 모르는 작자가……라며 아버지가 토해내듯 내뱉었던 말을 떠올렸다. 미국 협잡꾼이, 나를 속영 미국 놈덜한티 빌붙게 헐 생각이겠지, 가여운 섬 여자덜보다 자신만 생각하는 썩은 놈이, 네 놈도 함께 찔렁 죽여 주키어……, 언제라도 뽑을 수 있도록 수류탄 핀에 손가락을 걸고, 기다려 사요코, 너의 원한은 꼭 갚아주크메……, 구장의 목소리가 멈추고, 깊은 바다 속 같은 정적이 찾아 왔다. 숨을 죽이고 몸을 웅크리고 있는 세이지의 귀에, 무언가가 던져지는 소리가 들렸다. 벌려진 틈 사이로 흘러들어온 빛에 하얀 연기가 퍼진다. 독가스……, 세이지는, 바로 수통에 담긴 물을 손수건에 적셔서 코와 입을 막았다. 바위 틈 사이로 얼굴을 대고 흘러들어오는 바깥 공기를 마셨다. 동굴 안에 퍼져 들어오는 가스는 세이지의 몸을 휩싸고, 눈과 코와 피부로 스며들어, 수통 물로 씻어도 눈을 뜨고 있을 수 없을 정도로 아픈 눈에서 눈물이 흐르고, 콧물이 흘러나와 손수건을 축축하게 적신다. 우타키누의 신이시여, 숲의 신이시여, 용궁의 신이시여, 섬의 신이시여, 나를 지켜주십서……, 라고 기도했지만, 독에 찔린 물고기가 하얀 배를 보이고 물위로 떠오른 것처럼 곧 폐가 망가져 몸을 움직일 수 없게 될 거라는 걸 알았다. 세이지는 수통에 남은 마지막 물을 마시고는, 희미하게 풍겨오는 숲과 바다 냄새를 맡았다. 손수건으로 양쪽 눈을 닦아 내고, 부어오른 얼굴에 햇빛을 쏘인다. 사요코여, 어머니여, 나를 지켜주십서……, 세이지는 뒤를 돌아, 오른손에 수류탄을 왼손에 작살을 집어 들고 동굴 밖을 향해 달려 나갔다.

그 확성기를 건네준 2세 미군 병사의 이름은 기억하세요?

카세트테이프를 바꿔 넣은 소형 레코더를 테이블에 올려놓고 스위치를 넣으며, 대학을 졸업한 지 2년밖에 되지 않은 작은 체구의 여자는, 너를 보고 희미한 미소를 지어 보이는 것 같았어. 그런데 투명한 플라스틱 뚜껑 안쪽에서 회전하는 테이프에 시선을 떨군 너는 2세의 이름도 여자의 이름도 떠올리지 못해 불안해하고 있었어.

헨리ㅅㄱㅣ리ー라신가? 스미스ㅅㅁㅅ옌 해신가……? 20대 중반의 거무스름한 얼굴은 왼쪽 볼에 작은 상처가 있었던 것까지는 확실하게 기억이 나는데, 군복을 벗기고 오키나와 옷을 입히면 우리영 똑같은 모습일 거라고……, 생각했던 것까지 기억이 나는데, 왜 이름은 떠오르지 않는 걸까. 아니다, 헨리옌 허는 자는 위안소에서 트러블을 일으켰던 흑인 병사 이름이고, 스미스는 세이지가 작살로 배를 찌른 미군 이름이라신가……? 혼란스러운 채로 너는 얼굴을 들고 여자의 눈을 응시했다.

아마도 로버트였던 것 같네…….

불현듯 입에서 나온 말에 놀란다. 입에 올려 보니 실제로 그런 것 같은 기분이 들면서 오키나와 출신 부친의 성은 히가比嘉라고 하지 않았나, 라는 기억까지 떠올렸다.

로버트 히가ロバート · 比嘉, 분명 그런 이름이었다.

그렇게 말하고서는 로버트라는 이름은 암살된 미국 정치가의 이름으로, 기지에서 일할 때 사무소 텔레비전 앞에서 미군들이 떠들어대던 것이 떠올라 로버트라는 이름을 입에 올린 것일지도 모른다는 생각을 했다. 그러나 너는 정정하려고도 하지 않고 여자가 노트에 펜을 굴리는 것을 보고 있었다.

미국 놈인지 우치난추ウチナーンチュ 일본 본토인을 이르는 야마톤추와 구별하여 오키나와 사람을 칭하는 말인지도 몰를 2세 남자 이름 따위야 아명허민 어떵……, 이라고 마음속으로 변명하고 있으려니, 아들뻘 되는 나이 차이가 있음에도 사람을 얕잡아 보던 통역 2세에 대한 분노가 되살아났다. 테이블에 놓인 찻잔에 손을 뻗자 그 남자가 건네준 확성기의 무게가 되살아나고, 등 뒤로 느껴지던 마을 사람들의 찌르는 듯한 시선에 너는 불현듯 뒤를 돌아보았다. 세이지의 아버지 세이코盛孝가 한층 더 예리하게 너를 노려보고 있다. 바다에 그을린 얼굴 아랫부분은 수염으로 뒤덮였고, 움푹 팬 눈꺼풀 안쪽은, 늘 붉게 충혈 되어 있는 눈이 백석처럼 단단한 빛을 발하고 있다. 아들을 도와달라고 부탁을 해야 할 마당에 노여움과 위협을 감추려 하지 않는 눈에 불쾌함을 띠고 있다. 이 남자는 어릴 때부터 늘 나를 무시했어……, 라는 생각에 미치자, 세이지가 어떻 되어도 난 몰르키여……, 라는 말을 마음속으로 뱉어낸다. 그러나 세이코 옆에서 손을 모으고 있는 하쓰ハッ의 모습을 보니 어떻게든 세이지를 도와야 한다는 생각으로 바뀌었다.

그 로버트 히가라는 2세와 함께 방공호로 부르러 갔던 거죠?

질문하는 여자의 표정에 하쓰의 젊은 시절의 얼굴이 겹쳐진다. 네가 바라보고 있으려니 여자는 천진한 얼굴로 고개를 끄덕인다. 나이가 든 탓인지 너는 몇 번이나 들었을 여자의 이름도 기억하지 못했고, 로버트 히가의 이름도 헷갈려 했다. 그로 인해 너는 마음이 위축된 듯했다. 선명하지 않은 기억에 맞서, 하쓰와 닮은 듯한 여자를 위해서도, 자신을 위해서도, 흐려져 흔들리는 기억을 응시하려 노력했다.

아, 그 2세가 미리 부탁을 했기 때문에 확성기를 받아 들고서, 나오라고 말했지…….

동굴 앞을 덮고 있던 아카키와 가주마루의 거목은 함포사격으로 날아가 버리고, 석탄암 벼랑 끝에 입을 벌리고 비스듬하게 자리 잡은 동굴 안으로, 낮게 가라앉은 하늘에서 희미한 빛이 스며든다. 바위 그림자와 자갈이 굴러다니는 땅바닥 여기저기에 빈 병과 옷, 나무판자가 남아 있는 것이 보인다. 눈 안에 각인된 그 모습은 지금도 선명하다. 섬사람들 백 명 가까이 피난해 있던 그 동굴에 너도 숨어 있었다. 경방단장을 하고 있다는 이유로 방위대에 차출되는 것을 면했지. 함포사격 포탄이 공기를 가르며 날아드는 소리가 들려오는 듯해 손이 떨렸다. 확성기를 건네려던 2세 통역이 그것을 눈치채고 웃음기를 띤다. 얕보인 것 같아 초조해 하며 너는 확성기를 잡아들고는 스위치를 넣는 방법을 알려 주는 2세에게 알았다는 사인도 없이 동굴 안에 숨어 있을 세이지를 향해 말을 걸었다.

세이지, 나오라, 너가 거기에 숨어 이신 거 다 알고 있져, 지금 나오민, 미군덜도 너 목숨은 빼앗지 않을 거난…….

그런 것까진 알지 못했다. 찔린 미군 병사는 중상을 입었지만 죽지는 않았다, 라는 말을 2세 통역에게 들었지만, 붙잡힌 후에 세이지가 어떻게 될지는, 물어도 고개를 갸웃할 뿐이었다. 세이지뿐만 아니라 하쓰도 안심시킬 요량으로 그렇게 말했지만, 걱정허지 말라……, 라고 덧붙인 말은 자기 자신에게 들려주는 말인 것처럼 느껴졌다.

어서 나오라……, 목소리가 동굴 안에 반향을 울려, 암벽에 메아리쳐 파문을 일으키며 밖으로 퍼져 나갔다. 너는 그 목소리가 마을 사람들 모두의 목소리라고 생각하고 싶었다. 그러나 등 뒤에서 응시하는 시선에서, 기대대로 끝나지 않을 것임을 알았다.

2세 통역에게 확성기를 돌려주고 뒤를 돌아봤을 때, 섬사람들이 너를 미군 동료라도 되는 양 바라보던 기억이 되살아나며 그날 느꼈던 것처럼 귓불이 뜨거워졌다. 저 무리덜은 아무 것도 몰를 거여, 나가 미국 놈덜과 교섭을 허멍 얼마나 마을을 위허영 애썼는지, 나가 마을에 얼마나 많은 식량이 배급되게 해신지도 몰를 거다, 미국 놈을 찔러서 섬을 곤경에 빠뜨린 세이지만 치켜세우멍 나는 나쁜 놈 취급이나 허고 말이야……, 플라스틱 뚜껑 저편에서 반복해서 돌아가고 있는 테이프를 응시하며, 너는 가슴 속에서 토해 버린 말들까지 녹음되는 것 같아, 서둘러 터져 나오려던 말을 멈추고, 손에 들고 있던 찻잔을 입으로 가져갔다.

여자는 네가 테이블에 찻잔을 올려놓는 것을 기다렸다가 차를 따라주며 피곤하지 않느냐고 물었다.

전혀 피곤하지 않아요. 가끔은 이야기라도 하지 않으면, 나이 먹어 혼자 살면 치매가 빨리 온다고들 하는데, 오늘은 당신이 와 줘서 감사할 따름이야…….

그러세요? 저도 말씀을 들을 수 있어 너무나 감사해요. 그렇게 말씀해 주시니 조금 더 이야기를 듣도록 할게요, 피곤하시면 말씀해 주세요.

웃어 보이며 고개를 끄덕인 후 너는, 이렇게 기분 좋게 웃어 본 게 언제였을까……, 라는 생각을 한다. 50년 이상 함께 해온 나에+ㄱ가 죽고 나서 집안에 틀어박혀 아무와도 말하지 않았던 날들이 계속되었던 것 같다. 전쟁이 끝난 후 말라리아로 죽은 외아들 소케이宗敬가 살아 있었다면 지금쯤 손자를 보고도 남았을 텐데……, 라는 생각을 하며 여자를 바라보는 눈에 눈물이 고여 와서, 들키지 않으려 티슈로 코를 풀었다.

자네야말로 피곤하지 않나. 이런 늙은이의 전쟁 이야기를 듣고 있으면 지루할 텐데…….

그렇지 않아요. 이렇게 귀중한 말씀을 들려주셔서 감사한 걸요.

여자의 말과 표정에는 거짓이 느껴지지 않았다. 대학 졸업논문으로 오키나와 전투沖繩戰에 대해 쓰려고 작년부터 시교육위원회에서 임시직으로 일하고 있다는 여자가 처음 너의 집을 방문한 것은 두 달쯤 전이었다. 처음엔 경계하고 무뚝뚝하게 대했지만 점점 여자를 집에 들여 이야기를 하게 된 것은, 여자의 표정에서 하쓰의 얼굴을 본 것과, 어떤 이야기든 흥미롭게 귀 기울여 주는 모습이 거짓됨이 없음을 느꼈기 때문이다. 그렇게 이야기를 들어주는 것은 역시 기쁜 일이었다. 때로는 일주일 이상 아무와도 말하지 않은 때도 있었다. 이런 생활이 계속되자 너는 여자가 오기를 기다리고 있다는 것을 알게 되었다. 나가, 경허난, 이름이 뭐랜 했더라……? 이름을 잊어버려 여자에게 미안하여 다시 물어보지도 못하고, 여자가 어떤 말결에 자기 이름을 입에 올려주기만을 기다렸다.

미군은 그 세이지 씨를 살아 있는 상태로 잡으려고 했던 걸까요?

그랬을 거야. 그렇지 않았다면 동굴 안에 폭탄을 던져 넣었겠지. 그들이 던져 넣은 것은 최루가스탄이었으니까…….

예? 최루가스였나요, 던져 넣은 것이? 독가스가 아니라?

일전에 독가스라고 말했을지 모르는데, 나중에 떠올려 보니 최루
가스였어. 연기를 내는 것이 목적이었으니까. 안에 계속 있었으면
질식해서 죽었을지 몰라……

여자가 조용히 고개를 끄덕이며 노트에 무언가를 적어 넣는다.
미군 병사 하나가 가스탄을 던져 넣었을 때 동굴에서 30미터 정도
떨어져 이를 지켜보던 섬사람들 사이에서 비명이 터져 나왔다. 2세
미군 병사가 던져 넣은 것은 최루가스로 그것으로 금방 죽는 것은
아니라고 전해들은 너는, 독가스 아니랜, 걱정허지 마……, 라고 뒤
를 돌아 큰 소리로 말했지만, 여자들의 탄식은 멈추지 않았다. 이것
으로 세이지에게 무슨 일이라도 생기면, 미군이 떠나불고나민 나가
세이지에게 나쁜 짓을 헌 것추룩 말허지 않으카……, 라는 불안이
엄습해 자신을 노려보는 세이코와 남자들의 눈빛을 피해, 너는 2세
통역에게서 조금 떨어져 섬 끝 깊숙이 연결되어 있을 것 같은 동굴
에서 피어오르는 가스를 응시했다. 눈과 코를 자극하는 가스가 잦
아들자, 2세 통역과 총을 든 수 명의 미군 병사가 동굴 입구에서 3,
4미터 정도 뒤로 물러났다. 이 밖에도 열댓 명의 미군 병사가 벼랑
을 에워싸듯 반원형을 그리며 배치하고 있었고, 그 바깥쪽에서 바
라보고 있는 섬사람들은 족히 백 명은 넘는 듯했다. 낮게 드리워진
하늘은 개려는 건지 비가 오려는 건지 분명하지 않았고, 불타 그을
린 나무 냄새가 밴 숲에 모여든 사람들을 비추는 햇빛은 그다지 강

하지 않는데 모두들 땀에 흠뻑 젖어 있었다. 2세 통역은 지휘를 하는 부대장과 이야기를 나누고 있고, 너는 임무를 마쳤지만 무시당하는 듯한 모습이었다. 그러나 너의 입장에서는 아직 임무를 다하지 못한 것이었다. 빨리 나오라, 이 바보 같은 녀석아……, 가슴속에 독을 품으면서, 설마 동굴 안에 세이지가 없는 건 아닐까……, 라는 생각에 미치자 갑자기 불안해졌다.

　세이지가 이 동굴에 숨어 있는 것을 너에게 알려준 것은 오시로 분토쿠大城文德였다. 산을 샅샅이 뒤진 끝에 집으로 돌아와 몸을 씻고 나서 알고 지내던 미군 병사에게 일본도랑 맞바꾼 위스키를 마시고 있으려니 밖에서 이름을 부르는 소리가 들렸다. 문을 열자 분토쿠가 서 있었다. 전에 어디서 구했는지 일본도를 가지고 온 것이 분토쿠인데, 통조림과 교환하고 싶다고 하여 흔쾌히 건네주었다. 그 일본도로 위스키를 손에 넣었던 것이다. 달빛에 비춰진 모습을 보니 손에 아무 것도 지니고 있지 않았다. 그냥은 물건을 주지 않을 거라고 경계하자, 세이지가 이신 디를, 알고 이신디……, 라며 분토쿠는 소리 죽여 말했다. 아내에게 위스키를 감추라고 눈짓으로 지시하고는, 주위를 살피며 분토쿠를 집안으로 불러들였다.

　낮에 숲에서 장작을 주우며 목이버섯을 찾던 분토쿠는 작살을 손에 쥐고 옷을 움켜쥔 세이지가 벌거벗은 모습으로 숲을 달려 동굴 안으로 들어가는 것을 목격했다고 한다. 말을 걸 분위기가 아니어서 숨어서 보면서 필시 뭔가 큰일이 난 것이라고 생각하며 마을로 돌아와 보니 이런 소동이 벌어진 것……, 이라고 말하며, 자기가 경솔하게 발설하면 자신도 의심 받게 될지 모르니 미군들에게 말하지 않고 있었다……, 고 말하며 웃는다. 당신이라면 미군들이 신용할 테니, 나한테 들었다고 하지 말고 이 말을 전해 주지 않겠냐는 것과 그 대신 전과를 올린 물건(전후 오키나와에서는 주민이 미군의 식량이나 물자 따위를 훔치거나 해서 손에 넣은 것을 '전과를 올리다'라고 표현함)을 좀 나눠주면 좋겠는데……, 그렇게 말하는 분토쿠에게 너는, 지금 헌 말이 사실인가……? 라며 재차 확인한 뒤, 거짓말이민 자네도 미군한티 끌엉 갈 테니까……, 라고 협박을 한 후, 안쪽 방에서 소고기와 비스킷이 든 통조림을 골라 마대자루에 담았다. 자루를 받아들고 만족스럽지 않다는 표정을 하는 분토쿠에게, 자네가 헌 말이 사실이고, 세이지가 붙잡히민 나중에 더 주크라……라는 말을 덧붙이며 밖으로 나갔다. 이 일은 피차 누구에게도 말허지 않는 걸로……, 라며 서로 사인을 보낸 뒤, 어둠 속으로 사라지는 분토쿠를 배웅하고 너는 문을 닫고 위스키를 다시 마시기 시작했다.

　그래도 미군은 어떻게 그 동굴에 세이지 씨가 숨어 있는 것을 알았던 걸까요?

　작은 섬이라 숨는다고 해도 장소는 밝혀지기 마련이야…….

　세이지 씨는 수영을 아주 잘했다고 하는데, 헤엄쳐서 섬 밖으로 도망가려는 생각은 하지 않았던 걸까요?

　세이지라면 헤엄쳐서 도망칠 수도 있었을지 몰라. 다만 섬 밖으

73

로 나가더라도 전쟁이 계속되고 있었고, 도망가려고 마음먹었다 한들 어디로 도망가면 좋을지 몰랐던 게 아닐까⋯⋯.

아아, 그렇군요.

게다가 세이지는⋯⋯.

너는 하려던 말을 멈췄다. 자신을 바라보는 여자의 눈길을 피해, 정원에 핀 백일홍을 바라보면서, 죽을 작정이었을 게야, 미군들과 함께⋯⋯, 그렇게 마음속으로 읊조렸다.

이튿날 아침, 산을 뒤지기 위해 마을 아사기 광장에 집합한 미군 병사 가운데 2세 통역을 발견하자, 너는 그에게로 다가갔다. 어떤 남자로부터 세이지가 숨어 있는 곳을 들었다고 전하자, 2세 통역은 의심스러운 눈으로 너를 보며, 어떤 남자가 대체 누구냐고 물었다. 그 남자는 사건과 아무런 관련이 없으니 이름은 묻지 말아달라고, 우연히 세이지가 숨어드는 것을 본 것일 뿐⋯⋯, 이라고 말하고는 알랑거리며 웃어 보이는 너를, 2세 통역은 반신반의한 표정을 지어 보이며, 부대를 지휘하고 있는 30세 전후의 부대장이 있는 곳으로 데려갔다.

턱 여기저기에 면도로 인한 상처가 남은 마른 몸의 백인 부대장은 2세 통역의 설명을 듣고 나서 지프차에 펼쳐진 지도를 가리키며 네게 무언가를 말했다. 장소를 묻는 것이라고 생각하고 통역이 채 끝나기도 전에 지도를 살펴보았는데, 촘촘한 선이 빽빽한 종이 위의 지형과 섬 지형이 잘 연결되지 않았다. 동굴로 직접 안내하는 편이 좋겠다고 네가 제안하자, 2세 통역의 설명을 들은 부대장이 고개를 끄덕이더니 지프차에 올라타라고 턱으로 가리켰다. 뒷좌석에 올라탄 너를, 아사기 광장 주변에 모여 있는 마을 사람들이 보고 있다. 2세 통역에게 다가가던 때부터 모두가 너의 모습을 바라보고 있던 것은 알고 있었다.

반은 득의양양한 기분으로, 또 다른 반은 뒤가 켕기고 떳떳하지 못한 기분으로 앉아 있던 너는, 옆에 탄 2세 통역이, 당신이 안내하는 장소가 틀림없는 거지, 라며 다짐을 하는 통에 불안해졌다. 고개를 끄덕인 후 아사기 광장에서 분토쿠의 모습을 찾았지만 보이지 않았다. 차 주위에서 잡담을 하거나 담배를 피우던 미군 병사들이 부대장의 지시로 각각 지프차에 올라타자, 너는 숲으로 가자고 2세 남자에게 말했다.

마을에서 3백 미터쯤 갔을 때 길이 좁아져 지프차가 통과하지 못하게 되자 모두가 차에서 내려 너와 2세 남자를 선두에 세우고 숲 언덕길을 오르기 시작했다. 전날 산을 수색했던 장소에서 더 깊숙한 곳으로 들어가, 섬 중앙부에 가까운 완만한 언덕이 있는 곳까지 이르러서 너는 발을 멈췄다. 아카기赤木 여우구슬(小蜜柑草)과 상록고목으로, 붉은 빛을 띤 데에서 유래와 모밀잣밤나무 사이로, 50미터 정도 떨어진 벼랑 아래에 있는 동굴 입구가 보인다. 너가 가리키며 저기예요, 라고 말하자 2세 통역은 살짝 고개를 끄덕이고 시선은 동굴에 고정한 채, 뒤에 서 있는 부대장에게 무언가 말을 건넸다. 부대장은 앞으로 나와 소형 쌍안경으로 동태를 살핀 후, 옆에 있던 젊은 병사에게 지도를 펼쳐 보이게 하여 위치를 확인하고 있다. 그러고는 라이플총을 들고 있던 두 명의 미군 병사를 척후로 지목했다.

너는 세이지가 동굴 안에 있기를 기도하면서 두 명의 미군 병사의 뒷모습을 바라보았다. 세이지가 총을 가지고 있지 않을 거라고 생각한 듯, 두 사람은 크게 경계하는 모습 없이 동굴 입구 가까이로 가서 안쪽 상황을 들여다보고 있다. 숲 안에 숨어 있는 일본군을 겨냥하여 함포사격이 계속되었던 탓에 수개월 전까지 울창했던 숲도, 여기저기 타고 남은 나무와 꺾인 나뭇가지 잔해로 어지럽혀 있고, 벼랑 주위도 뽑힌 나무가 날아들어 낮게 드리운 하늘의 희미한 빛줄기에 비춰 보였다. 총으로 무장하고 동굴 안을 들여다보던 두 사람이 신호를 보내자, 부대장의 지시로 미군 병사들이 동굴로 향한다. 너는 2세 통역의 재촉을 받으며 부대장과 비스듬하게 서서 그의 뒤를 따랐다. 벼랑을 30미터쯤 남겨두고 부대장은 벼랑을 향해 반원을 그리듯 병사를 헤쳐 모이게 했다. 그 움직임 하나하나가 우군과는 비교가 안 될 정도여서 미군을 상대로 우군이 맥없이 당한 것은 당연한 일이었을지 모른다고 생각했다. 그런 미군에게 혼자 몸으로 향했던 세이지에게 경외의 마음을 느끼고 있는 자신을 깨닫고, 너는 싹트는 감정을 바로 억눌러 버렸다.

저 미친놈이 쓸데어신 짓을 해서는, 도대체 무신 생각인 건지……, 라며 마음속으로 토해내 버렸다. 그 정도도 모를까, 모르는 척 하지 마……, 라는 소리가 들려와 너는 고개를 들어올렸다.

괜찮으세요?

여자가 걱정스럽게 바라보고 있다.

아아, 무슨……?

아까부터 말을 걸어도 계속 고개를 숙이고 계셔서요.

아아, 좀 생각할 게 있어서…….

피곤하시면, 오늘은 이만 할까요?

아니, 아직 전혀 피곤하지 않아요…….

그러세요?

이렇게 전쟁 중의 이야기를 들어주고 꼼꼼하게 기록해서 남겨 주니 얼마나 고마운지 몰라요. 나도 기록을 남겨둬야 한다고 생각하고 있었는데 좀처럼 쓰는 게 어려워서 못 하고 있었으니…….

여자는 너의 말에 고개를 끄덕인다. 눈빛에는 염려와 함께 기쁨이 서려 있다. 너는 그렇게 느꼈고, 그렇게 생각하고 싶었다. 자신이 누군가에게 걱정을 안겨준 것은 미안한 일이지만 한편으로는 역시 기쁜 일이기도 했다.

최루가스가 던져지고 난 후, 세이지 씨는 바로 나오셨나요?

아니, 바로는 나오지 않았을 게요. 1, 2분 정도 지난 후가 아니었나 싶은데…….

아니, 더 길었든가……. 동굴 입구에서 푸른빛을 띤 흰 연기가 솟아오르는 것을 보며 너는, 빨리 나오라, 빨리 나와……, 라며 마음속으로 반복하고 있었던 것을 떠올린다. 갑자기 여자의 비명소리가 들리고, 미군 병사의 격노한 소리가 등 뒤에서 들려왔다. 뒤를 돌아보니, 달려들려고 하는 하쓰를 미군 병사가 라이플총으로 눌러 막고 있었다. 세이코가 하쓰를 등 뒤에서 꽉 껴안고는 땅바닥에 주저앉힌다. 하쓰의 울음소리가 숲 속 나무들을 흔들고, 섬사람들이 불안으로 동요하는 모습이 보인다. 그때까지 단단하게 닫혀있던 백 개 이상의 입이 일제히 열리며 성난 소리가 폭발하며 팔과 다리 근육이 불끈 솟아 짐승의 냄새를 풍기는 무리가 달려든다. 그런 모습이 눈에 들어오자 자기도 모르게 너는 미군들과 함께 위축된 공포를 느꼈고, 부대장의 신호로 총대를 허리에 대고 겨냥하는 미군 병사들을 보자 표정이 굳고 몸이 경직되는 섬사람들의 모습을 보면서 너는 미군들과 함께 안심했다.

세이지 씨가 나왔을 때의 모습은 어땠나요?

금방이라도 쓰러질 것처럼 비틀비틀하며, 손에 작살을 들고 있었고, 그것으로 몸을 지탱하고 있었지…….

작살 말인가요?

아아, 그것으로 미국과 싸울 작정이었을 게요. 다른 한쪽 손에는 수류탄까지 들고 있었거든…….

그때 이미 수류탄을 가지고 있었다는 말씀이죠?

일본군이 남겨 둔 것인지, 어딘가에 있었던 게 아닐까. 불발탄에서 화약을 빼고 바다에서 고기를 잡는 사람도 있었으니까…….

세이지 씨는 던졌나요?

응……?

아니, 그 수류탄을 던졌나 해서요.

던졌으면 바로 총으로 사살되었을 거야. 던지려고 했는데 쓰러져서 던지지 못했어. 게다가 수류탄은 불발탄이었고…….

문득 하쓰의 울음소리가 그치고 세이코와 마을 사람들의 시선이 동굴로 향한다. 너는 뒤를 돌아봤다. 가스의 연기 속에서 비틀거리며 나타난 세이지가 왼쪽 손에 들고 있던 작살로 몸을 지탱하고 서 있다. 진흙으로 뒤덮인 얼굴은 일그러졌고, 부어올라 보이지 않는 양쪽 눈에서 눈물이 흐르고 있다. 머리를 좌우로 흔들며 세이지는 귀로 미군들을 찾고 있는 듯했다. 부대장의 목소리가 울리고, 동굴 가까이에 있던 다섯 명의 미군 병사가 세이지에게 총구를 겨눴다. 세이지의 오른손에 들려 있는 것이 수류탄이라는 것을 눈치챈 너는, 도망쳐야 한다, 고 생각했지만 다리가 움직이지 않았다. 부대장의 목소리에 반응한 세이지는 작살을 겨드랑이에 끼고 수류탄 핀을 빼려고 했다.

그때 쓰러지지 않았다면 총으로 살해되었을 거야……. 훗날 너는 그렇게 생각했다. 연속해서 총성이 울리고, 앞으로 고꾸라졌는데도 세이지는 수류탄을 손에서 놓지 않고 떨리는 손으로 핀을 빼고는 신관信管을 땅에 내리쳤다. 상반신을 일으켜 던지려고 했지만 수류탄은 손에서 빠져나와 엎어져 있던 세이지의 얼굴 옆으로 굴러 떨어졌다. 2세 통역과 부대장이 엎드리는 것을 보고 너도 당황하여 땅바닥으로 몸을 던졌다. 귀를 막고 이마에 작은 돌들이 박혀들 정도로 땅바닥에 얼굴을 깊숙이 파묻고 수류탄이 폭발하기를 기다렸다. 매미가 울어대는 소리가 들려왔다. 꽤 긴 시간이 흘렀는데도 들려오는 건 매미의 울음소리뿐이었다. 네가 얼굴을 들어 올리자 세이지 옆에 두 명의 미군이 서 있었다. 한 명이 엎드려 쓰러져 있는 세이지의 머리에 총을 겨누고, 또 다른 한 명이 웅크린 자세로 수류탄에 천천히 손을 뻗었다. 신중하게 수류탄을 주워 올린 미군 병사는 동굴 안쪽에다 수류탄을 던지고는 바로 웅크리고 앉았다. 너도 다시 얼굴을 땅바닥에 파묻었지만 수류탄은 폭발하지 않았다.

이런 썩을 세이지 녀석, 사름을 놀래게 허고 말이야……, 아무에게도 들리지 않게 내뱉고 몸을 일으키자, 앞서 걸어 나가고 있는 부대장과 2세 통역 뒤를 따라 쓰러져 있는 세이지 쪽으로 발을 옮겼다. 오래 입어서 색이 바래고 누덕누덕 기운 상의에 땀과 진흙이 엉겨 붙어서 등 뒤에 척 달라붙어 있고, 가슴이 가늘게 위아래로 들썩이고 있다. 미군 병사 하나가 군화 끝을 가슴 아래로 넣어 차올려 바로 눕힌다. 눈물과 땀과 진흙으로 더럽혀진 세이지의 얼굴은 핏기가 사라져 보랏빛 입술 사이에서 피가 섞인 타액이 흘러내린다. 부어오른 두 눈꺼풀은 검붉게 색이 변해 있었고, 눈꼬리에서 귀 쪽으로 흘러내리는 눈물이 빛나고 있다. 오른쪽 어깨 부근에서 피가 흘러내려 상의를 적시고 있다. 다른 미군 병사가 꼭 쥔 손가락 하나

하나를 펴서 작살을 빼내어 땅바닥에 두고, 몸을 뒤져 다른 무기가 없는지 살폈다. 2세 통역이 세이지가 틀림없는지 묻고는, 네가 고개를 끄덕이자 부대장에게 설명한다. 너는 두서너 발 뒤처져 산을 내려갔는데, 뒤를 돌아 섬사람들의 시선과 마주할 용기는 없었다. 몸둘 바를 몰라 조금이라도 시선에서 벗어나고자 뒤로 물러서서 부대장 무리를 보고 있자니, 두 명의 미군 병사가 부대장의 지시로 길쪽으로 달려간다. 2세 통역이 마이크를 잡고, 이 남자는 살아있으니 걱정하지 마세요, 라고 섬사람들을 향해 말했다. 모두 안도한 표정을 했으리라고 너는 생각했지만, 실제로 확인한 것은 아니었다.

10분 정도 지나 두 명의 미군 병사가 들것을 가지고 돌아왔다. 거기에 세이지를 싣고 미군 병사들은 섬사람들 쪽으로 걸어간다. 축 늘어진 세이지의 오른손은 수류탄을 쥐었던 형태 그대로 흔들리고 있었고, 맨발에 생발톱이 몇 개인가 빠져 발 안쪽에 핏자국이 생겨 있다. 울부짖으며 다가오려고 하는 하쓰와 그것을 막아서는 세이코를 제외한 섬사람들은 단 한 마디 말도 없이 실려 오는 세이지와 미군 병사를 응시하고 있다. 그 침묵이 너에게는 오히려 무서움으로 다가왔다. 라이플총으로 제지당하고 있는 그들의 분노가 터져 나온다면, 그 대상은 자신이 아닐까, 하는 생각이 강하게 들었다.

섬사람들에게 다가갈수록 미군 병사들의 긴장감은 고조되고, 방아쇠를 겨누고 들것 전후좌우 경계를 단단히 한다. 그 강압적인 분위기에 하쓰의 울음소리도 잦아든다. 동굴 입구에서 5미터 정도 떨어진 모습을 응시하던 너는, 미군 병사들이 사라지고 홀로 남게 되면 마을 남자들에게 맞아죽어 동굴 안에 내동댕이쳐지게 될 것 같아, 마지막으로 내려가는 미군 병사의 뒤를 쫓았다. 그래도 미군 병사들과 2, 3미터의 거리를 두는 것은 잊지 않았다. 이중삼중으로 에워싸고 지켜보고 있던 인파가 좌우로 갈라져, 그 사이를 뚫고 숲 속 언덕길을 내려가는 미군 병사들을 하쓰와 세이코, 친척들이 따라간다. 길이 막혀 멈춰 선 너는 가까이에 있던 어릴 적 친구 신자토 분세이新里文政에게 말을 걸었다.

드디어 잡혔어…….

신자토는 깜짝 놀란 눈을 하고 너를 보더니, 대답도 없이 멀어져 간다. 주위에 아무도 없다는 걸 알고 너는, 나쁜 짓을 헌 건 세이지난, 마을엔 아무 일 없을 거여……, 라고 들릴 듯 말 듯 한 소리로 말했다. 뻔히 속 보이는 말이라는 건 자기 자신도 알았다. 비난하는 듯한 여자들의 시선에 쓴웃음을 지어보이며 얼버무리려 했다. 나무 그늘에서 보고 있던 분토쿠와 눈이 마주치자 당황해 모습을 감춘다.

어이, 구장.

등 뒤에서 들려오는 목소리에 너는 자기도 모르게 몸을 떨었다.

어떻게 세이지가 이 동굴에 숨어있는지 알았지?

다마키 가즈아키玉城一明라는, 너보다 두 살 아래 청년이 앞을 막아서듯 서 있다. 그 도전적인 눈빛과 목소리에 불쾌감을 느끼며, 청년의 중심이기도 한 이 남자를 적으로 만들지 않아야 한다고 너는 계산하고 있었다. 실제로 다마키의 목소리에 힘을 받은 듯 방위대를 마치고 돌아 온 청년들이 5, 6명 모여들어, 자칫 잘못하면 여기서 큰 곤욕을 치를지 모른다는 불안감에 너는 표정이 굳어졌다.

걱정허지 않아도 돼. 미국 놈덜도 세이지 목숨까진 빼앗지 않을 거옌 해시난……

다마키가 코웃음을 치며, 너를 노려본다.

나는 어떵허연 당신이 이 동굴에 세이지가 숨어 이신 걸 알았녠 물엄거든.

작살에 찔린 미군도 죽을 정도의 상처는 입지 않았댄 허니, 이보다 문제가 더 커지기 전에 잡힌 건 오히려 잘된 일이 아니카……

묻는 말에 대답허여.

목소리를 높인 건, 다마키와 늘 행동을 같이하고 있는 구보타 유코久保田友行였다. 체구는 작았지만 오키나와 스모로 치자면 섬에서 다섯 손가락 안에 드는 남자로 숙부인 구보타 유세久保田友淸에게 가라테도 배우고 있었다. 관자놀이에서 흐르는 땀을 닦으려던 손을 멈추고, 너는 동굴 쪽을 가리켰다. 청년들의 시선이 그쪽으로 쏠린다.

저기밲이 없잖아. 너네덜도 경 생각허지 않았어……?

경 생각했다고 해도 미국 놈덜한티 알려주진 않주.

다마키는 너의 대답을 예상이라도 했다는 듯 바로 맞받아친다.

미국 놈덜한테 협력한 것이 나쁜 것추룩 말허는데 너네덜도 산을 뒤질 때 함께 했잖은가……

아무도 협력했다고는 말허지 않았어.

지 스스로 말허고 있네.

다마키의 말에 구보타가 응수하자 청년들의 웃음소리가 높아졌다. 웃고 있는 건 청년들만이 아니었다. 주위에 남아 있던 50명 정도의 여자와 노인, 아이, 그리고 네 나이 또래들까지 히죽거리며, 눈이 마주치면 노려보는 자도 있다.

나는 섬을 위해영 어떻허민 가장 좋을지 생각허고 있어…….

널 위헌 거겠지.

그렇게 외치는 여자의 목소리가 누구의 것인지 알 수 없었다. 너는 발길을 되돌려 숲 언덕길을 내려갔다. 잰걸음으로 앞으로 걸어가는 너의 발꿈치에 떨어진 돌이 앞으로 굴러간다. 이어서 두 개, 세 개의 돌이 날아왔는데, 좌우로 비껴가 위협만 할 뿐이지 자신을 노리는 것이 아니라고 생각한 순간, 등 뒤에 맞은 돌에 아픔을 느낀 너는, 소리를 내며, 발을 멈췄다. 뒤돌아보지 마……, 라고 스스로에게 되뇌며, 얼굴을 들고 길을 서둘렀다. 돌은 그 후로도 몇 개인가 더 날아들었지만 맞지는 않았다. 그러나 등 뒤를 맞은 아픔과 그에 대한 굴욕과 분노가 너를 떠나지 않았다.

들것으로 옮겨진 이후, 세이지 씨는 어떻게 되었나요?

글쎄, 그 후의 자세한 내막은 나도 몰라. 아직 재판소도 형무소도 없던 때이기도 하고, 병사도 아니었으니 군사재판에 회부할 수도 없었을 테고, 어떻게 되었는지…….

처형된 건 아니겠죠.

그건 2세 통역이 그렇게 말했으니, 아니었을 거라고 생각하는데…….

그럼, 마을로 돌아왔을 가능성도 있겠네요.

나는 전쟁이 끝난 이듬해에 섬을 떠났으니, 돌아왔는지 어떤지는 모르지…….

사실은 달랐지만, 그걸 여자에게 말할 기분은 아니었다. 세이지가 미군 무리에게 붙잡혀 간 후, 섬사람들은 너를 계속해서 괴롭혔다. 길에서 인사를 하지 않게 되었고, 말을 걸어도 무시하는 건 다반사였다. 밤중에 밭을 망가뜨리거나 집 앞에 오물을 뿌리거나 하는 것도 참으려면 참을 수 있었다. 청년들이 하는 짓일 거라고 생각했지만, 뭐라고 하면 더 당할 거라고 생각해 참았다. 구장으로서 섬사람들을 위해 애썼다는 걸, 언젠가 이해해 줄 거라고 생각해 미군들에게 식량 배급량을 늘리거나, 집을 새로 고치기 위한 건축 재료를 할당 받거나, 학교 재건을 위해 너는 노력을 기울였다. 실제로 너의 노력 덕택에 괴롭힘은 줄어 갔다. 전투가 끝났나보다 했더니, 섬에서는 말라리아가 크게 유행해 너는 양친을 연이어 잃었다. 자기 집 일만으로도 정신없을 텐데 구장 일에 열심인 너를 인정하고 평가하는 이들도 많았다.

다만 너를 대신하기라도 하듯 아이들이 구타를 당하고 따돌림을 당하게 되었다. 자신이 괴롭힘을 당하는 것보다 몇 배나 깊이, 너는 섬사람들로부터 혐오와 분노를 느껴 이런 자들을 위해 더 이상 고생할 필요가 없다고 생각해 구장 직을 사퇴했다. 원래 조부모 시대에 류큐琉球시대가 끝나고 영락한 사족으로 섬에 토지를 구하러 왔던 너희 일가는 사족의 법도를 버리고, 말도 섬말을 사용하고, 섬에 적응하려 노력해 왔다. 함께 섬으로 이주해 온 이들 가운데에는 사족이라는 자부심을 잊지 말라고 외쳐대고, 섬사람과는 교제도 하지 말라는 이도 있었지만 너희 아버지는 달랐다. 그렇게 50년 이상 섬에서 살아왔어도 그때부터는 잠시 머물다 떠날 사람 취급을 할 뿐이었다. 한 해가 지나 섬 밖으로의 이동이 허락되자 너는 가족을 끌고 친척이 있는 나하那覇로 나갔다.

처음은 친척이 하는 장사를 도왔고 일 년쯤 지나 군작업에 나가게 되었다. 그 길로 미군기지에서 일하며 세 명의 아이들도 키웠다. 매일의 생활에 쫓긴 탓도 있지만 섬에서의 일은 되도록 생각하지 않으려 했다. 가끔 신문이나 텔레비전에 섬이 나와도 보려고 하지 않았다. 아이들이 성인이 되어 출가하고 나에와 둘만 남았지만 섬으로 들어가기는커녕 화제로도 올리지 않았다. 이렇게 둘만의 생활이 10년이 넘었지만 섬의 일을 입에 올리지 않는 것은 나에도 마찬가지였다.

아이들도 엮인 폭력에 대한 분노는, 나보다 더했을지 모른다……

그렇게 생각하며 너는 불단을 바라봤다. 안경을 쓰지 않아 위패의 글자는 흐릿했지만, 자신이 쓴 나에의 이름은 분명하게 눈에 들어왔다.

　그 후로 섬에는 돌아가지 않으신 건가요?

　그래요, 돌아가지 않았어. 원래 우리는 섬사람이 아니었으니까…….

　한번쯤 섬에 가 보고 싶다는 생각은 없으신지요?

　아니, 이 나이에 새삼스럽게…….

　여자의 말 울림에 문득 불안을 느끼며, 너는 계속해서 돌아가고 있는 테이프레코더를 바라보던 얼굴을 들고 말했다.

　당신, 섬에 가서 지금 이야기를 확인할 생각인가……?

　네…….

　만약 그렇다면 그만 두는 게 좋아. 옛 일을 떠올리고 싶어 하지 않는 사람도 있을 테니까…….

　여자는 잠시 너를 바라보더니, 그렇겠네요, 라고 조용히 말한 후 테이프를 멈췄다. 몇 번이고 고맙다는 인사를 하는 여자를 현관까지 배웅하고 미닫이문을 닫고 나서 너는, 여자의 이름이 마키야 메구미眞喜屋めぐみ라는 것을 떠올렸다. 그러나 곧 정말 그 이름이었는지 자신이 없어졌다.

　거실로 돌아와 여자가 앉았던 방석을 정리하고 테이블 위를 보니 투명한 플라스틱 뚜껑 너머로 돌고 있는 테이프가 떠올랐다. 내가 죽더라도, 내 목소리는 남아, 그 당시의 일은 전해져 갈테주……. 그렇게 생각하자 뭔가 자신이 더 이상 이 세상에 없는 듯한 착각에 빠졌다. 그와 동시에 아무 것도 전해 줄 수 없었다, 나의 추억은 나와 함께 사라져 갈 것이다……, 라는 중얼거림이 흘러나온다. 문득 외로움이 파고들어 너는 불단의 검은 향에 라이터로 불을 붙여 향로에 꽂았다. 위패를 향해 손을 모아 깊이 고개를 숙인다.

얼굴을 들고 위패를 본 너는, 뒤로 도망치려 했으나 발이 걸려 테이블 위로 쓰러졌다. 백단향 나무판으로 만든 테이블에서 툇마루 쪽으로 굴러 넘어져 네발로 기어 도망치려 했지만 오른손에 힘이 없어 몸을 지탱하지 못하고 앞으로 고꾸라져 턱을 찧었다. 도움을 청하려고 했지만 혀가 잘 돌아가지 않아, 불단의 위패 앞에 떠오른 세이지의 얼굴처럼 입술 끝에서 침이 흘러 떨어진다. 이상한 냄새가 풍겨와 바지가 젖어 있는 것을 깨닫는다. 왼쪽 손으로 몸을 일으켜 마비된 오른쪽 몸을 아래로 하고 눕자, 여자의 흐느껴 우는 소리가 들려온다. 하쓰인가……. 소리는 점점 가깝게 다가와 마당 울타리 위로 긴 머리칼을 어지럽게 흩날리며 달려오는 젊은 여자의 옆얼굴이 보였다. 무언가에 쫓기듯 소리를 지르며 달리다 사라져버린 여자의 이름이 금방이라도 입 밖으로 나올 듯했지만, 떠오르지 않는다.

나에……, 나에야…….

이름은 소리가 되어 나오지 않고, 머릿속에 매미의 울음소리가 울리고, 등줄기에 격한 통증이 밀려든다. 너는 뒤를 돌아보려다 하늘을 보고 쓰러졌다. 계속해서 날아드는 돌에 맞아 너는 비명을 지른다. 그러나 매미 떼의 시끄러운 울음소리에 너의 목소리도 신음소리도 휩쓸려 사라져버렸다.

어둠 속에서 달려오는 발소리가 가까워지더니 하얀 모래가 깔린 마을의 큰길을 밟아대는 여자의 발과 장딴지가 서서히 드러나며, 흘러 떨어지는 피가 모래투성이가 된 발등에 하얗고 붉은 반점 문양을 만들어 낸다. 흐트러진 검은 머리카락이 햇빛을 튕겨내고, 여자의 풀어 헤쳐진 가슴이 흔들리고, 방울져 떨어지는 땀과 눈물이 혈관이 비쳐 보이는 피부와 하얀 길에 흩뿌려진다. 매미소리와 파도소리를 날카로운 여자의 비명소리가 가른다. 듣고 있는 사람들의 가슴을 에는 그 목소리에 모두들 꼼짝 하지 못하고, 그저 여자의 부릅뜬 눈과 크게 벌어진 입을 바라보다 멀어져가는 뒷모습을 지켜볼 뿐이다. 숲 속으로 달려 사라져가는 여자의 마지막 외마디 소리가 귓가에 남아, 우두커니 서서 바라보는 사람들의 눈에서 뜨거운 무언가가 흘러내린다.

괜찮아? 몸을 흔드는 소리에 잠에서 깨어나니, 눈에서 눈물이 흘러내린다. 귓가에 닿은 베갯잇이 젖어 있다.

또 그 꿈 꾼 거야?

남편의 목소리는 쉰 듯했지만 부드럽고 상냥했다. 그 목소리에 위로를 받으며 어깨에 올린 손을 잡으니, 젊은 시절 그랬던 것처럼 손깍지를 끼고 엄지손가락으로 손바닥을 가볍게 문질러 준다. 창가에 드리워진 하얀 레이스 커튼 밖으로 여명이 번져가고 있다.

조금 더 자도 괜찮아. 아직 이른 시간이야.

어렴풋한 새벽빛을 받은 남편의 그림자는 윤곽이 희미하여, 금방이라도 저편으로 사라져 버릴 것 같아 깍지를 낀 손을 놓지 않으려 힘을 주지만, 손가락 사이로 부드러운 물이 흘러넘치듯 감촉이 사라져 간다. 조금 전 흘렸던 눈물이 채 마르기도 전에 새로운 눈물이 눈꼬리를 타고 흘러내린다. 똑바로 누워 눈을 감은 채, 히사코久子는 멀어져가는 이의 기척을 붙잡아 두려 했지만 그러지 못했다.

또 와줘. 그렇게 중얼거리고는, 가슴 밑바닥에 외로움을 가라앉히고는, 크게 심호흡을 하고 침대에서 내려왔다. 세수를 하고 옷을 갈아입었는데 아직 6시 20분이었다. 아침식사는 7시부터였다. 식욕은 없었지만 오늘 하루 일정을 생각하면 가볍게라도 먹는 것이 좋을 거라는 생각이 들었다.

혼자서 여행을 떠나는 게 몇십 년 만인지 확실히 기억이 나지 않았다. 남편 고스케孝介는 여행을 좋아했다. 시청을 퇴직하고부터는 1년에 두 번 정도 히사코를 데리고 국내 여행을 했었다. 벌써 10년째다. 그 덕에 여행에 익숙해졌다고 생각했는데 홀로 떠나려니 당황스럽다. 집에서 나올 때 문 잠그는 것을 잊어버리지 않도록 몇 번이고 주의를 기울였고, 그것 하나만 보아도 그동안 얼마나 고스케에게 의존했었는지 알 수 있었다. 1층 레스토랑에서 죽과 매실 장아찌, 된장국만 해서 아침식사를 마치고 방으로 돌아왔다. 짐을 챙겨놓고 베란다 앞에 있는 의자에 앉아 유리문 너머로 밖을 바라본다. 시퍼렇게 코팅을 해놓은 듯한 하늘에 적란운이 오르고 있어 무더운 하루가 될 것 같다. 알루미늄으로 된 난간 사이로 어선과 여객선이 드나드는 항구가 보인다. 나하 공항에서 조금 떨어진 호텔의 8층 방. 화물을 실은 하얀 카페리는, 먼 바다에 보이는 게라마제도慶良間諸島행인 것 같았다.

　고스케가 옆에 있었으면 물어봤을 텐데. 그렇게 생각하며 침대 쪽으로 시선을 옮긴다. 비명을 지르며 달리던 여자를 꿈에서 본 후 불안과 공포에 숨이 막힐 것 같았던 자신을 위로해준 고스케의 목소리도, 다 꿈이었구나, 하고 새삼스럽게 생각을 한다. 여자 꿈을 꾸게 된 것은 최근 3개월 전쯤부터고, 고스케가 세상을 떠난 것은 일 년도 더 전의 일이었다. 잠에서 깨어나 위로받는 일 따윈 불가능했다. 그렇게 생각하니 문득 슬퍼져서 체크아웃까지 아직 2시간도 더 남았지만 짐을 들고 방을 나왔다.

　호텔 현관을 나오니 국도 버스정류장까지 걸어서 얼마 걸리지 않았다. 북부행 버스는 5분도 안 되어 도착했다. 고등학생으로 보이는 소녀 네 명이 수다를 떨며 앞으로 끼어들어 히사코는 어이없는 표정을 하며 버스에 올라탔다. 앉아있는 사람들의 생김새와 차 안의 분위기를 보고 오키나와에 온 것이 실감 났지만, 그런 생각이 드는 자신이 약간 꺼림칙하게 느껴졌다.

앞에서 두 번째 경로석에 앉아 무릎 위에 가방을 올려놓고 창밖을 바라본다. 오키나와에 온 것은 3년 만이었다. 전에 왔을 때에는 고스케와 함께 부모님 묘소도 찾았는데……. 그때 생각을 하니 가슴이 또 먹먹해지는 것 같아, 고층빌딩이 늘어 거리가 변화해 가는 모습에 놀라는 것으로 생각을 돌리려 했다. 그러나 그런 억지는 소용없었다.

그것이 오키나와에 올 수 있는 마지막 기회였다면, 섬에도 갔으면 좋았을걸, 하는 생각이 복받쳐 올라온다. 그러나 그것은 절대 불가능한 이야기였다. 히사코 자신도 섬에 가는 건 60년 만이다. 전쟁이 끝난 이듬해 나하로 떠난 이래 처음이었다. 여자 꿈을 꾸지 않았다면, 섬에 가 보려는 생각을 하지 않았을지도 모른다. 그만큼 섬과는 소원해져 있었다.

60년 전 히사코가 섬에 있었던 것은, 아버지가 히사코와 한 살 위의 오빠를 오키나와 전투가 일어나기 전에 피난시켰기 때문이었다. 처음에는 규슈九州로 피난시킬 예정이었지만, 아버지는 어디에선지 먼저 규슈로 가던 피난선이 미군의 어뢰공격으로 침몰했다는 이야기를 듣고는, 히사코와 오빠를 보내려던 것을 급하게 취소했다. 그 후 북부의 작은 섬에 자리한 친척집으로 어머니, 할머니와 함께 피난시켰지만, 네 명이 어두운 방공호 안에서 두려움에 떨며 지내는 나날이 계속되었다. 전쟁이 끝나고 몇 년이 흘러서야 그러한 경위를 알게 된 히사코는 아버지에게 감사함을 느꼈다. 동급생 중에는 가족과 함께 전화戰禍에 휘말려 희생당한 사람들도 많았다.

버스가 우라소에浦添 시에 접어들어 도로를 따라 늘어선 미군기지가 보이자, 히사코는 고개를 숙여 창밖을 보지 않으려 애썼다. 위장색 군복을 입은 미군들의 모습을 보고 싶지 않았다. 비명을 지르며 달려가는 여자 꿈을 꾸게 되면서, 어두운 침전물 밑바닥에서 작은 거품이 흔들거리며 올라오듯 떠오르는 기억의 단편이 있다. 바다 저편에서 헤엄쳐 오는 몇 명의 미군들. 몇 번이나 넘어지고 바닷물을 마셔가면서 모래사장으로 달려가는 자신의 손을 잡아주었던 사람은 누구였을까. 해가 지기까지는 아직 일러서, 젖은 발에 들러붙는 모래는 뜨거웠다. 다가오는 미군은 역광을 받아 검고 거대한 그림자가 되어 히사코를 껴안고 있던 손을 끌어내어, 웃음소리를 내며 그 소녀의 몸을 끌고 간다. 날카로운 가시를 가진 아단 잎사귀의 초록색이 선명하게 되살아난다. 그 초록색 나무 아래로 향하는 미군들의 모습이 떠오른다. 숨을 쉴 수 없어 히사코는 비명을 지르려는 자신을 억누르는 것이 고작이었다. 그리고 다음 일은 생각이 나지 않았다.

고개를 들어보니 차창 너머 푸른 하늘 아래에 세 줄로 된 유자철

선有刺鐵線이 수평을 이루며 달리고 있고, 철조망으로 격리된 잔디의 초록빛이 시야에 들어온다. 그 초록빛을 아름답다고 생각하고 싶지 않았다. 그렇게 생각하는 순간 이 기지를 만든 사람들의 의도에 자신도 휘말려 버릴 것 같은 기분이 들었다. 잔디밭 밑에 숨겨져 있는 건 탄약뿐만이 아니다. 그 땅에 살고 있던 사람들의 역사와 땅을 빼앗긴 고통과 슬픔의 기억이 층층이 파묻혀 있을 터였다.

기지 입구 앞을 버스가 지난다. 기지명이 적힌 도리이鳥居 신사(神社) 입구에 세운 기둥문 모양의 간판 옆에 있는 경비 박스에 위장색 군복을 입은 미군이 두 명 서 있다. 순간적으로 고개를 숙여 눈을 감고 맥박과 호흡을 진정시키려 노력한다. 춥게 느껴질 정도로 냉방이 되고 있었지만 땀이 흐른다. 나는 더 이상 그때의 열 살짜리 꼬마가 아니야. 지금은 그때처럼 미군들이 제멋대로 할 수 있는 시대가 아니야. 그렇게 스스로를 타일러도 땀은 멈추지 않았다.

10년 전 오키나와 섬 북부에서 일어난 사건이 떠올랐다. 세 명의 미군들에게 초등학생 소녀가 강간당한 사건으로 오키나와에 격렬한 항의운동이 일어났고 모든 신문에서 이를 비중 있게 보도했다. 기사를 접하고 갑자기 호흡곤란을 일으켜 남편과 아이들에게 걱정을 끼쳤었다. 지금은 그때보다 얼마만큼 달라진 걸까…… 그런 생각이 들자 오키나와에서의 추억과 고향의 현실을 외면하고 살아온 세월이 미안해졌다.

하지만 그렇게 할 수밖에 없었지 않은가. 그렇게 하지 않았다면,

지금 이만큼도 생활하지 못했을 테니까.

10년 전에는 그렇게 자신을 타이르며 생활할 수 있었다. 하지만 울부짖으며 달리는 여자 꿈을 꾸게 되면서 꺼림칙함을 떨쳐버릴 수 없게 되었다. 오키나와 여행을 결정하게 된 것도 그 꺼림칙함을 어떻게든 풀어보고 싶었고, 남편 고스케가 갑자기 세상을 떠난 지도 1년이 되고 보니 후회 없이 살고 싶다는 생각을 하게 되었기 때문이다.

퇴직 후, 열심히 다니던 바둑 동호회에서 고스케는 갑자기 몸 상태에 이상을 느껴 구급차에 실려 갔다. 연락을 받고 히사코가 병원으로 달려갔을 때에는 이미 고스케의 의식이 없어진 뒤였다. 뇌출혈로 긴급수술을 받은 뒤, 중환자실에서 이틀도 버티지 못하고 세상을 떠났다.

49재까지 황망한 시간들이 지나고, 반 년 정도 지나 어떻게든 안정을 찾아 자신을 추스를 수 있게 되었을 때, 히사코를 강하게 엄습한 감정 중 하나가, 자신 역시 언제 쓰러져도 이상하지 않다는 불안감이었다. 홀로 남겨져 우울해 하지 않도록 세 명의 자식들이 손자들을 데리고 번갈아 방문해 주어 심하게 가라앉은 적은 없었다.

그렇다고 하더라도 고스케와 수십 년을 하루같이 나누었던 수많은 이야기들을 이제 더 이상 나눌 수 없게 되니, 갈 곳을 잃은 말들은 오그라들고 마르고 부서져 가슴속에 켜켜이 쌓여 갔다. 그 무게가 자신의 활기를 조금씩 빼앗아 간다는 것을 깨닫고 될 수 있으면 밖에 나가 사람들과 어울려 보려 노력했지만, 무언가 엷은 안개가

자기 주위를 감싸고 있는 듯했고, 게다가 그 안개는 나날이 짙어져 갔다. 가끔씩 마음속에 쌓여 있던 말의 단편들이 먼지처럼 공중에 일어 의미를 찾지 못한 채 오랫동안 마음속에 머물며 불안하게 만든다.

달리는 여자의 꿈을 꾸게 된 것은, 점점 밖에 나가지 않게 되고 가족 이외의 사람들과 대화하는 일이 귀찮게 느껴질 즈음이었다. 어둠 속에서 들려오는 발자국소리가 등 뒤로 다가온다. 몸이 떨리고, 아직 소녀로 보일만큼 젊은 여자가 긴 머리를 풀어헤치고 히사코 옆을 달려 지나간다. 오비帶 기모노에 쓰이는 띠가 풀어진 기모노 사이로 단단한 유방이 출렁이고, 허벅지 안쪽부터 발목까지 피로 더럽혀져 있다. 여자는 광장 한가운데에 멈추어 서서 의미를 알 수 없는 말로 소리를 지르고 보이지 않는 적들과 싸우고 있는 것처럼 손을 마구 휘젓는다. 누군가가 히사코의 손을 꼭 움켜쥔다. 여자는 강렬한 햇빛이 비추는 자신의 그림자를 몇 번이고 짓밟고, 자신의 가슴을 쥐어뜯으며 머리카락이 곤두설 듯한 비명을 지른다. 마을 북쪽에 있는 우타키 숲 쪽으로 달려가는 여자의 뒤를 40살 전후의 여성과 10살쯤 되어 보이는 소녀가 울면서 쫓아간다.

처음 그 꿈을 꾸었을 때, 잠에서 깨어서도 한동안 눈물이 멈추지 않았다. 그 꿈이 피난 갔던 섬과 연관되어 있다는 것은 바로 알 수 있었다. 이제 60년도 더 지났는데 섬에서 본 듯한 광경이 왜 갑자기 되살아난 걸까? 그 이유는 알 수 없다. 그저 그 섬에 가서 자신이

꾼 꿈의 의미를 확인해야 한다는 생각만이 나날이 더해 갔다. 꿈에 나타난 여자의 얼굴은 크게 벌어진 눈과 입만 인상에 남아 있고 그이외의 것은 희미하여 이름조차 기억해 낼 수 없었다. 그 이름을 알고 싶었다.

여자가 꿈에 보이기 시작하면서 되살아난 기억은 몇 가지 더 있었다. 숲 속 동굴을 에워싸고 총을 든 미군 병사가 서 있다. 그 바깥쪽에는 마을의 주민들이 모여 있고 미군 병사와 동굴을 지켜보고 있다. 그 중에는 히사코도 있었다. 어머니의 허리춤으로 숨듯 꼭 달라붙어 벼랑 아래 동굴을 바라보고 있다. 벼랑 주위에는 검게 그을린 나무줄기가 여기저기 흩어져 있고, 포탄에 부서져 무너져 내린 바위와 돌이 경사면을 뒤덮고 있었다. 물기를 머금은 듯 빛나는 숲의 초록빛은 흐릿한 빛줄기에 비춰 보이는 색 바랜 미군 병사의 전투복과 대비되어 보였다. 이윽고 동굴 안에서 한 명의 남자가 모습을 드러낸다. 남자가 맹수처럼 울부짖으며 오른쪽 손을 치켜든 순간 총성이 울려 퍼진다. 남자의 몸이 튕겨지듯 뒤로 젖혀지더니 무릎이 꺾이며 앞으로 고꾸라진다. 미군들이 소리를 지르자 어머니가 히사코를 덮어 싸듯 껴안는다.

기억은 거기에서 잠깐 끊긴 후, 들것에 실려 이송되는 남자의 모습으로 이어졌다. 괴기스럽게 부풀어 올라 일그러진 얼굴은 잿빛, 보랏빛, 붉은빛으로 얼룩져 있고 피부는 끈적끈적하게 빛나고 있다. 부어올라 감겨버린 눈에선 눈물이 흐르고 있었다. 그리고 기억이 다시 끊어져, 어머니가 무어라고 소리치면서 돌을 던지는 모습이 떠오른다. 평소 온화한 성격의 어머니가 그렇게 격하게 화내는 모습은 본 적이 없다. 등에 돌을 맞은 남자는, 뒤도 돌아보지 않고 숲길을 내려간다. 주변에 있던 여자들도 차례차례 돌을 던지기 시작하고 히사코도 어른들 흉내를 내어 울퉁불퉁한 돌을 던졌다.

총을 맞은 남자도, 돌을 맞은 남자도, 여자와 마찬가지로 이름을 기억해 낼 수 없었다. 다만 섬에 살고 있는 남자인 것은 틀림없다고 생각했다. 이러한 기억들이 꿈에 보이는 여자와 어떻게 연결되는지는 모른다. 아니, 정말 모르는 걸까. 그렇게 자문해보니 섬에서의 기억은 지금도 엷은 막 아래에 생생하게 남아 있는데, 자신이 그 막을 찢는 것을 두려워하고 있음을 깨닫는다.

그러나 지금까지 그 일을 잊어버리고 있던 것도 그 나름의 이유가 있을 터였다. 고등학교를 졸업하고 바로 일자리를 찾아 도쿄로 떠났고, 틈만 나면 돌아오라는 부모님 말씀도 듣지 않고 이 지역에 가정을 꾸렸다. 오키나와에서 야마토로 가려면 아직 여권이 필요했고, 시마부쿠로島袋라는 오키나와 성씨를 이상하게 여겨 뒤에서 이런 저런 말을 듣기도 하던 시대였다.

자신이 오키나와를 떠났던 것도, 고향을 찾아도 절대 섬에는 가보지 않았던 것도, 그 기억을 잘라내 버리고 싶어서였기 때문은 아닐까.

그렇게 생각하니 그런 것도 같지만, 60년도 더 지나니 모든 것이 흐릿해져 있었다. 색채도 윤곽도 흐릿해져가는 기억 속에서 선명하게 떠오르는 단편들을 이어 붙여 다시 한 번 응시해 보고 싶은 기분도 있었지만 다른 한편으로는 과거를 알게 되는 데에 대한 불안감도 있었다. 지금까지 잊고 살아 왔으니 무리해서 떠올리지 않아도 괜찮지 않을까. 그러나 그런 생각도 잠시, 이렇게 애매한 상태로 내버려 두면 훗날 자신의 몸에 문제가 생겨 섬에 갈 수 없게 되었을 때 분명히 후회할 거라는 생각이 밀려왔다.

나하에 있는 사촌 마사오正雄에게 부탁해 섬에 마쓰다 후미松田フミ라는 사람이 살고 있는지 알아본 것은 한 달쯤 전이었다. 섬 초등학교 동급생으로 함께 땔나무나 조개잡이를 하고 이것저것 히사코를 잘 챙겨준 친구였다. 결혼해서 성이 바뀐 건 아닐까, 아사기 광장 부근에 살았고, 근처에 아주 큰 가주마루가 서 있던 기억을 되살려 알아봐 줄 것을 부탁했다.

일주일쯤 지나 마사오가 전화를 주었다. 주말을 이용해 섬에 내려가 수소문해 보니 지금은 결혼하여 도야마씰山라는 성으로 바뀌었고, 그 섬을 떠나 북부 나고名護 시에 살고 있는 것 같다고 했다. 마사오는 그렇게 말하며 현재 주소와 전화번호를 가르쳐 주었다.

히사코는 바로 전화를 하는 대신 우선 긴 편지를 썼다. 단순히 예의를 차리려는 것이 아니라 전화를 했는데 상대방이 자신을 전혀 기억하고 있지 못할 수도 있기 때문에 신중을 기하기 위함이었다. 편지에는 자신이 기억하고 있는 후미와의 일들을 몇 가지 적었다.

그리고 자신을 기억하고 있다면 답장을 달라고 부탁했다. 60년 가까이 아무런 소식도 없다가 갑자기 편지를 쓰게 되어 미안하다는 말로 글을 마쳤다. 그러나 봉투에 넣어 우체통에 넣기까지 이틀이나 망설였다. 섬에서 지냈던 기간이 일 년이 채 안 되었기 때문에 후미 이외의 친구들 이름은 기억이 거의 없었다. 나를 기억하지 못하는 건 당연해……, 라며 큰 기대 없이 편지를 보낸 지 3일째 되던 날 밤, 후미에게서 전화가 걸려왔다.

마치 60년간 계속 연락하며 지내온 듯 후미의 말투는 친근했다. 목소리는 나이 탓에 변했지만, 말투나 가끔씩 섞여 있는 섬말은 어릴 적 후미를 떠올리게 해 주었다. 그 후로 몇 번의 전화와 편지를 주고받은 뒤, 히사코는 자신의 꿈 이야기와 기억나는 일들을 편지에 적어 보내며, 혹시 알고 있는 내용이 있으면 조만간 섬에 갈 예정이니 알려주면 좋겠다고 부탁했다. 답장이 왔다. 글을 쓰는 것을 별로 좋아하지 않아 주로 전화통화를 하던 후미가 보낸 편지에는, 히사코의 꿈 이야기도, 기억 속 장소도 짐작 가는 데가 있다고 했다. 오키나와에 오면 그 장소를 안내해주마고 적혀 있었다. 그리고 꿈속 여자도, 동굴 속 남자도, 만나서 자세히 이야기해 주겠노라고 적혀 있었다.

마침 여름휴가 기간이라 비행기도 호텔도 북적거릴 테니 날이 좀 선선해지면 가는 게 어떻겠냐는 자식들의 만류에도 히사코는 홀로 여행을 떠나기로 결정했다. 더 이상 망설일 필요가 없다고 생각하며 히사코는 오키나와 행 티켓을 끊었다.

　북부 버스터미널에 도착한 것은 9시 45분이었다. 약속시간은 10
시였지만 후미는 일찌감치 터미널 의자에 앉아 기다리고 있었다.
버스가 멈추고 창 너머로 눈이 마주치자 둘은 서로를 금방 알아보
았다. 70세가 넘어도 어린 시절 모습이 어딘가에 남아 있는 것이 신
기했다. 검은색이 선명한, 강해 보이는 눈이 웃어 보이자 바로 부드
러워진다. 그 미소를 보니, 아아, 후미다, 라는 탄성과 함께 60년이
라는 시간이 순식간에 좁혀진 것 같은 감동이 밀려왔다.
　버스에서 내리니, 어느 틈엔가 후미 옆에 40세 전후의 남자가 서
있었다.
　오랜만이야.
　후미가 히사코의 양팔을 잡고 만면에 웃음을 띠며 말했다. 전화
할 때와 달리 직접 얼굴을 마주하니 무슨 말을 해야 할지 몰라, 얼
마간 손을 맞잡고 쳐다보고 있었다.
　장남 요이치洋一야.
　후미가 소개하자 요이치는 커다란 몸을 구부려 인사를 하고는,
제가 차까지 들어드릴게요, 라며 히사코의 가방을 받아들었다. 버스
터미널 울타리 주변에 주차해 놓은 차에 옮겨 타고 바로 섬으로 향
했다. 저녁 무렵까지 섬을 돌아본 다음, 저녁은 후미 집에서 식사를
하고 하룻밤 묵을 예정이었다. 예전의 히사코라면 이렇게 넉살 좋

은 행동은 하지 못했을 것이다. 그러나 이것이 처음이자 마지막이라고 생각하고서 염치없지만 후미의 말에 따르기로 했다.

섬으로 향하는 차 안에서 서로의 근황을 나누었다. 후미는 당시는 류큐 정부가 세운 대학을 나와 초등학교 교원생활을 30년 정도 했다. 마지막은 모교인 섬 초등학교에서 정년을 맞았다는 것과 같은 초등학교 교원이던 쇼에이昭榮와 결혼했으며 지금은 장남 요이치 가족과 함께 살고 있다는 것은 전화로 들었다. 히사코가 가족에 대해 묻자 후미는 요이치는 아이가 셋이고, 2세대 주택에서 7명이 살고 있다고 했다. 매일 시끌벅적해서 심심할 틈이 없다고 말한 후, 혼자 된 히사코가 신경이 쓰였는지 입을 다물었다.

운전을 하던 요이치가 말을 이어갔다. 자신도 교사이고 중학교에서 사회과목을 가르치고 있으며, 여름방학이지만 연수와 동아리활동 지도로 바쁜 나날을 보내고 있다고 했다. 일부러 시간을 내어 준 것에 히사코가 감사의 인사를 전하자, 자기도 모친의 전쟁체험을 한 번쯤 제대로 들어봐야겠다고 생각하던 터라고 말하면서, 지금껏 들어 보지 못했다는 말을 덧붙였다. 요이치를 바라보는 후미의 표정이 다소 긴장한 듯했다. 단순히 놀러온 것이 아니라는 것을 새삼 깨달으며, 자신의 눈과 귀로 분명하게 확인하자고 스스로에게 다짐하였다.

콘크리트로 만들어진 다리는 길이가 2백 미터 정도였다. 아아, 아름다워라, 바다색에 히사코가 탄성을 지르자 예전에는 더 아름다웠었는데, 라고 후미가 혼잣말을 한다. 예전 바다색은 생각이 나지 않았지만, 가족과 함께 나하로 돌아갈 때, 작은 배로 이 바다를 건너던 때가 떠올랐다. 강한 바람에 배가 흔들려 어머니에게 매달려 울고 싶은 것을 참고 있었다. 이제 그 어머니도 아버지도 이 세상에 안 계신다고 생각하니 서글픈 마음이 밀려왔다. 눈물이 나오려는 것을 애써 감추며 창밖을 내다보았다.

다리를 건너 조금 더 달려 길가 상점에서 음료수와 흑설탕을 사들고, 섬 중앙부의 조금 높은 언덕에 자리한 숲으로 향했다. 히사코가 기억하고 있는 남자가 숨어 있던 동굴은 이 숲 안에 있다고 한다. 주변 섬 풍경이 크게 바뀌어 있어 히사코는 놀랐다. 도로는 작은 농로까지 포장되어 잘 정리된 농지가 펼쳐져 있다. 울창한 나무로 뒤덮인 기억 속의 섬과는 너무도 달랐다. 붉은 땅에 심어진 사탕수수와 파인애플을 응시하며 어딘가 기억과 겹쳐지는 풍경이 있진 않은지 둘러보았지만 찾을 수 없었다.

많이 변했지?

정말 혼자 왔다면 이 섬이라고 믿지 않았을지 몰라……

내가 봐도 너무 변해서 당황스러웠다니까……

후미의 목소리에 쓸쓸함이 묻어났다. 대부분이 밭으로 이루어진 길을 따라가니 숲 입구에 다다랐다. 차에서 내려 숲으로 들어가는 길은 나뭇가지가 빽빽하게 머리 위를 뒤덮었다. 전날 요이치가 풀을 베어 주었기에 망정이지 그렇지 않았다면 들어갈 수 없을 정도로 평소에는 초목이 우거져 있음을 알 수 있었다.

요이치가 나뭇가지와 잎을 뜯어 회초리를 만든다. 뱀 퇴치용이에요, 라고 웃으며 말하고는 좁게 난 길 좌우를 두드려 가며 숲으로 들어간다. 후미가 뒤를 따르고, 히사코는 맨 뒤에서 썰렁한 기운이 감도는 숲 안쪽으로 들어갔다. 그러고 보니 뱀은 제일 앞서 가는 사람을 경계하고, 두 번째 가는 사람을 노린다고 하는 말을 어릴 때 아버지로부터 들었다. 그래서 후미가 자기보다 앞서 가는 거라고 생각하니 그 마음이 고마웠다. 숲 속 식물 이름은 잘 모르지만, 자주 봐서 익숙한 삼나무와 느티나무, 은행나무 등과는 다른 아열대 초목 특유의 빛깔과 냄새는 신선했고 그 밀도와 분위기에 압도되었다. 섬 전체에 울려 퍼지는 매미소리가 물방울이 되어 온몸으로 쏟아져 내리는 듯했다.

60년 전 마을 사람들의 뒤를 따라 어머니와 함께 이 길을 맨발로 올랐었다. 모두 숨을 죽이며 발길을 서둘렀다. 지금 올라가는 속도는 그때의 반도 안 돼……, 그렇게 마음속으로 혼잣말을 한다. 왜 그렇게 서둘렀던 걸까. 이런저런 생각을 하며 걷고 있는데, 후미가 뒤를 돌아보며, 괜찮지? 하고 말을 건넨다. 웃으며 고개를 끄덕이고 발끝을 보았다. 풀에서 나온 풀물과 이슬이 신발을 적시고 있다. 그때는 무슨 신발을 신고 있었지, 라는 생각을 했지만 기억이 나지 않았다.

10분 가까이 걸었지만 동굴은 보이지 않았다. 기억으로는 금방이었던 것 같은데, 이렇게 숲 깊숙한 곳에 있었다니 놀라웠다. 그리고 이렇게 멀리까지 풀을 베고 길을 닦아 놓은 요이치의 노고를 생각했다.

너무 힘들게 한 것 같아.

뒤에서 말을 건네자, 후미는 듣지 못했는지 돌아보며 응? 하고 되묻는다.

아니, 이렇게까지 멀 거라고 생각지 못했는데, 힘들게 풀을 베어 준 요이치에게 너무 미안해서 말이야.

풀 베는 기계가 있어서 그렇게 힘들진 않았어요.

대화 소리가 들렸는지 후미보다 요이치의 대답이 먼저 들려왔다.

피곤하지 않으세요? 조금 쉴까요?

피난 왔을 때 늘 여기서 땔감을 줍곤 해서 괜찮아요.

아이고 그때랑 다르지. 그땐 어렸잖아.

요이치와 히사코의 대화에 후미가 끼어든다. 셋은 웃으며 가던 길을 멈추고 수건으로 땀을 닦아내었다. 페트병에 담긴 생수를 마시고 흑설탕 조각을 입에 넣는다. 요이치가 숲 깊은 곳을 나뭇가지로 가리킨다.

저기 저쯤에 동굴이 보이네요. 조금만 더 힘내세요.

나뭇가지로 가리킨 쪽을 보니 한 무더기나 되는 수목 사이로 벼랑 아래 동굴이 보인다. 60년 전 광경이 되살아났다. 그때는 동굴 주변 나무들이 함포사격으로 날아가 버려 푸른 하늘이 내다보일 정도로 뚫려 있었다. 지금의 동굴 모습은 주위의 무성한 나무들과 벼랑에 매달리듯 뻗어 내린 나무줄기에 반쯤 가려져 어두운 입을 벌리고 있다. 매미와 새 소리가 쉼 없이 들려왔지만 동굴 주변은 정적이 감돌았다. 60년이라는 시간은 나무가 이만큼 자라나는 세월이로구나. 히사코는 곰곰이 생각했다.

다시 걸음을 재촉해 가파른 오르막길을 히사코는 나뭇가지를 붙잡아 가며 앞으로 나아갔다. 오길 잘했다. 시간이 더 지체되었다면 이 길을 오르지 못했을 것이다……. 일단 벼랑길을 따라 내려가 벼랑을 향해 경사면을 올라간다. 벼랑길에는 고구마를 닮은 커다란 잎을 한 식물이 무성하게 자라나 있다. 관엽식물로 빌딩 안에 장식되어 있는 것을 본 적이 있는데 야생의 짙은 녹색 잎은 당장이라도 튀어 나올 듯 생명력으로 충만하다.

못 먹는 고구마야. 독이 있어서 먹지 못해.

히사코가 바라보고 있으려니 후미가 말했다. 고개를 끄덕이고 계속해서 올라가니, 동굴 앞 바위에서 요이치가 손을 내밀어 끌어 올려 주었다.

동굴에는 사람 키 정도의 바위가 입구 좌우에 자리하고 있고, 이끼가 낀 표면 여기저기에 양치식물이 자라나 있다. 좌두충座頭虫 여러 마리가 꿈틀거리며 바위 표면을 기어 도망간다. 그 모습은 징그러웠지만 이끼의 녹색은 아름다웠다. 동굴 안을 들여다보니 수 미터 경사를 내려간 안쪽에 공간이 펼쳐져 있는 것 같았다.

어제 들어가 봤는데요, 10미터 정도 안쪽으로 들어가니까 박쥐가 날아들기에 놀라서 도망쳐 나왔어요.

요이치가 멋쩍게 웃는다. 동굴에서 흘러나오는 냉기에는 진흙 냄새와 뒤섞인 식물류의 향기가 진동한다. 경사면 바위 그늘에 과자 봉지와 맥주 캔이 나뒹굴고 있는데 아직 오래되지 않은 것을 보니 가끔은 사람이 찾아오는 모양이다.

여기일 거야. 기억하고 있는 그 동굴이.

후미의 말에 히사코는 당황했다.

그런 거 같은데 나무가 무성해서 말이야……

전쟁 중에는 함포사격으로 나무고 뭐고 다 폭발해 날아가 버렸으니. 이 동굴 주변도 나무가 다 타서 텅 비어 있었어.

후미는 주위를 둘러보고 나무들을 올려다보았다.

바로 여기야, 네가 말하던 동굴이라는 게.

목소리 톤이 갑자기 바뀐 것에 놀라며, 동굴 안을 응시하는 후미의 표정을 히사코는 놓치지 않았다. 찡그린 눈썹과 굳게 다문 입술은, 후미가 긴장하고 있고, 기억을 더듬으려는 것처럼 보이기도 하고, 터져 나오는 기억을 억누르려는 것처럼도 보였다.

그때 나는 너보다 먼저 여기 와 있었어, 너처럼 나도 어머니와 함께 왔는데, 네가 올라오는 모습을 보고 히사도 왔구나 했는데, 동굴 쪽이 신경 쓰여서 아는 척도 못했어. 너는 나를 봤는지 어쩐지 모르겠지만 말이야……

알고 있었어, 후미가 있었던 거.

어느새 후미의 말투를 따라 어린 시절 말투로 이야기하고 있는 자신을 발견했지만, 그냥 그 말투로 말하기로 한다.

세이지라고 했지.

응?

네가 말하던 남자 이름말이야. 이 동굴 안에 숨어 있던 남자.

후미가 바라보고 있는 동굴 안 어둠 속으로 시선을 돌리자, 얼굴이 이상하리만큼 부어오르고 토우土偶처럼 부풀어 오른 눈을 한 남자가 지금이라도 모습을 나타낼 것 같아 머리카락이 삐쭉삐쭉 서는 것 같았다.

어째서 그 세이지라는 남자는 이 동굴로 숨어든 거야?

후미는 경직된 얼굴로 히사코를 바라봤다.

미군 병사들이 이 동굴을 에워싸고 있던 거 기억하고 있다고 했지?

응.

왜 미군 병사들이 있었는지는 기억 안 나?

응.

찔렀기 때문이야. 작살로 미군을 찔러서 그래서 쫓겨서 이 동굴로 숨어든 거야.

찔렀다구? 왜?

후미는 옆에서 듣고 있는 요이치 쪽을 보았다. 요이치는 평온한 모습으로 후미를 보고 있다. 날아든 야생모기를 손으로 쫓으며, 후미는 동굴 안쪽으로 시선을 옮긴다. 어둠 안쪽에서 희미하게 울리는 바람 소리가 들렸다. 숲 전체가 커다란 살아있는 생물체로, 깊은 호흡을 하고 있는 듯했다.

세이지가 사요코 언니를 마음에 두고 있었기 때문이야.

사요코?

네 꿈에 나오는 여자는 바로 사요코 언니일 거야.

희미한 기억이 있다. 분명하지는 않지만 틀림없이 아는 이름이라고 히사코는 생각했다.

허리춤까지 길게 기른 머리에, 검고 윤기가 흐르는 아주 아름다운 사람이었다. 세이지와 바로 이웃집이었고, 우리 집하고도 가까웠기 때문에 우리 어머니는 세이지가 사요코 언니를 마음에 두고 있는 것을 눈치챘지만 말도 안 된다고 생각하신 모양이야. 그 세이지가 장가나 가겠냐고 말이야. 그래도 세이지는 마을 남자 그 누구보다 용기가 있었지. 작살 하나로 미군을 상대했으니 말이야.

세이지라는 남자가 동굴 앞에서 쓰러지지 않기 위해 작살에 의지하고 있는 모습을 히사코는 떠올렸다.

후미는 동굴 안쪽에 시선을 고정한 채, 히사코와 요이치 쪽은 보지 않고 이야기를 이어나갔다.

사요코 언니가 미국 놈들에게 겁탈당해도 섬 남자들은 아무 것도 할 수 없었다. 미국 놈들이 없는 앞에서는 때려죽일 거라고 말하지만, 미국 놈들이 오면 때려죽이기는커녕 끽소리도 못하고 그 놈들이 시키는 대로 세이지를 잡는다며 산 수색을 돕기까지 했었다. 그 시대는 저항하면 죽임을 당했기 때문에 하는 수 없었다고 말하면 그뿐이겠지만 말이야. 그래도 나는 몽둥이를 들고 마을 남자들과 함께 숲을 향해 가는 아버지를 보고 정말 정 떨어져 죽는 줄 알았어. 아버지뿐만이 아니라 마을 소나이덜 모두 너무 너무 싫었지. 혼자 몸으로 미군들과 맞선 세이지를 섬 소나이덜 어떻게 생각했을까. 세이지로 인해 자신들의 용기가 없음이 명명백백 드러나 부끄러운 생각에 화가 났을까? 그래도 나는 그런 섬 소나이덜에게 화가 나서 참을 수가 없었어. 세이지가 미군을 작살로 찔렀다는 말을 듣고 나는 기뻐서 견딜 수가 없었어. 정말 기뻤어. 사요코 언니를 그런 참혹한 지경으로 몰아넣은 미군은 죽어야 된다고 생각했는데, 나중에 살아남았다는 말을 듣고는 분한 마음이 들 정도였다니까.

후미의 말은 점점 빨라지고, 섬말이 섞여 나와 의미를 쫓기에도 바빴다. 사요코 언니가 미군들에게 겁탈당해서……라는 말을 듣는 순간, 아카키 나무 그늘에 있는데도 살이 타들어가는 것처럼 뜨거워졌고, 반짝이는 흰모래와 날카로운 가시를 가진 무성한 아단 잎사귀들이 눈앞에 펼쳐졌다. 머리 위로 울리는 직박구리의 날카로운 울음소리는 몸 안에서 무언가가 뒤집히기라도 한듯 호흡이 흐트러진다. 몇 겹으로 겹쳐진 아카키 잎이 바다의 파도가 되어 술렁인다. 아단 숲에서 벌어진 일이 무슨 의미인지 히사코에게 알려 준 것은 누구였을까. 어른들의 이야기를 옆에서 들었던 걸까. 구체적인 행위는 알지 못했지만 자신이 목격한 것이 무서운 일이었음은 알 수 있었다. 그 후 얼마 동안은 해변에 나가는 것이 금지되었던 것도 떠올랐다. 동굴을 응시하며 말을 이어가는 후미의 옆얼굴을 바라보며, 말하기 전과 180도 달라진 험악한 표정에 히사코는 불안을 느꼈다. 쉴 새 없이 움직이는 입술에서 발화되는 목소리가 동굴 안에 울려 퍼진다. 문득 동굴 안쪽에서 기어 나온 눈에는 보이지 않는 무언가가 경사면 바위에 걸터앉거나, 후미 바로 발아래로 와서 이야기를 듣고 있는 것 같았다. 히사코는 후미를 지키려고 손을 잡으려 했으나 생각과 달리 손을 내밀지 못했다.

이 동굴에 가스탄이 던져졌을 때, 섬사름덜은 모두 독가스라고 생각해 당황했어. 나도 세이지가 죽었을 거라고 생각했는데, 잠시 후 세이지가 동굴에서 나왔어. 네가 편지에 쓴 것처럼 작살에 의지해 비틀거리면서 말이야. 그러고는 가지고 있던 수류탄을 던지려고 했지. 어머니가 머리를 눌러 땅바닥에 엎드리게 하는 바람에 그 다음은 보지 못했는데, 미군들이 철포를 쏘는 소리가 팡팡 하고 들려와서 어머니의 손을 걷어치우고 몸을 일으켜 동굴 쪽을 보니, 세이지는 엎드린 채 쓰러져 있었어. 어깨와 배와 다리가 피범벅이 되었는데도 작살을 움켜쥐고 머리를 들어 미군들이 있는 쪽을 보려했지만 얼굴도 눈도 부어올라서 말이야. 가스탄에 맞은 거라고 나중에 아버지가 말해 주었지만, 그때 이미 아무것도 보이지 않았던 것 같아. 나는 큰소리로 미국 놈덜이 바로 앞에 있어, 라고 소리치려 했지만 목소리가 나오지 않아서 필사적으로 몸을 일으키려 하고 있는 세이지를 바라보고 있을 수밖에 없었어. 그때 세이지가 갖고 있던 수류탄이 불발되지 않고 폭발했다면 미군들도 몇십 명은 죽었을 거야. 그랬다면 설령 미군들에게 살해당한다고 해도 세이지는 만족했을 텐데, 일본이라는 데는 말이야, 병사나 수류탄이나 필요할 때 도움이 되지 않으니 말이야……

입술 언저리에 거품을 물며 말을 계속 이어가는 후미를 요이치도 불안한 듯 지켜보고 있다. 그러나 말을 말리거나 하지는 않았다. 아니 멈추게 해선 안 된다고 히사코는 생각했다. 지금 후미의 말을 막는다면, 흘러넘쳐 나오는 말을 주체하지 못하고 폭발해 후미가 이상해져 버릴 것 같았다.

숲 위를 지나는 바람이, 수목 사이를 빠져나온 빛을 후미와 요이치와 히사코 위로 반짝이게 하고, 이끼의 녹색을 빛나게 한다. 무언가에 반사되고 있는 빛이 동굴 바위벽에 흔들리고 있다. 눈에 보이지 않는 젊은이들의 기운이 더욱 강해져, 그 윤곽이 금방이라도 보일 것 같아 히사코는 후미의 옆얼굴로 시선을 옮겼다. 늘 자신은 후미에게 의지해 왔던 것 같다. 후미가 히사코 쪽으로 다가온다. 히사코의 몸은 반사적으로 움츠려들었고, 이런 자신의 행동에 당황했다.

거기, 그래, 바로 거기야. 네가 서 있는 곳에 세이지가 쓰러져 있었고, 일어나려 해도 일어나지 못하고 있는 세이지에게 젊은 미군 병사가 다가가 철포를 들이대고 작살을 쥔 손을 펴서 발로 짓밟아 버렸어. 그리고 다른 미군 병사가 수류탄을 주워 동굴 안으로 던져 버렸지. 손을 밟고 있던 미군 병사가 작살을 빼앗아 모여 있던 병사 하나에게 작살을 건넨 후, 가죽으로 된 군화 끝으로 세이지의 머리를 찼어. 세이지의 머리가 크게 흔들렸고, 수류탄을 던졌던 미군 병사가 말렸지만 그 썩을 놈이 세이지의 배를 강하게 내리 차고, 일부러 몸을 숙여 세이지의 얼굴에 침을 뱉었어. 그걸 보고 나는 그 미군 병사가 사요코 언니를 폭행한 무리 중 하나일 거라고 생각했어.

그런 다음 세이지가 얼마 동안이나 그곳에 쓰러져 있었을까……. 두 명의 미군 병사가 들것을 가지고 오는 사이에도, 거기에 세이지를 실으면서도 미군 병사들은 줄지어 서서 줄곧 우리에게 철포를 들이대고 있었어. 섬사름덜은 다가가지도 못하고 그냥 말없이 지켜보고 있었어. 구장과 통역 2세 병사와 부대장으로 보이는 키 큰 백인 미군이 이야기를 나누는 소리만 들려올 뿐, 나머지는 매미 우는 소리만 들려 와서 나는 이미 세이지는 철포에 맞아 죽었을 거라는 생각에 슬퍼서 말이야, 들것에 실려 숲을 빠져 나가는 것은 정작 보지 못했어. 어머니 등 뒤에 숨어 울고 있었어. 그래서 실려 가는 모습은 너의 편지를 읽고 처음 알았어. 그래도 말이야, 네 편지를 읽으면서 그랬을 거 같다는 생각과 함께 실려 가는 세이지의 얼굴이 마치 내가 직접 보기라도 한 것처럼 떠올랐어. 눈꺼풀은 부어올라 눈을 덮고 있고, 창백한 얼굴 여기저기에 보랏빛 상처가 나 있고, 땀과 피가 끈적끈적 눌러 붙은 그런 모습으로 실려 가고 있었을 거야…….

　너는 섬사람에게 돌을 맞은 남자에 대해서도 물었지? 그 자가 누구인가 하는 건데, 아마도 구장이었을 거야, 당시 구장 말이야. 나는 섬사람들이 돌을 던졌다는 건 전혀 기억하지 못했는데, 아마 울고 있었기 때문일 거야. 그래도 네가 편지에 썼던 대로라면 당시 상황으로 볼 때 구장이 틀림없을 거야. 미군들에게 협력하는 걸로 이래저래 이득을 챙겼던 모양인데, 그런 만큼 섬사람들로부터 반발을 샀던 모양이야. 우리 아버지가 두고두고 그 말씀을 하셨어. 그래도 섬사람들이 과연 돌을 던질 자격이 있었을까……, 자기들도 말이지 미군들에게 물건을 받고 여러 가지 협력도 하고, 사요코 언니가 참혹한 상황에 빠졌어도 아무것도 하지 못했으면서 말이야, 구장하고 다를 게 없다고 나는 그렇게 생각해.

후미의 말소리가 멈췄다. 그리고 얼마 되지 않아 다리의 힘이 풀리며 주저앉으려는 후미의 몸을 요이치가 당황하며 붙잡았다.

괜찮아?

후미의 손을 잡은 히사코에게 힘없이 웃어 보이며, 괜찮아, 말을 마치고 나니까 갑자기 힘이 풀려서, 괜찮으니까 이제 놔줘, 라고 말하고 후미는 두 사람의 손을 물리치고 일어섰다. 히사코가 페트병을 건네자 고맙다는 인사를 하고 물을 한 모금 마시고는 뚜껑을 닫아 돌려주며 후미는 말했다.

내가 이 동굴을 기억하는 건 여기까지야. 조금 도움이 됐으려나?

그럼, 고마워.

그렇게 대답하며, 히사코는 물어보고 싶은 말들이 많은 것 같았지만, 막상 구체적으로 무엇을 물어야 좋을지 떠오르지 않았다. 후미의 몸 상태가 걱정돼 이곳에서 시간을 보내고 있는 것이 마음에 걸려 입을 다물고 있었다. 그런 히사코의 기분을 알아 챈 걸까, 후미는 가볍게 고개를 끄덕이고 다시 동굴 쪽으로 시선을 향했다.

나도 여기 온 것이 몇 년 만인지 몰라. 조금 전에는 말이야, 이야기하면서 동굴 안을 보고 있는데, 눈에 보이지 않는 무언가가 동굴 여기저기 앉아서 내 이야기를 듣고 있는 것 같은 거야. 나는 별로 영력靈力도 없는데 말이야. 전쟁 중에 이 동굴에서 돌아가신 분들도 있다고 들었어. 함포의 직격탄을 맞지는 않았지만 식량도 충분치 않았고 이런 곳에서 몇십 일이나 갇혀 지내다 몸이 약한 노인이나 지병이 있는 사람 몇몇은 버티지 못하고 죽었다고 해, 이 동굴에서 말이야. 그 사람들의 죽은 영혼이 아직 남아 있는 것은 아닐까 생각하니 가슴이 아파 견딜 수 없어.

그렇게 말하고 후미는 요이치가 들고 있던 종이봉투에서 검은 향을 꺼내어 요이치에게 라이터로 불을 붙이게 했다. 종이봉투 안에는 아와모리泡盛 오키나와 전통주 한 병과 플라스틱 컵도 들어 있었다. 동굴 아래 쪽 입구에 아와모리를 채운 컵을 놓자, 후미는 향을 주먹만 한 돌에 올려놓고 무릎을 꿇고 기도하기 시작했다. 히사코와 요이치도 후미 뒤에서 무릎을 꿇고 동굴을 향해 손을 모았다. 후미는 작은 목소리로 기도를 하고 있었는데, 히사코에게는 의미가 전달되지 않았다. 전쟁 중 히사코가 숨어 있었던 곳은 마을 가까이에 있는 다른 동굴이었다. 거기서 돌아가신 분이 있었는지는 기억이 나질 않는다. 60년이나 지났는데 이런 숲 속 동굴에서 방황하는 죽은 이의 영혼이 있을까 싶지만, 어쩐지 마음이 으스스해져 남겨져 있다면 어서 빨리 저 세상으로 갈 수 있도록 기도했다.

돌아가는 길도 요이치가 앞장서고 히사코가 맨 끝에서 걸었다. 두 사람 모두 가운데 있는 후미에게 무슨 일이라도 생기면 바로 손을 뻗을 수 있도록 주의하면서 숲길을 내려갔다.

차에 올라타 달리기 시작하자 후미는 좌석에 기대어 눈을 감았다. 극심한 피로감을 느낀 모습에 히사코는 다음 일정을 바꾸자고 말할 작정이었다. 다음은 공민관 주변을 걸으며 설명을 듣고, 다시 차로 이동해 해변으로 향할 예정이었다. 바깥 햇빛이 강해 양산을 써도 한낮의 더위에 걷는 것은 힘들 것 같았다.

요이치 씨.

히사코가 부르자, 요이치는 백미러로 히사코를 보며, 사탕수수밭 사이로 난 길을 달리던 차의 속도를 낮췄다.

네, 부르셨어요?

어머니가 많이 피곤해 보이니 다음 일정은 그냥 차로 돌아보는 것으로 하고 빨리 돌아가도록 해요.

아이고, 무슨. 난 괜찮다니까.

후미가 히사코의 손등을 가볍게 두드리며 말했다.

모처럼 야마토에서 왔는데, 섬에 온다는 게 쉬운 일은 아니잖아. 오늘 아니면 다음에 언제 또 오겠어.

그래도 힘들지 않겠어?

아까는 나도 모르게 걷잡을 수 없이 말이 터져 나와서 말이야, 흥분되어서 말을 많이 했더니 그게 좀 피곤했던 모양이야. 쉬었으니 이젠 괜찮아, 이래봬도 매일 걷기운동을 해서 다리도 아주 튼튼하다구. 그리고 언젠가 이런 말을 꼭 해주고 싶었어, 네게도 요이치에게도. 지금 모든 걸 말해 두지 않으면 후회할 것 같아서. 그러니 내가 오히려 히사코를 힘들게 할 거 같은데 그래도 끝까지 나와 함께 해줘.

이야기를 이어가는 후미의 목소리와 표정에 점점 활기가 돌았다. 그 모습을 보니 히사코는 더 걱정이 되었다. 그렇게 이야기에 몰입하다 보면 기력과 체력이 또 소진되어 버릴지 모른다고 생각했다.

그래도, 너무 무리하지는 마…….

무리하는 거 아니야.

히사코의 말을 가로막듯 후미는 웃으며 말했다.

좀 전에도 말했지만 오늘 안내하고 말해 두지 않으면 내가 후회할 것 같아서야. 여긴 작은 섬이어서 그렇게 많이 걷지 않아도 되고, 시간도 얼마 안 걸려.

거기까지 말하고 나서 후미는 히사코가 앉아 있는 쪽 창문을 가리켰다.

아, 저기, 저쪽 좀 봐봐. 우리가 다니던 학교야. 기억해?

히사코가 몸을 돌려 창밖을 내다보니, 차는 논길에서 마을 가까이로 접어들고 있었다. 용수로를 달리고 있는 차 건너편 길가로 작은 학교가 보였다. 목마황이 교정을 둘러싸듯 어깨를 나란히 하고 서 있다. 여름방학이어서 학생들의 모습은 보이지 않았지만 정글짐이나 작은 철봉 등에서 초등학교라는 걸 알 수 있었다. 흰색 페인트 칠을 한 철근콘크리트 교사校舍가 파란 하늘에 비춰 보였고, 운동장

구석에 세워져 있는 세 개의 은빛 장대가 햇빛을 반사시키고 있다.

여기였나?

기억 못 하는구나? 그때는 목조로 된 교사였어. 그것마저 전쟁으로 반이 불타버려서 전후 얼마 동안은 미군 가바야かば—や— 수용소 텐트를 일컬음에서 공부했으니까. 저기, 저 가주마루 나무는 기억하지? 저 나무는 전쟁 전부터 있었는데.

응…….

그러고 보니 교사 한 쪽에 서있던 큰 가주마루 나무 아래에서 놀았던 것 같았다. 가바야라는 낯익은 단어를 들으니, 후드득 하고 텐트 지붕을 때리던 빗소리와 기쿠キク라는 젊은 선생님을 잘 따랐던 기억과 전쟁이 시작되기 전 교정에 늘어서서 남자 선생님의 구령에 맞춰 죽창 훈련을 하던 기억이 떠올랐다. 다만 뇌리에 떠오르는 풍경은 흐릿한 흑백사진과 같아서 한낮의 빛이 한창인 바깥 풍경과 겹쳐서 생각하는 것은 어려웠다.

들러 보시겠어요?

요이치가 힐끔 뒤를 돌아보며 말했다.

아니, 괜찮아요

대답을 하고나니 조금 서먹한 기분이 들었다. 학교에 대한 추억이 별로 없는 건 히사코가 고작 한 해 정도 피난해 와 있었기 때문으로, 이 섬에서는 어차피 객지 사람에 불과했다.

마을 안에 들어서자, 집집마다 심어져 있는 짙은 녹색 잎을 한

울창한 후쿠기가 흰모래가 깔린 길목마다 그늘을 만들어 주었던 기억이 있는데, 대부분의 집은 벽돌집으로 변해 있었고, 길가 아스팔트에 태양이 내리쬐고 있다. 공민관 앞 광장에 요이치가 차를 세우자, 후미는 히사코가 신경 쓰지 않도록 재빠르게 차에서 내렸다. 철근 콘크리트의 공민관은 지어진 지 얼마 되지 않은 모양으로, 훌륭한 시설이라고 차에서 내리던 히사코는 생각했다. 후미는 자갈이 깔린 광장에서 조금 떨어진 가주마루 쪽으로 걸어간다. 그 나무에는 분명한 기억이 있다. 요이치와 함께 후미의 뒤를 따라가자 옆으로 나뭇가지를 늘어뜨린 가주마루 그늘에서 기다리던 후미가, 이곳에 불발탄으로 만든 종이 걸려 있던 거 기억하지? 라고, 히사코에게 묻는다. 숲에서 풀을 베고 있을 때, 미국군들이 왔다는 걸 알리려고 울려댔던 종소리가 되살아난다.

아아, 그랬었지, 기억나.

히사코의 말에 후미는 기쁜 얼굴을 했다.

그 종은 어떻게 됐어?

지금은 시市 박물관에 전시중이야. 전시라고 하지만 전후에 사용했던 생활용품들 하고 아무런 설명 없이 그냥 늘어놓았을 뿐이지만 말이야.

그렇구나.

후미의 불만스러운 표정이 하도 재미있어서 히사코는 그만 웃음이 터졌다. 후미도 함께 따라 웃고는, 가주마루 줄기를 손바닥으로 두드리며 말했다.

세월이 흘러도 변하지 않고 옛 추억을 떠오르게 하는 건 아무래도 나무인 것 같아. 사람들은 계속해서 죽어가고, 건물이나 길도 변하고, 섬 풍경도 그렇고 말이야, 이제 옛일을 떠올릴 일은 거의 없는데, 이런 나무만큼은 몇십 년 몇백 년이 지나도 변함없이 그 자리에 살아 있잖아. 난 말이야, 이 가주마루 나무 밑에 있을 때가 옛날 기억이 가장 잘 떠올라.

정말 그런 것 같아…….

후미의 말에 고개를 끄덕이며 히사코는 가주마루 나무를 올려다보았다. 어렸을 때 올랐던 가지도 그대로이고, 나무 아래에서 놀았던 아이들의 환성이 들리는 듯했다.

저기 저 집.

후미가 가리키는 쪽으로 시선을 돌렸다. 광장 쪽에 면해 있어 그곳만큼은 예전 그대로 짙은 녹색 잎사귀의 후쿠기가 울창하게 자라 있고, 오래된 콘크리트 힌픈ヒンプン 오키나와 고유의 건축 양식으로, 집 입구와 안채 사이에 세워진 돌로 만든 벽을 이름 건너에 빨간 지붕이 보인다.

저기가 세이지네 집이야.

세이지라는 사람, 살아 있어?

히사코는 놀라서 물었다. 미군 병사에게 총을 맞아 들것으로 옮겨졌던 기억과 동굴 앞에서 들었던 후미의 이야기로 볼 때 당연히 사망했을 거라고 생각했다.

아아, 거기까지는 말 안했구나. 세이지는 돌아왔어. 미군들에게 총을 맞고 붙잡힌 지 얼마 만이었을까, 사형 당할 거라고 온 마을 사람들이 입을 모았는데 어떤 사정으로 살아남았는지는 몰라. 어느 날, 이 가주마루 밑에 앉아 있는 남자를 보고 왠지 아는 얼굴인 거 같아 들여다보았더니, 난 내가 넋이 빠져버리는 줄 알았어. 알아 볼 수 없을 정도로 얼굴이 변해 있었어. 머리는 빡빡 깎은 모습 그대로였는데 누군지 얼른 못 알아 봤는데, 그 사람이 바로 세이지였어. 뭔가 화가 난 듯한 얼굴을 하고 중얼중얼 혼잣말을 하는 모습이 너무 무서워서 집으로 곧장 뛰어 들어갔어. 나중에 아버지께 들은 이야기로는 4, 5일 전에 미군이 차로 집까지 데려다 주었대. 그 후로 세이지의 모습을 자주 볼 수 있었는데, 이제야 알게 된 건, 아니 두 번째 봤을 때 이미 눈치챘지만, 세이지의 눈이 보이지 않게 되었다는 거야. 동굴에 최루가스를 던져 넣었을 때 눈에 맞아 보이지 않게 되었을 거라고 다들 그렇게 말했어. 그 후로도 계속 저 집에 살았어. 세이지의 동생이 대를 이었는데, 동생은 매사에 우수해서 대학도 나오고, 공무원이 되어 저렇게 집도 새로 짓고 그 안에 작은 별채까지 마련해서 세이지가 머물 수 있도록 했어……

그 작은 별채는 보이진 않았지만 파란 하늘과 어우러진 후쿠기의 짙은 녹색과 빨간 지붕은 그림엽서 속 풍경처럼 평온해 보였다. 그러나 후미의 짧은 이야기 안에는 수십 년이라는 시간이 응축되어 되어 있을 것이기에 결코 평온한 시간은 아니었으리라는 것쯤은 어렵지 않게 알 수 있었다. 눈이 보이지 않는 형을 돌보는 일이 동생에게 얼마나 부담이 되고 부부 사이의 갈등의 요소가 되었을지. 세이지는 세이지대로 면목이 없었을 테고. 그런 생각에 미치자 그건 도시생활에 길들여진 자신만의 생각이고, 섬에는 아직 가족 간의 따뜻한 정이 남아있을지 모른다는 생각을 했다. 그러나 그것 또한 자신만의 바람이라는 것도 알고 있었다. 동시에 히사코는 마을로 돌아온 세이지에 대한 기억이 완전히 빠져있다는 사실이 곤혹스러웠다. 후미의 말대로라면 히사코도 섬을 떠나기 전까지 세이지의 모습을 몇 번이고 봤을 터였다.

그러니까, 조금 전 세이지의 집이라고 했지만 엄밀히 말하면 세이지의 동생 집이라고 하는 게 맞겠지. 그 옆에 잡초가 우거진 곳 보이지? 그곳이 사요코 자매가 살던 집터야.

커다란 후쿠기가 주위에 듬성듬성 남아 있는 집터에는 50센티미터 정도 자란 잡초가 무성하고, 밀감나무인 듯한 두 그루의 나무가 사람의 키 높이 정도로 자라 있었다.

사요코 자매는 쭉 집에 틀어박혀 지냈다고 해. 세이지는 마을에 돌아와서도 사요코 자매와는 전혀 왕래하지 않았고 설령 만났다고 한들 모습을 볼 수도 없었겠지만 말이야. 그편이 나았을지 몰라……. 사요코 자매의 남동생이 대를 이었는데, 지금도 땅을 놀리지 않고 탕캉タンカン 귤의 일종으로 폰캉과 네이블오렌지의 자연교배종인 탕골(tangor)의 일종을 집터에 심어 놓은 모양이야. 나하에 살아서 가꾸기도 쉽지 않

을 텐데 열매가 열리는지는 모르겠어. 뭐 열리지 않은들 어떻겠냐
만…….

섬을 떠나도 집터를 방치하지 못하는 심정은 히사코도 이해할 수
있었다. 피난 갔을 때 머물던 숙부 댁도 지금은 빈집으로 남아 있
고, 대를 이은 사촌형들은 나하에 살고 있다. 집을 사고 싶다는 사
람은 꽤 있는 모양이지만 사촌형은 팔 생각이 없다.

세 명 모두 말없이 한동안 집터를 응시하다 후미가 다시 말을 꺼내
었을 때 목소리가 낮게 가라앉아 있다는 것을 히사코는 알아차렸다.

네가 달려오는 여자 이야기를 편지에 썼지? 큰 소리를 질렀다든
가, 다리에서 피가 흘렀다든가. 그 여자가 사요코 언니라는 것은 알
고 있지?

아마도 그럴 거라고 생각해서 히사코는 고개를 끄덕였다. 후미도
히사코의 눈을 바라보며 맞받아 고개를 끄덕여 보이고, 다시 집터
로 시선을 돌렸다.

지금도 말이야, 이 자갈이 깔린 광장은 걷기만 해도 흰색 가루가
신발에 묻어 나와. 옛날에는 석회암石灰巖이 깔려 있었기 때문에 흰
색 가루가 더 묻어 나왔지만 말이야. 네가 달려오는 사요코 언니를
봤을 때, 나도 너랑 함께 있었던 거 기억해? 사요코 언니가 집에서
뛰쳐나와 이 광장을 달려 맨발을 하얗게 더럽혔던 거, 가슴을 드러
내고 큰 목소리로 소리 지르던 걸, 네 옆에서 나도 보고 있었어. 사
요코 언니는 눈에 보이지 않는 무언가와 싸우고 있는 것처럼 두 팔

을 휘저으며 눈을 부릅뜨고 있었고, 그 눈은 빨갰고, 빠른 소리로 무언가를 말하면서 숲 쪽으로 달려갔어. 사요코 언니의 어머니가 뒤쫓아 가는 것을 보고 나는 갑자기 무서워졌는데 너도 그랬는지 금방이라도 울 것 같은 얼굴을 하고 있었어. 네가 섬을 떠나고 나서도 나는 이 아사키 광장을 뛰어다니던 사요코 언니를 봤어. 울기도 하고 웃기도 하고 하면서. 미군에게 폭행당한 후부터 사요코 언니는 집에 틀어박혀 먹지도 않고, 자지도 않고 마침내 미치광이가 되었다고 어른들이 입을 모았어. 사요코 언니가 있는 안쪽 방에는 열쇠가 채워져 있다는 이야기도 있었지만 때때로 어떻게 된 일인지 사요코 언니는 집을 뛰쳐나와 가족을 놀라게 했어. 그것을 바라보면 내 마음이 너무 슬픈 거야, 차츰 무슨 일이었는지 알게 되면서 말이야. 네가 본 것은 아직 초기였을 거야, 점점 심해졌는데, 벌거벗고 나올 때도 있었고, 섬 남자들이 웃으면서 손 휘파람을 불거나 박수를 치거나, 휘익, 휘익 하고 손 휘파람을 불거나 해서 사요코 언니의 아버지가 화를 내면 청년들은 더 재밌어 하면서 휘파람을 불었어. 어머니가 옷을 들고 사요코 언니를 뒤쫓아도 좀처럼 잡을 수 없자 청년들이 도와주는 척하며 사요코 언니를 잡아 몸을 만지려고 하는 거야, 그러면 사요코 언니는 울부짖으며 더 발광했어. 그 모습을 바라보고 있으면 얼마나 마음 아픈지. 섬 청년들도 미군들하고 다른 게 하나도 없다는 생각을 했어. 그렇게 소동이 일어나면 그 집에서 세이지가 몽둥이를 들고 나와서는 큰 소리로 청년들에게

호통을 치며 때리려고 하지만 눈이 보이지 않아 맞지 않는 거야. 청년들에게 놀림거리가 되고 결국은 몽둥이를 빼앗겨 되레 얻어맞는 일이 많았지. 그 사이에 사요코 언니의 배가 불룩하다는 소문이 돌았고, 섬 남자 누군가의 애를 임신했다는 소문이 돌았어. 집을 뛰쳐나간 채로 아침까지 돌아오지 않은 적도 많아서 섬 남자들에게 농락당해 임신한 거라는 소문이 파다했지. 그리고 얼마 지나지 않아 사요코 언니의 모습이 보이지 않았는데, 중남부ベーカた에 있는 병원에 입원시켰다는 것 같아. 나도 아직 어린 나이라 부모님이 말씀하시는 걸 듣기만할 뿐이었는데도 많이 괴로웠어. 도대체 무엇 때문에 사요코 언니가 그런 고통을 받아야 하는지 분하고 억울해서 말이야. 그대로 사요코 언니는 섬에서 사라져 버렸어. 사요코 언니네 가족도 모두 섬을 떠났지. 우리랑 같은 반이었던 다미코라는 아이 기억하지? 사요코 언니의 동생 말이야. 섬에 새로 생긴 초등학교에 같이 다녔는데, 그 아이가 전학 간다고 교실에서 마지막 인사를 하던 게 생각나. 그러고 보니 그때 이후로 만난 적이 없네……. 그로부터 벌써 60년 가까이 흘렀다니 믿어지지 않아.

　바람 한 점 없이 태양 아래에 있는 잡초와 두 그루의 탕캉 나무가 흔들리는 것은 히사코의 눈에 맺힌 무언가 때문이었다.

　저기 저 집에서 이 광장을 달려 저쪽 길로 나갔어.

　후미가 가리키는 길은 지금은 아스팔트가 깔리고 좌우로 주택이 늘어서 있다. 예전에는 숲으로 둘러싸였던 그 길 앞쪽은 지금 어떻게 되었는지 모른다. 다만 그 길을 달려가는 벌거벗은 소녀의 뒷모습이 순간 눈에 보이는 것 같았다.

가 보자.

후미가 재촉하여 가주마루 나무 그늘을 나와 집터가 있는 곳으로 향했다. 온몸에 내리쬐는 햇볕으로 축축해진 양팔과 목덜미가 아파 온다. 양산을 쓰고 후미를 안쪽으로 들어오게 한 후 잡초 앞에 섰다. 탕캉 나무는 가까이에서 보니 온통 벌레 먹은 잎사귀들로 시들시들했다. 잡초의 기세에 눌려 이렇게 시들어 버린 것 같다. 집터는 백 평 정도로 왼편 한쪽에 콘크리트 덮개가 덮인 우물이 남아 있다. 그 앞에서 설거지를 하던 소녀의 모습이 히사코의 눈에 떠올랐는데 얼굴은 희미해서 알아볼 수 없다. 다만 히사야, 하고 부르는 목소리의 울림만 희미하게 기억에 남아 있다. 지금은 흔적도 없는 집안쪽 방에 틀어박혀 어둠 속에서 떨고 있던 소녀를 생각하니 참을 수 없었다.

나도, 사실은 지금까지 잊고 지냈어.

후미의 목소리에 힘이 없었다. 피곤하진 않은지 신경이 쓰였지만 히사코는 다음 말을 듣고 싶었다.

잊고 있었다기보다 생각하고 싶지 않았다는 표현이 맞을지 몰라. 고등학교는 기숙사에서 다녀야 했기 때문에 섬을 떠났지만 그때 뭔지 모르게 안심이 됐어. 대학에 갈 수 있었던 것도 섬 친구들 중에 내가 유일했지만, 섬에서 멀리 떨어져 지내는 것이 외롭다기보다

기쁜 마음이 더 컸어. 초등학교 교사가 되어서도 이 섬 이외의 다른 초등학교로만 이동했지, 모교로 온 것은 정년을 한 해 남겨둔 때였어. 나도 젊었을 때는 복귀운동復歸運動 1960년대 오키나와에서 전개된 민중운동으로, 평화헌법이 관철되는 일본 본토처럼(本土並み) '민중의 권리가 군사에 종속되지 않는 오키나와'를 염원하며 일본 본토로 돌아갈 것을 제창함 등에도 열심이었지. 그런데 평화교육은 위령의 날慰靈の日 일본 본토의 패전일인 1945년 8월 15일과 달리 오키나와에서는 오키나와 전투가 종료되는 6월 23일을 기념하여 전쟁 희생자를 애도함에 형식적인 행사로 끝나는 것 같아서 피하게 되더라고. 전쟁 이야기를 하면 사요코 언니의 일이 떠올라 괴로웠어. 그럭저럭 정년퇴직을 했는데 얼마 후 미군 셋이 초등학교 여자아이를 폭행한 사건이 일어난 거야. 나는 바로 사요코 언니의 일이 떠올랐어. 신문과 텔레비전에서 사건을 읽거나 볼 때마다 피해를 당한 여자아이와 사요코 언니가 겹쳐지는 거야. 아아, 아무것도 변한 게 없구나, 오키나와는 50년이 지나도 아무것도 변한 게 없어, 라는 생각을 하지 않을 수 없었지. 그리고 또 사요코 언니의 일을 잊은 체 하며, 전쟁을 잊어버리려 하며 살아온 것이 왠지 떳떳하지 못하다는 생각이 들었어. 선생으로서 아이들에게 좀더 제대로 오키나와 전투나 기지 문제를 설명했어야 했다는 생각이 들었지만, 이미 퇴직해 버렸으니 어쩔 수 없지 뭐. 그런저런 후회를 하면서 요 10년간을 보낸 것 같아……

거기까지 말하고 후미는 깊은 숨을 들이쉬고는, 두 사람 뒤에서 이야기를 듣고 있던 요이치를 돌아보며 차를 가져 오라고 부탁했다.

발 빠르게 걸어가는 요이치의 뒷모습을 바라보며 히사코는, 후미가 마지막에 한 이야기는 요이치에게 들려주기 위한 것이라는 생각이 들었다.

고마워, 고통스러운 이야기를 들려줘서.

내가 무슨 고통을 받았다고. 고통을 받은 쪽은 사요코 언니지. 나는 아무 것도 안 했어. 나도 그때 섬 어른들하고 다를 게 없지 뭐.

히사코는 너무 가볍게 인사를 건넨 자신이 부끄러웠다.

차를 타고 다음 장소로 이동하는 5분 동안 세 사람은 각각 자신만의 생각에 빠져들었다. 눈을 감고 등받이에 기대어 있는 후미의 모습을 힐끔힐끔 보다가 히사코는 창밖으로 스쳐지나가는 풍경을 바라봤다. 기억 속 흑백에 가까운 풍경에 비해 나무들의 녹음이나 브겐베리아나 하이비스커스 꽃의 색감은 생명력에 차 있어서, 자신이 지금까지 반추하고 있던 섬은 빈껍데기에 지나지 않았다는 생각이 들었다. 후미를 만나 이야기를 들을 수 있어서 좋았지만, 사요코 언니라는 여성의 기억과 앞으로 어떻게 마주하면 좋을까. 그것을 생각하니 마음이 안정되지 않았다.

건너편 항구가 바라다보이는 해안가를 달려 요이치는 폐차가 여러 대 버려져 있는 해안 근처 공터에 차를 세웠다. 후미가 눈을 뜨고 히사코에게 고개를 끄덕여 보이고는 차에서 먼저 내린다. 다시 뒤따르는 모양새가 되어 후미를 따라서 가는데, 풀숲을 4, 5미터 걷자 바로 앞에 해안이 나타났다. 폭 1미터 정도의 콘크리트 계단이 파도치는 곳까지 계속 이어져 완만한 활 모양을 그리며 백 미터 정도까지 뻗어 있다. 모래사장은 흔적이 사라져 있었다.

여기가 거기야?

히사코의 물음에 후미는 자조하듯 웃어 보였다.

여기 와서 보니, 우치난추는 정말 틀려먹었다는 생각이 들어. 작지만 아름다운 모래사장이었는데 말이야. 미군기지 건설을 받아들이는 대신 진흥책이라는 명분으로 여기저기 자연을 파괴해 가며 공공公共 공사를 벌이다니, 그보다 10년도 전에 모래사장은 이미 망가져버렸지만 말이야. 바다거북의 산란터를 없애버린다고 해서 반대했던 사람들도 있었던 모양이지만, 운동으로 확산되진 않았거든. 나도 공사가 시작되고 나서야 알았다니까. 그만큼 의식이 없었던 거지. 모래사장만이 아니라 아단 숲도 사라져 버려서 이제 더 이상 옛 모습은 남아 있지 않아. 정말이지 왜 이렇게 바보 같은 짓을 하는지 모르겠어. 여기 이렇게 서서 60년 전 일을 떠올리니, 저 건너편 항구에서 미군들이 헤엄쳐서 모래사장으로 올라와 사요코 언니를 끌고 가던 모습이 눈에 선해…… 저기가 아단 숲이 있던 자리 같은데 그런데 너무 많이 변해 버려서…… 나는 생각이 나는데, 넌 어때?

이렇게 말하고 후미가 시선을 두고 있는 곳을 바라보던 히사코는, 계단식 호안護岸에 둘러싸인 곳에 아단 숲을 찾으며, 여러 명의 미군 병사와 그들에게 안긴 소녀의 모습을 상상하려고 애썼다. 그런데 변해 버린 콘크리트 풍경은 거기서 일어난 사건까지 봉인해 버린 듯 히사코는 희미한 기억을 더듬을 뿐이었다.

　호안에 앉아 바다를 바라보는 노인 하나가 있었다. 짧게 자른 백발머리의 옆얼굴과 피부, 셔츠 사이로 보이는 목줄기와 양팔은 몇십 년 동안이나 햇볕에 반복적으로 그을린 듯한 색을 띠고 있다. 호안에 도착해서부터 줄곧 그 노인이 신경 쓰였다. 후미가 히사코 뒤에 서서 말을 건넨다.

　세이지 말이야. 그 몸으로, 날씨가 좋을 때면 이곳에 와서, 모래사장은 없어져 버렸지만 앉아서 바다를 바라보곤 했어, 벌써 몇십 년째 말이야. 물론 바다를 볼 수는 없겠지만. 파도 소리를 들으면서 옛 바다를 떠올리기라도 하는 걸까……. 세이지가 혼자서 미국 놈들과 대적했다는 사실을 알게 된 섬사람 중에는 존경하는 마음으로 세이지를 대했다는 이들도 있었다고 하는데, 아마도 양심의 가책 때문이겠지. 그런데 전쟁이 끝나고 20년, 30년 세월이 흐르다 보니 아무것도 모르는 청년들이나 아이들은 세이지를 조롱하고 바보라고 놀렸다고 해. 그래도 세이지는 화를 내지도, 대응하지도 않고, 공민관 가주마루 아래에서 산신을 연주하거나, 라디오를 듣거나, 아니면 해변에 가서 바다 쪽을 바라보고 앉아 있곤 했어, 벌써 몇십 년째. 해변이 이렇듯 호안으로 변해 버렸지만 여기에 와서 바다를 바라보곤 했어, 태풍이나 폭우가 없는 날에는…….

　후미의 목소리가 파도소리와 바람소리에 밀려 사라져 버린다. 히사코는 계단식 호안을 따라 세이지 쪽으로 걸어갔다. 인기척을 느졌는지 햇볕에 그을린 얼굴이 이쪽을 향한다. 히사코는 발을 멈추었다. 짙은 눈썹이 감겨진 눈꺼풀에 그림자를 드리우며 콧구멍을 벌름거리며, 후각과 청각을 동원하여 히사코의 기척을 살피는 듯했다. 부은 얼굴을 보니 건강이 그다지 좋진 않은 모양이다. 혈색이 좋지 않은 입술이 움직이자 누렇게 뜬 이빨이 보인다. 사요코니? 라는 목소리가 흘러나온다. 쉬어서 갈라진 그 힘 있는 목소리에 마음 깊은 곳이 떨려 왔다. 히사코는 더 이상 다가갈 수 없었다.

내 목소리가 들렴시냐? 사요코……. 바람을 타고, 파도를 타고, 흘러가는 내 목소리가 들렴시냐? 해는 서쪽으로 지고, 바람도 잔잔해져서, 이제 좀 전딜 만한디, 너는 지금 어디에 이신 거니? 너도 바당 건너편에서, 이 바람을 맞으멍, 파도소리를 듣고 이신 거니……. 아단 잎사귀가 바람에 흔들리고 이신 것도, 모래사장 위를 겡이들이 가로지르고 이신 것도, 가라ガ—ラ 전갱이과의 거대한 물고기로, 열대·아열대 지역에 분포하며 최대 180cm까지 성장함한티 쫓경 작은 물고기들이 파도 위를 튀어 올라 도망치는 것도, 난 이 귀로 들을 수 이신디, 경헌디 사요코여, 나가 가장 듣고정헌 너의 목소리는 안 들렴구나……. 난 이제 앞을 못 보주만, 너의 모습은 지금도 또렷허게 보염져……. 너가 섬 마을 길에 하얗게 깔린 모래를 밟으멍, 머리 위에 광주리를 이고 걸어오는 모습이 보염져……, 후쿠기 그늘에서

큰길로 나오민, 너는 얼굴을 찡그리멍 나한티, 햇살이 눈이 부시댄 말허멍 웃었지……, 나가 무슨 말을 해야 헐지 몰랑, 그냥 고개를 숙영 있잰허난……, 세이지, 물고기는 잡안? 허고 물어났지, 고개만 끄덕일 뿐……, 나가 생각해도 말이야, 한심헌 거 같은디, 너 앞에만 서면 부끄러워졍……. 다른 사름허고는 그런대로 말을 허는데, 너 앞에만 서면 이상허게, 입이 움직여지질 않아그네……, 그런 나주만, 너는 싫은 기색 없이 친절허게 대해 줬어……, 경허난 난……, 그래서 뭐……? 뭐냐구……? 경허난 그게 뭐 어떠냐고 묻고 있잖아……, 넌 누게지……? 사요코는 이미 이곳에 없어, 아주 오래전에 섬을 나갔다구……, 누게냐, 넌……? 너란 사람도 잊었고, 이 섬의 일도 잊어부렀어……, 거짓말 마, 사요코가 나를 잊어부렀을 리 없어, 나를 속이려는, 누게냐 너는……? 사요코가 섬을 떠난 지 벌써 십 년이 되어 가는데, 너를 기억허고 있을 리 없잖아……, 너가 뭘 알아, 이 섬에서 무신 일이 있어신지, 나가 사요코를 위해영, 어떵 헌 엄청난 일을 해신지, 아무 것도 몰르는 놈이……, 네가 한 일을 잊고, 사요코는 행복하게 살고 있어, 그것이 넌 불만인가……? 불만은 아니주만……, 그럼 기뻐하면 돼, 이 섬에서 일어난 일도, 너란 사람도 잊어버리고 산다면, 그 편이 사요코를 위한 거야……, 너는 누게냐……? 나가 누겐지 몰르크라, 너 편인디……, 내 편……? 제일의 우군, 어어, 세이지, 조심허여, 미국 놈이 바로 너 옆까지 왔어……, 어디……? 총 맞앙 죽기 전에 조심허여……, 우하하, 넌 그

135

2세로구나, 너란 녀석한틴 속아 넘어가지 않아……, 너를 속여서 뭘 허크니, 어어, 방심허면 당해……, 너의 수법 다 알고 있어……, 말 해줘도 몰라, 이 미치광이는……, 너네 부모는 우치난추잖아? 미국 놈 편을 들으멍도 부끄럽지 않은가? *내가 묻는 말에, 대답하시 오*……, 대답허민 안 돼, 세이지, 속아선 안 돼……, 말허지 마, 너 도, 너도, 말허지 마……, *당신은 바다에서 네 명의 미국군을 습격 해서, 한 명을 작살로 찔렀어요, 틀림없죠*……, 세이지, 진실을 말하 는 편이 좋아, 미국사람이라고 해서 다 나쁜 건 아니야, 진실을 말 하면, 네가 한 일을 용서받을 거야……, 너는 누게냐? 누겐디 나 이 름을 아느냐……, 안 돼 세이지, 속아 넘어가선 안 돼……, 그래, 그 추룩 침묵허고 있어라, 꼴좋네, 미국 놈한티 속아그네, 사형당헐 거 여……, 넌 누게냐? 닥쳐, 닥치라구, 나에 대해 아무것도 몰르는 주 제에……, *솔직하게 질문에 답하시오, 당신이 찌른 미군은, 큰 상처 를 입었지만, 죽지는 않았어요*……, 죽지는 않았다니, 나의 사요코 여, 이 말을 들으멍, 분을 참을 수가 없다……, *있는 그대로를 진술 하고 사죄한다면 죄는 가벼워질 겁니다*……, 누게한티 사죄를 허라 는 것이냐, 네놈들이야말로 사요코한티 사죄허라……, *솔직하게, 나 의 질문에, 답하시오*……, 작살을 찔른 순간 알았다, 겨냥헌 급소를 맞추지 못했다는 걸……, *당신은, 작살로 찌른 것 맞죠*……, 심장은 어려윈 간 쪽을 노려신디, 조금 더 헤엄청 거리를 좁혀시민 좋았을 걸……, *어떻게, 찔렀나요*……, 마음먹은 대로 되지 않안, 너의 적은 잡지 못핸……, *왜 가만히 있나요? 당신은, 자신이 처한 입장을, 알고 있나요? 한 번만 더 던질 수 있어시민 절대로 빗나가게 허지 않을 텐데……, 지금은 전쟁 중이에요, 당신을 사살하고, 전사한 것으로 처리해도 아무 상관없어요……*, 너를 불쌍히 여겨 형을 가볍게 해준다고 하니, 세이지, 정직하게 말하는 게 좋아……, 이 2세의 말을 믿으민, 살해당할 거야, 세이지……, 그래 맞아, 가짜 2세 청년이라구……, *하지만 나는 그렇게 하고 싶지 않으니, 당신이 말해 주길 바래요……*, 살해당허는 건 하나도 두렵지 않아, 사요코여, 너의 고통에 비허민, 나 같은 놈은 미군한티 죽임을 당헌다 해도 다 알지 못헐 거야……, *성실히 답하면, 적절한 형이, 내려질 것입니다, 그 편이, 당신을 위한 것입니다……*, 나는 목숨 따윈 아깝지 않아……, 겁쟁이 주제에 웃기는 소리 하지 마, 세이지, 정말은 너무 두려워 말도 제대로 못 하는 주제에……, 너는 누게냐? 너가 뭘 안다고……, 잘 알지, 나는 너가 총에 맞아그네 들것에 실려가 미군 의무대에서 치료를 받고, 장교와 2세에게 심문을 받는 것도 계속 지켜보고 있었어……, 거짓말이야, 거짓말 마, 너는 누게냐? 너가 나를 봤을 리 없지……, *말하지 않는다고 해서, 당신에게 득이 되는 건 아무 것도 없습니다……*, 말한다고 해서 득이 될 것도, 없습니다……, 이봐요, 이 상황에 농담이라니……, 솔직하게 대답하시오, *미국은 민주주의 국가입니다, 필요한 처벌이 내려진다고 해도 그 이상의 위해는, 당신에게 가해지지 않을 겁니다……*, 민주주의라고

137

하는데, 학교에 가 본 적도 없는 멍청한 놈이 의미를 알아들을 리 없지, 세이지, 듣고 있자니 난 너무 웃겨……, 시끄러워, 닥쳐, 맨날 사름을 바보취급허고……, *당신은 고기 잡는 일을, 하고 있지요, 헤엄을 잘 치니, 그 때문에 바다를 노린 것이죠……?* 어이 대답해봐 세이지, 너는 어부라고, 정직하게 말하지 않으면, 미군한테 이번엔 정말 총 맞아 죽을지 몰라……, 나가 대답허카부댄, 나는 죽는 건 하나도 무섭지 않아……, 죽으민 사요코와 두 번 다시 만날 수 없어, 세이지……, 대답허민 사살허지 않는댄 햄시네……, 멍청헌 주제에 고집은 세 가지고……, *바다라면 이길 수 있을 거라고 생각한 거죠……?* 사요코여, 너의 모습을 볼 수 없게 되는 건 괴로웡 견딜 수 없었주만, 나는 미국 놈에게는 지고 싶지 않안……, 너 따위가 미국군을 이길 리가 없지, 멍청헌 소리허고는……, 몬딱 미국 놈이 무서워그네 아무 것도 허지 못했주만, 경해도 나는 해냈어……, 뭐야, 또 세이지의 무용담이 시작된 거야……, *당신이 한 거 맞죠 ……?* 찔렁 죽여불고 싶었다……, *어째서, 네 명을 노린 것이죠 ……?* 사요코여, 너를 괴롭힌, 그 네 명을 나는 절대 용서허지 않아……, *일본군의 지시가, 있었나요, 어땠나요……?* 일본군이 뭘 헐 줄 안댄, 말뿐이주……, 용서하지 않을 거라니, 살아남은 병사는 벌써 미국으로 돌아갔는데? 미국까지 적을 물리치러 간다는 건가……, 사랑하는 사요코를 위해서 말이지……, 너무 웃었더니, 괴롭다……, *일본군이, 하라고 시킨 건가요……*; 그 자덜의 지시를 누게가 듣겠

나, 나 혼자 헌 일이라니까……, 정말로 세이지 혼자서 할 수 있었을까……, 육지에서는 멍청이지만, 바다에서는 평균 이상이긴 하니까……, 부모한테 훈련도 받았고……, 그 부모 교육 방식을 보민, 나 같으면 차라리 이토만糸満에 팔려나가는 편이 낫겠다는, 생각을 했주……, *이 작살은, 당신 것이 맞나요*……? 나는 누게도 허지 못헌 일을 해냈어……, *이 작살로 찌르면 어떻게 되는지 알고 있었죠*……? 빌어먹을 미국 놈덜 죽였어야 했다……, *당신은 이것으로 죽였다고 생각한 거죠*……? 아아, 죽여불잰 마음먹었다, 죽여불고 정했다……, 네 주제에 죽일만한 배포가 있기나 해……, 있어, 너가 뭘 안다고, 헤엄치고 있는 미국 놈덜 밑에 잠수해연 있다그네, 배를 노련 올려 찔렀다……, *누군가, 협력한 사람은, 있었나요*……? 정말로 죽일 생각이었다면 어째서 급소를 맞추지 않은 거지……? 햇빛이 일렁여부난, 미국 놈덜 몸은 팔다리가 징그러울 정도로 길게 보였어……, *가만히 있지 말고 대답하시오*……; 햇빛이 시야를 어지럽혀서……, 대답하지 마, 세이지, 만약 인정하면 살해당할 거야……, 대답이 없는 건 하지 않았기 때문인 거지, 세이지……, 무슨 소리야, 세이지가 한 일이라는 건 섬사람들 모두가 알고 있어……, 그래서 섬사람 모두 피해를 입고 있어……, 뭐가 피해라는 거야, 비겁자, 자기가 아무 것도 못했다고……, 너는 세이지를 감싸젠 허는 건가……, 섬 여자들 모두, 세이지를 다시 보게 되었어, 세이지만이 용기가 있었다고 말이야……, 맞아, 우리도 그렇게 생각해, 너는 홀

룡했어, 세이지……, *당신은 뭔가, 숨기고 있군요……*; 미국 놈이 시키는 대로 산 수색을 돕기까지 허고, 너란 녀석은 부끄럽지도 않은지……, 정말 말을 듣지 않는군, 경허당 무신 일을 당혈지 몰른다구……, *대답하시오, 말하지 않으면 가족에게도 피해가 갈 겁니다*……, 어머니, 용서해 줍서……, 아무 걱정허지 말라, 세이지, 우리는 괜찮아……, 형, 어멍은 나가 지키크라……, 이 섬 소나이덜은 다 겁쟁이덜뿐이야……, 야마토 병사가, 자결도 허지 않고 포로가 되었댄 불평허는디, 너네덜도 별로 다르지 않아……, 우군조차도 대적허지 못허는 것을, 우리가 미국군을 거스를 수 이시크냐……, 그래서 여자가 무슨 일을 당해도, 모르는 척하는 거군……, 우리도 화가 나서 못견키어……, 그렇다면, 세이지처럼 싸워 보시든가……, 니들 같은 녀석은, 세이지에게 아무런 말을 할 자격이 없어……, 세이지, 네 가족은 괜찮아, 우리가 어떻게든 할게……, *아무 말도 하지 않으니, 하는 수 없군요, 끌고 가세요*……, 저런 놈은 사형 당해도 싸……, 경 말허지 마……, 아버지, 용서해 줍서, 저 녀석 때문에, 나까지 의심 받아그네, 배도, 낚시 도구도, 미국 놈덜이 몬딱 가져갔어, 앞으로 어떵 살랜 말이라……, 세이지를 추켜세우는 사름덜도 있어……, *맞아 죽어도 어쩔 수 없겠네요*……, 미국 놈덜은 완력이세서, 작정해영 때리민 죽을거야……, 일본군도 적수가 못 되는디, 혼자서 미군에게 맞서젠 허다니, 저 미치광이가……, *식사는, 최소한만 제공합니다*……; 개 똥이라도 먹여줄게요……, 세이지 형한티 무슨 짓을 허젠 햄시니? 어머니……, 세이지는 용감한 남자우다, 형을 자랑스럽게 생각헙서……, *허를 깨물지 않도록, 조치하세요*……, 재갈을 물려 놓겠습니다……, 어머니, 용서해 줍서……, 나는 항상 너를 걱정해, 세이지……, 덜덜 떨고 있잖으냐, 많이 추우냐, 어서 자백허라, 경허민 풀려날 수 있을 거여……, 사요코 언니는 무슨 일을 당한 거야……? 미국 놈들한테 험한 꼴을 당했어……, 험한 꼴……? 미국 놈을 이길 순 없다, 고집 그만 부리고, 사죄하고, 어서 집으로 돌아오너라……, 매일, 뒷방에서 울고 있대……, 아무것도 먹지 않고, 때때로 미친것처럼 날뛰기도 한대……, *당신은, 어리석군요*……, 발정난 개처럼 이상한 소리를 내며, 소란 피우는 걸 들었어……, 너란 녀석은, 어째서 그런 말을 하는 거야……, *우리는, 이 섬 여러분들에게, 식량을 제공하고, 상처를 치료해 주었습니다*……, 미국 놈에게 당한 거잖아……? 당했다는 게, 무슨 소리야……? 미국 놈들 물건은 크다고 하는데, 잘도 들어갔네……, 너, 그 따위로 말하면, 부끄럽지 않아? 같은 섬 친구인데……, *우리의, 말에 따르고 협조하시오*……, 아무렴 어때, 그냥 하는 말인데……, 그래, 모두가 아는 일이야……, 너는 사요코를 질투했기 때문에, 그런 말을 하는 거겠지……, 질투 같은 거 안해, 무슨 소리야……, *그렇게 해주시면 여러분들을 위해, 우리 모두, 최선을 다하도록 하겠습니다*……, 사요코는 미인이었기 때문에……,어렸을 때부터, 모든 남자들이 사요코를 좋아했었지……, 저 모자란 세이지까지도 말이야……, 자신을 좋아한다고 생각한 걸까……, 사요코는 상냥했으니까, 세이지 같은 애한테는 더 친절했지……, 그래서 세이지도 착각했을 거야……, *함께 협력해서, 이 아름다운 섬을, 부흥시킵시다*……, 아무리 멍청하다고 해도, 자기 같은 남자를 좋아할 여자가 없다는 것쯤은, 몰랐을까……, 몰랐으니, 멍청이지……, 그런 말은 듣고 싶지 않아, 이제 그만……, 그래도 멍청했으니까, 미군을 작살로 찍었을지 몰라……, 그건 맞아, 보통 남자였다면 할 수 없었을 거야……, 미국군도, 세이지가 멍청이였기 때문에, 사형까지 가지 않은 거겠지……, *미국은, 민주주의, 국가입니다*……, 너란 녀석, 그렇게 심한 말을 하다니, 사요코와 세이지의 기분은 헤아리긴 하는 거야……? 그런 너는 헤아릴 수 있어……? 진지한 척이나 하고, 다 안다는 듯 행동하고……, *미국은, 오키나와에, 계속해서, 평화를, 가져다 줄 겁니다*……, 고통스러웠지? 사요코……, 얼굴을 찡그리고, 입을 크게 벌리고, 눈을 흘리면서, 달리고 있었어……, 얼마나 아팠던 거니, 사요코……, 피로 허벅지 안쪽이 범벅이 되어서……, 벌거벗은 몸으로 아사키 앞 도로를 달려 갔다면서……, 왜 숲으로 향했던 거니……, 이레 오라, 이 동굴로 숨자, 사요코, ……, 가슴을 내놓고, 그곳도 드러내고서……이레 오라, 나 이신 디로 오럼, 사요코……, 미치광이들은 발이 빠르댄 허난, 나이 드신 부모가 달려왕 구해줄 리 없잖아……, 울지마, 무서웠지? 이제 미국 놈은 더 이상 쫓아 오지 않아, 사요코……, 어디로 갈 작정이었던 게야……, 설마 미국 놈이 있는 곳으로 가잰 했던 거니……, 첫 남자는, 평생 잊지 못헌다는 말도 이시난……, 니들은, 최악이야, 사요코 언니를, 그렇게 말하다니 말이야……, 사요코, 이제부터 평생, 내가 지켜 주키여……, 최악이라니, 우리더러 하는 말이냐……? 우리에게 그런 말을 하다니, 무사할 것 같으냐……, 어이, 여자들끼리 싸우지 말라, 꼴불견이여……, 너도 벌거벗겨, 달리게 하고 싶군……, 협박허지 마, 이제 그만……, 사죄하세요……, 뭘 말이야, 그 눈은? 정말 달리게 하고 싶군……, 죄송해요……, 그 사요코라는 이는 누구야……? 예전에, 이 섬에 있던 여자……, 미국군에게 당해서, 머리가 이상해진 여자……, 너도, 조금 빨리 이 섬에 와시민, 그 여자가 벌거벗고 달리는 걸 보아실 건디……, 이제 섬에는 없나……? 가족 모두 섬을 떠났어……, 이웃 섬 소나이덜한티 당해영 임신헌 후로 가족 모두가 섬을 나갔어……, 벌거벗고 뛰어 돌아다니니 말이야……,이웃 섬이라니, 사실은 네가 한 짓 아니야……? 설마, 아명 경해도, 그런 여자를 상대허겠어……, 너네덜, 허고정헌 대로 멋대로 말허민, 맞아 죽을거여……, 뭐든 좋아 세이지, 한 번 말해 봐……, 너는 우리 말을 훔쳐 듣고 있었잖아……? 눈봉사 귀는, 밝댄 허는디, 틀린 말이 아니라신게……, 눈봉사라고, 손 대지 않을 거랜 생각했나……, 빌어먹을 놈들이, 사요코를 웃음거리로 만들민, 나가 용서허지 않으크라……, 네에, 세이지가 용서하지 않는 답니다……, 어떻게 용서하지 않을 건지, 가르쳐 주시지……, 어이, 세이지, 어딜 때리는 거야……, 여기야 여기,

143

세이지……, 사요코여, 눈이 보였다면, 저런 놈들은, 작살로 찔렁 죽여줘실 건디……, 저거 좀 봐봐, 미치광이가 눈물을 흘렸신게……, 나는 분해서 참을 수가 없었어……, 더러워, 가까이 오지 마, 냄새 한번 지독허군……, 세이지, 우리 화나게 허지 마라……, 이 정도로 넘어지지 말라구, 어이, 너가 먼저 싸움 걸어 놓고 말이야……, 이제 그만해, 그렇게 때리다 죽어버리면 어쩌려구……, 이 녀석이 죽으면 가족들도 애물단지 치워줘서 고마워할 걸……, 사요코를 비웃는 놈들은, 내가 용서허지 않을 거야……, 입은 아직 멀쩡헌가 보군……, 말할 기운이 있으면, 죽진 않겠네……, 배는 때리지마, 머리도……, 세이지, 미군하고 싸웠잖아……, 미군을 찌른 것처럼, 우리한테도 해봐……, 눈이 보였다면, 네 놈덜한티 질 것 같아……, 이제 그만하고 가자, 더 때리면 정말 큰일 날지 몰라……, 세이지, 앞으로 센 척허민, 때려 죽여그네, 바당에 던져 불 거야……, 이제 됐어, 이런 놈은 내버려 두고, 빨리 놀러 가자……, 넘어졍 일어나지 못허크라, 등에 닿는 땅이 너무나 차갑구나, 사요코……, 나 좀 봐, 자동차에 치인 개구리 같지……, 얼굴이 부어서 입을 벌리질 못허크라……, 입술이 자꾸 비틀어져……, 피를 토해 내잰 해도, 토허질 못허크라……, 검붉은 침이 흘러 내려, 기분 나쁜……, 가까이 다가오면 안 돼, 모른 척허고 있어……, 몸을 일으키젠 해도, 손도 다리도 움직여지지 않암서, 아아, 미국 놈한티 총을 맞았을 때추룩 말이야……, 건달 놈덜한티 덤비다니, 멍청헌 녀석……, 사요코, 나는 이

제 지쳤어……, 그냥 자고 싶어……, 이런 디서 잠들민 안 돼, 민폐라구……, 너는 누게냐……, 누게든 무신 상관이야, 어서 일어나, 술한 잔 허고 산신サンシン 오키나와 전통 현악기을 켜라, 그것만이 너의 즐거움이거늘……, 사요코, 눈은 안 보이지만, 산신은 켜지키어, 너를 만나민, 내가 노래를 들려 주마……, 할아버지, 여기서 뭐 하세요……? 산신을 켜고 있지……, 할아버지, 잘한다……, 귀여운 녀석들이야, 사요코, 나같은 놈에게도, 기쁘게 말을 걸어 주고 말이야……, 할아버지, 눈이 안 보여요……? 할아버지, 왜 얼굴에 상처가 났어요……? 나에게도 이런 아이가 있다면……, 할아버지, 냄새 나요, 술 마시는 거에요……? 할아버지, 얼굴에 상처, 아프지 않아요……? 사요코, 당신은 아이는 낳았나……? 할아버지, 이 벌레 이름 뭐라고 해요……? 할아버지, 왜 맨발로 다녀요……? 아이들한테는 보드랍고, 좋은 냄새가 나는구나, 사요코……, 할아버지, 이 가주마루에 정마精魔가 깃들어 있다는데 정말이에요……? 정말이지……, 정마가 뭐예요……? 니들만한 키에, 붉은 머리를 하고 있지……, 어떻게요……? 머리를 붉게 하고 있어……, 그럼, 사치サーチ 같은 머리인 거네요……, 할아버지는 눈이 보이지 않아서, 사치의 머리가 어떤지 모르지만 말이야……, 정마는 사람을 잡아 먹어요……? 그렇지 않아, 물고기 눈은 먹지만……, 이상하다……, 뭐가 이상해, 물고기 눈이 얼마나 맛있는데……, 먹으면 머리가 좋아져……, 정말요……? 정마는 아이들을 바다로 데려가서 버린다는데, 정말이에

요……? 정마는 무서워요……? 정마는 방귀를 뀌면 도망친단다, 정마가 무서우면 방귀를 뀌럼……, 계속 뿡뿡하고 뀔 수 없잖아요……, 그럼, 정마를 보면 할아버지를 부르럼, 이렇게 뀌어 줄게……, 할아버지, 냄새 지독해요……, 나는 웃었어, 사요코, 내가 웃는 건, 아이들을 대할 때뿐이야……, 할아버지, 예전에, 미군에게 총 맞았어요……? 그래, 이쯤에 총알이 박혀 있지……, 정말이네, 볼록 튀어 나왔어요……, 나도 만져 볼래……, 아프지 않아요……? 할아버지……, 이젠 아프지 않아……, 얼굴 상처도 미군에게 당한 거예요……? 응, 미군에게 맞았어……, 왜 맞았어요……? 왜 총에 맞았어요……? 글쎄 왜 그랬을까, 이제 잊어버렸어……, 할아버지, 무슨 나쁜 일한 거예요……? 아니, 아무런 나쁜 짓을 하지 않았어……, 나쁜 일도 안 했는데, 때려요……? 총도 쏘고요……? 그래, 할아버지는 아무런 나쁜 짓을 하지 않았단다……, 거짓말, 나쁜 일을 했기 때문에 맞은 거겠죠……, 총도 맞은 거고요……, 아무런 나쁜 짓을 하지 않았어……, 형, 이제 아이들하고 이야기하는 건 그만둬……, 저 할아버지가 무슨 짓을 했는지, 말해 보럼……, 여기저기서 민원이 들어와서 구장에게 주의받았어……, 이상한 짓을 하진 않았는지, 무슨 일이 있었는지, 말해 보럼……, 아무 일도 없었어요……, 거짓말하지 말고 정직하게 말해봐……, 정말이야……, 섬사람들이 형을 보고 있다구……, 울지 말고, 무슨 일이 있었는지, 말해 봐……, 형은 눈이 보이지 않아 모르겠지만, 모두가 지켜 보고

있어……, 무서워서 원, 무슨 일을 저지를 것 같더니만……, 긴조金
城 씨네 아이한테도 손을 댔다면서……, 당신 형이잖아요, 어떻게든
좀 해줘요……, 다음에 또 그러면, 경찰에 고소할 거예요……, 형,
여자아이 몸에 손댔다는 게 정말이야……? 나는 눈이 보이지 않아
서, 손으로 더듬어야, 얼굴 형태를 알 수 있고, 키가 어느 정도인지
알 수 있지……, 아이가 우는데도 놔주지 않았다는 게 정말이
야……? 울지 않았어……, 형, 만진 건, 사실인 거네……? 어디를 만
진 거야……? 어리다 보니까, 우느라 말도 제대로 못한 모양이
야……, 손가락을 집어 넣었다고 들었어, 피가 나왔다며……, 거참,
큰일이네……, 그 여자아이는, 무서워서 밖에도 못 나간대……, 난
나쁜 짓 아무것도 아니핸……, 다음에 또 그러면 형, 경찰이 잡아갈
거라……, 나쁜 짓 아니핸……, 구장님, 아사기 광장은 아이들이 노
는 곳인데, 어째서 그런 사람을 쫓아내지 않는 건가요……, 그게,
십 년 훨씬 전부터 그곳이 지정석처럼 되어 버려서……, 아침부터
라디오를 틀어재끼고 시끄러워 죽겠다구요……, 너무 크게 틀지 않
도록, 주의를 줄게요……, 장애인이기도 해서 불쌍하니, 우리도 별
로 이런 소리 하고 싶지 않아요. 하지만 아이들 일도 있고 하니
……, 앞을 보지 못하니, 너그럽게 봐주세요……, 구장님, 저 여자들
이, 너무 멋대로 말하네요……, 하고 싶은 말 다하도록 내버려두면,
우리가 용서허지 않을 거우다……, 세이지가 그런 나쁜 짓을 할 리
없잖습니까……, 우린, 아이들을 지켜준 것뿐이라고요……, 큰일이

벌어지기 전에 미리미리 막아야 해요……, 세이지, 마음껏 산신을 켜고, 노래하도록, 라디오도 틀고……, 저기 말이야 세이지, 앞으로 한 번 더 여자애들 희롱하면 손모가지를 꺾어 버릴테니 각오하라구……, 난 나쁜 짓 아무것도 아니핸……, 너같은 놈은, 미군에게 총 맞아 죽는 편이 나았어……, 세이지, 어디다 손가락 넣었어……? 손모가지만이 아니라, 손가락도 전부 꺾어 부숴버려줄 테다……, 산신도 켤 수 없게 말이야……, 세이지, 내가 끈을 준비할테니, 이 가지에 걸고 목을 매달아라……, 난 나쁜 짓 아무것도 아니핸, 정말이야, 사요코……, 뭘 실실대는 거냐……, 너 장난인 줄 아나본데, 맞아 죽어 볼래……, 전부터 이상했다니까……, 잡지에 실렸다고, 모두들 치켜세워주니, 우쭐해져서, 이렇게 나대고 말이지……, 사진도 꽤나 크게 실렸더군……, 그 야마토 기자도, 있는 얘기 없는 얘기 다 써갈기고 말이야……, 오키나와 전투의 비극을 노래하는 노인이라니……, 웃기지 말라 그래……, 그 할아버지, 정말은, 일본군 스파이였대……, 진짜……? 우리 할아버지가 그랬어, 방위대를 하면서, 일본군하고 친했다고……, 그래? 우리 할아버지는 미군의 스파이였다고 하던데……, 설마, 그랬다면 왜 미국군한테 총을 맞은 거야……? 그러니까, 이상해……, 스파이는 마지막에 제거하는 거겠지……, 일본군 총에 맞은 거라고 말하는 사람도 있어……, 지어낸 말이겠지, 총에 맞은 적 없다고, 나는 그렇게 들었어……, 나도 그렇게 들었어, 저 할아버지는 망령이 들어서, 거짓인지 진짜인지, 자

기가 하는 말을, 모른다던데……, 우리 할머니는 저 할아버지가 총에 맞는 것을 봤다고 했어, 어깨랑 여기저기 맞아서, 피투성이가 돼서, 들것에 실려갔다구……, 숲 안에서 있었던 이야기라는데, 동굴에 숨어 있었다던데……, 왜 총에 맞은 거래……? 미군 병사를 찔렀데, 연인을 구하려고……, 저 할아버지가? 웃긴다……, 세이지, 모두가 웃는 소리가 들리나……, 다들 네가 섬을 떠나주길 바란다구……, 네가 무서워서……, 눈에 걸리적대고……, 새로운 다리가 완성돼서, 관광객도 오게 생겼으니……, 시설로 들어가는 게 어때……? 니들, 무슨 말이니, 이 할아버지가 얼마나 훌륭한 사람인지 알지도 못하면서……, 나는 여기에 앉아 있는 것만으로도 족해……, 할아버지 춥지 않으세요, 고기만두 드실래요……? 고맙다……, 벚꽃이 피어서, 너무 아름다워요, ……, 아이루얀나ぁいるやんな……, 죄송해요, 할아버지, 우리가 방언은 잘 몰라서……, 소미나ソーミナ가 울고 있어……, 소미나? 아, 저 초록빛 작은새, 동박새 말씀이시죠, 우리 할아버지가 키우셔서, 이 단어는 알아요……, 사요코여, 너도 들럼시냐, 소미나가 우짖는 소리가……, 어렸을 때, 세이지는 늘 소미나를 키웠었지……, 세이지의 소미나는 어찌나 소리 높여 울어대던지……, 구시쿠グシク 오키나와의 성곽 유적 숲으로 소미나를 잡으러 가던 길에, 노랑헌 털머위 꽃이 한껏 피엉 있었지……, 아아, 노란색 꽃이 떠올람져……, 할아버지, 꽃이 이렇게 활짝 피어 있는데, 보지 못하시다니, 안되셨어라……, 숲에는 진달래 벌겅헌 꽃도 피엉

있었지……, 벼랑으로 기어 올라서, 진달래꽃을 따다가, 사요코에게
주려고 했던 적도 있었지……, 건네주려는데, 손이 얼마나 떨리던
지……, 할아버지는 예전에, 좋아하던 여자를 위해 미국군하고 싸우
셨다면서요……, 싸웠지, 나는 혼자서 싸웠주……, 멋져요, 할아버
지……, 바다로 잠수해서, 작살로 찔러버렸지……, 미국군은 죽었나
요……, 죽지는 않았는데, 바다에 피를 흘리며, 허우적댔어……, 그
런데, 왜, 그 미국군을 찌른 거예요……, 사요코, 덧문 너머로 들려
오는 너의 울음소리를 들으멍, 나는 제정신이 아니랐져……, 미국군
이 어떻게 한 거예요……? 나쁜 짓을 헌 건, 미국 놈만이 아니었
어……, 손을 제압허라……, 날뛰지 말라, 미국 놈은 해도 되고, 우
리는 허민 안 되는 건가……, 그 말을 듣고 나서부터, 나는 정말 제
정신이 아니랐져……, 그때부터라고? 웃기지 마, 세이지, 너 머리는
태어났을 때부터 제정신이 아니랐잖아……, 다리를 벌려, 아무리
소리질러봐도, 아무도 도와주레 오지 않을거야……, 제정신이 아니
야, 내 머리가 정상이 아니야, 도대체, 어떵 된 건고……, 빨리 교대
해 줘……, 죽여불키여, 죽여불키여, 죽여불키여, 사요코를 괴롭힌
놈덜은, 절대로 살려 두지 않을 거여……, 원래부터 제정신이 아닌
머리가, 나이를 먹더니 망령까지 들어서, 이 할아버지한테 무슨 말
을 해도 못 알아 들어……, 아니죠, 할아버지……, 죽여불키여, 죽여
불키여, 죽여불키여……, 아파, 다음에 또 깨물민, 앞니를 몬딱 뽑아
불키여……, 할아버지가 좋아하던 사람은, 지금 어디에 있어요……,

사요코, 너는 지금 어디서 뭘 허고 이시니……, 여자가 무신 냄새가
영 심헌지, 가끔은 목욕 좀 허라구……, 죽여불키여, 죽여불키여, 죽
여불키여……, 만나지 못했어……, 만나고정헌디……, 다시 상대해
줄지……, 어디에 이신지 몰라……, 사요코, 너는 지금, 어디에 이시
니……, 죽여불키여, 마음이 술렁여서, 죽여불키여……, 머리가 아
팡, 죽여불키여, 머릿속도, 몸속도, 단어들이 작은 벌레가 잔뜩 날아
댕기는 것추룩 와글와글해서, 죽여불키여, 이제, 몬딱, 엉망진창으로
만들어서, 죽여불키여, 여기저기서 목소리가 들려와서, 죽여불키
여……, 사요코, 너의 원통험을……, 죽여불키여, 사요코, 너는 지금,
어디에 이신 거니, 죽여 불키여……, 숲 속에서, 울엄구나, 언제까지
나, 언제까지나 울엄구나……, 이제 늦었어, 낙태는 위험허여……
숲 어둠 속에, 석양처럼 붉은 아단 열매가 떠오른다……, 그래도,
부탁드려요……, 죽여불키여, 사요코, 너를 괴롭힌 놈덜을, 죽여불
키여, 난 용서허지 않으키여, 죽여불키여……, 쓰러진 풀 위에 앉아
그네, 그 붉은 빛을 바라보고 있었주, 죽여불키여, 그런 행동을 한
다고 해서 사요코는 기뻐허지 않을 거야……, 맞아, 세이지, 사요코
는 더 이상, 너가 불행해지는 걸 원치 않아……, 사요코는 어디에
이신지, 알려줘, 내가 그곳으로 갈테니까……, 우리도 잘 몰라, 세이
지, 미안해……, 언제까지 사요코 생각만 허멍 이실 거니, 어머, 세
이지, 너 옆에 여자 하나가 서 있어……, 알고 있어, 너가 말허지 않
아도, 여자가 둘에 남자가 하나……, 너를 계속 바라보고 있어……,

151

그런데, 사요코는 아니야……, 여자 하나가 너를 보면서, 눈물을 흘리고 있어……, 이 여자는, 사요코가 아니야……, 너 같은 남자를 위해 눈물을 흘리는 여자도 있다니, 별일이네……, 사요코, 너는 어느제민, 섬으로 돌아올거니……, 사요코가 아니어도, 상관 없잖아, 너와 이야기를 하고 싶어 하는 것 같은데……, 내가 이야기를 허구정헌 건, 오직 사요코뿐이여……, 그렇게 보이지도 않는 눈으로 째려보지 마, 여자가 무서워하는거 모르겠니……, 파도 소리가 묵중해졌서……, 네가 그런 얼굴을 허니까, 여자가 포기헌 모양이라……, 바람이 묵중해졌서……, 손수건으로 눈물을 닦고, 너에게 머리를 숙이고 있어, 세이지……, 바당 내음이 짙어졌어……, 다른 여자 하나도 고개를 숙이고, 둘이 나란히 너를 바라보고 있어……, 내일은 비가 옴직헌게, 사요코여……, 남자와 함께, 돌아가젠 허고 있어, 말을 걸어봐, 세이지……, 비가 와도, 내일도 바당에 오키여, 사요코……, 두 번 다시 만날 수 없을지 몰라, 말 좀 걸어줘……, 너도 이 바당을 보고, 파도 소리를 들엄신가……, 가버렸어……, 이 바람 소리를 들엄신가……, 미친놈, 소용없다구……, 파도를 타고, 바람을 타고, 내 목소리가 들렴시냐……, 들릴 리가 이시크냐……, 들릴 거여, 세이지, 꼭……, 나는 지금도, 너를 생각하고 있어……, 내일은 비가 올까……, 내 목소리가, 들렴냐, 사요코…….

놀랐지? 갑자기 이런 비디오를 보내서 말이야. 게다가, 그 뭐랄까 봐서 알겠지만, 10년 전에 비해 많이 변했을 거야……. 좀 심각한 병에 걸렸거든, 그런 이야기는 나중에 차차 하기로 하고, 오늘은 긴히 부탁할 일이 있어. 오키나와에 살고 있는 지인은 너밖에 없어서, 미안하지만, 부디 이 비디오를 끝까지 보고, 내 이야기를 들어 주었으면 한다.

소포를 보내 온 사람의 이름을 봤을 때 사실 조금 놀랐었다. M과는 도쿄에 있는 대학을 졸업하고 나서 2, 3년 동안은 가끔씩 전화통화를 하거나, 상경했을 때 만나 선술집에서 술을 마시곤 했다. 그러다 점차 소식이 뜸해지다 마지막에 만난 것은 10년 전 여름이었다. 일 때문에 상경했을 때 전화를 걸어 신주쿠新宿역 근처 찻집에서 30분 정도 이야기를 나눴다. 그때 M은 아주 조급한 모습으로 다음 약

153

속이 있다고 하며 찻집을 나섰다. 그 뒷모습을 보니 내가 너무 민폐를 끼쳤나 싶어 지금까지 연락하지 않았다. 그 이후로 M으로부터도 연락이 없어 그냥 그렇게 지내다 보니 별로 아쉬운 생각이 들지 않은 관계가 되어 버린 것 같다.

대개 이렇게 비디오에다 대고 이야기하는 것이 어색해서 편지로 쓰는 것이 나을 것 같지만. 컴퓨터 화면을 계속 바라보기도 꽤 힘들고. 그래도 비디오로 전하려고 해. 한 번에 찍는 건 조금 어려워서 며칠 동안 나눠서 찍어 보았어. 잘 봐줬으면 한다.

M이 힘없는 미소를 띠운 채 고개를 끄덕거린 뒤 영상은 잠시 끊어졌다. 곧바로 영상이 이어졌고, 옷차림이 그대로인 걸 보니 잠시 쉬었다가 다시 찍은 것 같았다. M이 앉아있는 소파 뒤쪽에는 책과 CD가 정리된 서가가 보였다. M의 방인 것 같았지만 단정할 수는 없었다. 학창시절 책 읽기를 즐겨했던 M이 지금은 어떤 책을 읽고 있을까 궁금해서 잠시 화면을 정지시켜 놓고 서가에 진열된 책들의 옆 표지를 읽어 보려고 했지만 몇 권밖에 알아보지 못하였다.

태어나서부터 고등학교 시절까지 줄곧 오키나와에서 자랐고, 졸업 후 도쿄의 사립대학으로 진학했을 때 환경이 이전과 너무나 달라, 이곳에서 4년 동안 잘 지낼 수 있을까 불안한 마음이 컸다. 전철을 타 본 것은 입학시험을 보기 위해 상경했을 때가 처음으로, 야마노테山の手선 이외의 전철을 혼자서 타는 것은 쉬운 일이 아니었다. 자신이 꽤나 심각한 촌놈이라는 걸 알게 되면서 조금 풀이 죽어

있었을 때 말을 걸어 주었던 이가 바로 같은 학과의 M이었다.

나를 위해 말을 걸어 준 것이라고, 지금도 기억하고 있을 정도로 그 시절의 나에게 M은 고마운 존재였다. 한창 월드 뮤직이 유행하고 있었을 때여서 기나 쇼키치喜納昌吉 오키나와 출신 가수이자 평화운동가로, 류큐 민요를 현대적으로 편곡한 '우치나 팝'이라는 장르를 구축함, 린켄 밴드りんけんバンド 1977년 결성된 오키나와를 대표하는 밴드로, 오키나와 전통 악기와 현대적 악기를 융합시킨 독특한 음악장르를 구축함 같은 오키나와 가수들의 음악이 본토에서도 들리기 시작할 때였다. M 역시 오키나와 음악에 관심을 가지고 있었기 때문에 나에게 말을 걸어 왔다. M이 물어보는 대로 음악뿐만이 아니라 기지 문제라든가 오키나와 생활에 대한 이야기를 나누다 보니 어느새 친해지게 되었다. 같이 식사를 하거나 도쿄 거리를 함께 걸어 다니기도 하는 사이가 되었다. 도쿄에서 태어나고 자란 M은 나에게 좋은 가이드였고 M도 이런 저런 것에 놀라는 내 반응을 재미있어 했던 것 같다.

문예서클에 들어간 것도 M이 권유해서다. M은 고등학교 시절부터 영화나 연극에 관심이 많았고 읽고 있는 책의 양이나 장르의 폭에 나는 압도됨을 느꼈다. 처음으로 짧은 소설을 써서 서클 합평회에 참여했을 때, 그가 써 온 연상의 여자와의 사랑을 그린 사소설풍의 작품이 꽤나 어른스럽다는 인상을 받아서, 내가 쓴 작품이 읽혀질 때에는 정말이지 부끄러워서 견딜 수가 없었다.

내가 발표했었던 것은 오키나와 전투가 끝난 후 미군이 섬의 소녀를 강간했다는, 할머니에게서 들었던 이야기를 토대로 한 원고지 40장 분량의 소설이었다. 야마토 학생들은 어떻게 평을 해야 할지 잘 몰라 당황한 모양으로 감상이나 의견을 말했던 학생은 몇 안 되었다. 그런 와중에 M은 이런 작품은 우리들로서는 쓸 수 없는 작품이라고 말하며 칭찬해 주었다.

그 무렵 썼던 소설들은 내 작품이나 M의 작품이나 지금은 부끄러워서 읽음 직하지 못할 것이다. 하지만 젊은 시절에는 뜻밖에 받은 칭찬이 글을 계속해서 쓰게 하는 원동력이 되기도 한다. 그 첫 합평회에서 M에게 칭찬받지 못하고 몇몇 학생들이 당했던 것처럼 글 세부의 모순을 지적받거나 까다로운 감상평을 받았었다면 나는 그것을 끝으로 다음 작품을 쓰지 않았을지도 모른다. 비디오 속의 M은 그때의 이야기를 조금 했다.

네가 쓰고 있는 소설도 전부 읽고 있어. 솔직히 말해서 내 취미는 아니지만 말이야. 그래도 재미있게 읽고 있어. 역시 그 오키나와인이 아니면 쓸 수 없는, 풍토랄까, 언어도 포함해서, 그 지역에서 태어난 사람만이 쓸 수 있는 게 있어……. 너에게 문예서클을 소개해 준 뒤 첫 품평회가 기억나. 솔직히 말하면 그때 내가 썼던 소설은 얼핏 보면 잘 쓴 것처럼 보일지라도 어디에나 있을 법한 이야기에 지나지 않았어. 그에 비해 네가 쓴 소설은 문장은 서툴렀지만 그 누구도 쓸 수 없는 너만의 세계라는 것을 알 수 있었어. 속으론 불쾌했지만 말이야. 그냥 이 이야기는 여기까지만 해 둘게. 옛날 일을 떠올리기 시작하면 끝도 한도 없으니.

소포 안에 이 비디오와 함께 들어있던 봉투는 확인해 보았니? 아직 안 했으면 지금이라도 봐줬으면 해. 그 작살의 화살촉이라고 해야 할지, 화살은 아니니 말이야, 작살 촉이라는 말은 없는 거 같지만, 어쨌든 그 작살의 날 부분으로 만든 펜던트 이야기를 하고 싶은데 말이야. 너에게 도착할 때까지 녹슬진 않을 테니 검은 광택이 나는 매끄러운 촉감이 남아 있을 거라 생각해. 꽤나 오래된 물건이지. 펜던트로 만들어진 후로도 60년이나 흘렀어. 그 펜던트는 어떤 미국인이 가지고 있던 것인데, 원래는 네가 살았던 오키나와의 어떤 섬 남자가 사용했던 작살의 일부라는 것 같아. 그 펜던트와 관련해서 부탁할 게 있어서 이 비디오테이프를 보낸 거야. 너무 빙 둘러 말한 것 같아 미안하다.

그 펜던트의 주인이었던 남자 이야기부터 시작해 볼까. 대학을 졸업하고 나서 조금은 이름이 알려진 출판사에 취직했던 것은 너도 물론 알고 있겠지만. 너와 마지막으로 만난 뒤 반 년 정도 뒤에 회사를 그만뒀어. 내가 소설을 쓰는 재능이 없다는 것은 학생 때부터 알고 있었어. 그래서 편집자로서 작가들을 잘 도와 좋은 작품들을 이 세상에 내놓을 수 있다면……, 뭐랄까 말만 앞서는 진부한 소리지. 뭐, 이제 와서 입사하게 된 동기 따위를 이야기해 보았자 소용없겠지만 말이야. 더 이상 견딜 수 없었던 것이 솔직한 마음이었어. 재미없는 원고 속에 묻혀, 시시한 작가들을 상대하는 것이 말이야. 하고 싶은 일을 할 수 있는 건 이제부터라고 그렇게 말해주며 말리는 사람들도 몇 있었지만 귀에 들어오지 않았어. 미안, 쓸데없는 푸념만 늘어놓아서.

그렇게 말하며 M은 심하게 기침을 하면서 이야기를 더 잇지 못했다. 화면이 잠시 끊어졌다가 곧바로 영상이 이어졌다. 물론 바로 영상이 이어진 것은 편집되었기 때문이고 실제로는 중간에 꽤 많은 시간이 흘렀을 것이다. 똑같은 옷차림으로 소파에 앉아 있었지만 M이 많이 지친 것은 분명했다. 헛기침을 하고 호흡을 가다듬은 후 M이 이야기를 다시 시작하려 할 때 나는 비디오를 멈췄다.

일을 끝내고 밤 11시가 넘어서 집에 돌아왔다. 우편함에 들어 있던 소포를 열어 서둘러 비디오 레코더에 넣었다. 아직 옷도 갈아입지 않고, 식사도 하지 않은 채였다. 이야기가 길어질 것 같다는 느낌이 들어 식사를 끝내고 나서 제대로 듣기로 하였다. 혼자 몸이기에 시간은 자유로운 편이었다. 대학을 졸업하고 오키나와로 돌아가 전문학교나 입시학원에서 겸임강사 일을 하며 소설을 계속해서 써오고 있다. 4년 전 문예잡지 신인상을 받고나서부터 1년에 두세 작품 정도는 발표해 왔다. 전부 백 장 이하의 단편소설로, 일을 병행하면서 수면 시간을 줄여 글을 쓰는 상황이라, 장편소설에 대한 구상은 머릿속에 늘 가지고 있으면서도 제대로 형태를 갖출만한 시간을 갖지 못했다. 그런 고민이 있는 만큼 비록 짧더라도 내용만큼은 농밀한 소설을 쓰고 싶었다. 그런 나의 작품들을 M이 읽어주었다고 하니 정말 기뻤다.

샤워를 하고 옷을 갈아입은 뒤 원룸 근처에 있는 24시간 문을 여는 찻집에서 식사를 하고, 오는 길에 편의점에서 캔 맥주를 사들고 소파에 앉아 비디오테이프를 재생시켰다.

미안해. 요즘 기침이 심해져서. 뭐, 출판사를 그만둔 뒤 이런저런 일이 있어서 일 년 정도 뉴욕에서 생활했었어. 특별한 목적이 있었던 것은 아니고 그저 일본을 떠나고 싶다는 마음으로 간 거야. 전부터 뉴욕에 사는 지인이 원룸을 찾는 것을 도와주었어. 내가 네게 도쿄 이곳저곳을 안내했던 것처럼 나도 몇몇 지인을 따라 뉴욕 여기저기를 둘러보았어. 이제 학생도 아닌데 너무 민폐를 끼쳤던 것 같아. 아, 물론 네가 대학시절에 민폐를 끼쳤다는 뜻은 전혀 아니니 오해하지 말길.

그렇게 말하며 웃는 M의 얼굴은 피부가 조금 건조한지 잔주름이 졌다. 방의 조명이나 비디오의 성능 때문인지도 모르겠지만 푸르스름한 빛을 띤 노란색이랄까. 얼굴빛이 좋지 않아 보였다. 다시 기침이 나오려 하는지 M은 페트병에 손을 뻗어 물을 마셨다.

이야기가 자꾸 샛길로 빠지지 말아야 하는데. 내가 살고 있던 원룸의 두 층 위에 J라는 백인 남자가 살고 있었어. 나이는 20대 중반으로 나랑은 나이 차가 조금 났지. 단골 바에서 자주 마주쳤었는데 어느 날 그가 먼저 말을 걸어 와서 꽤나 친한 사이가 되었어. 집에도 몇 번 초대받아 갔는데 K라는 아름다운 아내와 함께였어. 둘 사이에는 아직 아이가 없었던 탓에 셋이 밥을 먹으러 가거나 연극을 보러 간 적도 있었지. 어쨌든 J를 알게 된 덕에 적어도 그 해 가을과 겨울은 좋은 추억이 생겼어.

그 작살의 날 부분으로 만든 펜던트는 실은 J가 항상 목에 걸고 있던 것이었어. 어느 날 바의 카운터 석에 나란히 걸터앉아 술을 마시고 있을 때 J가 갑자기 오키나와라는 섬을 알고 있는지 물어봤어. 텔레비전이나 잡지에서 얻은 잔지식이나 대학시절 네게 들었던 이야기들이 떠올라서 내 나름대로 알고 있는 것들을 말했지. J는 진지한 얼굴로 내 이야기를 들으면서 그 섬에 가 본 적은 있는지 물어봤어. 관광으로 두 번 간 적이 있는데 미군기지가 많았고, 거리에도 미군들이 많이 보였다고 대답하자 J는 고개를 끄덕이며 옷깃 속에서 그 펜던트를 꺼내서 보여줬어.

그리고 이건 내 할아버지가 오키나와 전투에 참전했을 때 작살한 자루로 미군들과 맞섰던 섬 젊은이가 사용했던, 그 작살의 날로 만든 것이라고 말하며 목에서 풀어 내 손바닥 위에 올려 주었어. 의외로 묵직했는데 누가 봐도 손으로 만든 티가 났지. 목줄과 작살의 날 사이의 연결 부분도 조잡한 게, 오키나와 전장 기념품이라는 말을 들으니 그 조잡함이 도리어 존재감을 더해주는 것 같은 게 말이야. 그것을 바라보고 있으려니, 할아버지가 21세 때 해병대 병사로 오키나와에서 전투를 했다고 J가 말을 꺼냈어.

J의 말에 의하면, J의 할아버지가 소속되어 있던 부대는 오키나와

북부에 있는 반도를 제압한 뒤 얼마간 그 반도의 마을에 머물면서 산 속에 잠복 중인 일본군 소탕전을 벌였대. 그러던 어느 날 좁은 해협을 사이에 두고 마을과 마주한 작은 섬으로 J의 할아버지는 동료들과 함께 헤엄쳐 건너가려 했다고 해. 섬 젊은이에게 작살로 찔린 건 그때였는데, 한창 헤엄치고 있던 중이었나 봐. 오키나와에서 전투가 시작된 지 한 달밖에 안 되었는데, 그 상처를 치료하기 위해 야전병원으로 이송된 덕분에 목숨을 건졌다는 거야. 같은 부대 동료들은 그 후 오키나와의 다른 지역으로 이동해서 일본군과 전투를 벌였는데, 그때 상당히 많은 희생자가 나왔던 모양이야.

그 펜던트는 동료 중 하나가 만들어 주었다는 것 같아. 최전선으로 이동하기 전 기념품이라며 야전병원 침대에 누워 있던 J의 할아버지에게 가져다주었다고 해. 자신의 몸에 박힌 총알이나 포탄의 파편으로 기념품을 만드는 녀석은 종종 봤지만 자신을 찌른 작살을 기념품 삼아 지니고 다니는 것은 할아버지가 처음이라면서 비웃었던 모양이지만. 결국 그 동료도 전사했대. 그의 죽음을 알고 나서부터 J의 할아버지는 계속 그 펜던트를 몸에 지니고 있었다고 J는 말했어. J의 할아버지를 찌른 젊은이는 숲 속 동굴에 숨어 있다가 붙잡혀서 혹독한 조사를 받았다고 하는데, 그 후 어떻게 되었는지는 모른대. 그 젊은이가 왜 J의 할아버지를 찔렀는지도 모른대. 뭐, 개인적인 원한이 있을 리 없으니, 혼자서 미군과 맞선 정신이 이상한, 가미카제

カミカゼ 제2차 세계 대전 말기에 전투기에 폭탄을 싣고 적함에 충돌하여 자살 공

격한 일본 제국의 결사 특공대를 일컬음 같은 한 젊은이가 있었고, 재수 없게도 그의 표적이 된 것이 J의 할아버지였던 것 같아. 이것은 내 추측이 아니라 J의 아버지의 추측이지만 말이야. J가 그 펜던트에 얽힌 이야기를 들었던 것은 아버지로부터 펜던트를 물려받았을 때여서 할아버지에게 직접 이야기를 들은 것은 아니라고 했어.

J의 아버지가 할아버지로부터 펜던트를 물려받은 것은 군에 입대하기 직전이었다는 것 같아. 베트남 전쟁이 한창일 때 J의 아버지는 해병대에 자원입대 했다는 것 같은데 자신의 목숨을 구해 준 전장의 기념품으로 J의 할아버지로부터 물려받았다는 거야. 부적의 의미가 있었던 것 같아. 그때 오키나와에서 체험한 일들을 말해 줬는데, 그 젊은이는 용감했다고, 자신을 찔렀던 이를 칭찬했던 것이 J의 아버지는 퍽 인상 깊었던 것 같아.

그 펜던트 덕분인지 어쨌든 J의 아버지는 베트남에서 무사히 돌아올 수 있었어. 그 후 J가 태어나고, 고향 소재의 대학을 졸업한 후 뉴욕으로 떠날 때 아버지로부터 그 펜던트를 받았다는군. 그 즈음 할아버지는 이미 돌아가셨었다는 것 같아. J의 아버지는 펜던트를 물려줄 때 할아버지에게서 들었던 이야기를 해주었대.

J에게서 들었던 이야기를 조금 더 덧붙이자면 J의 할아버지는 J가 7살이 되던 해에 돌아가셨는데 항상 술 냄새가 났고, 불쾌한 표정으로 아무 말 없이 거실의 텔레비전을 보거나 방 안에 들어가서 잘 나오지 않았다고 해. 돌아가셨을 때는 겨우 50대로, 운전하던 차

가 벼랑으로 굴러서 사고로 돌아가셨대.

그런데 지금 생각해 보면 그것이 과연 사고였을까 하는 의심이
들기도 한다고 J는 말했어. 그런 이야기를 귀국해서 아버지와 나눈
적도 있고. 오키나와에서 무슨 일이 있었던 건지, J가 마음에 걸려
하고 있던 것을 물으니 전쟁터에 나가 본 사람만이 알 수 있는 무
언가가 있는 거겠지, 라며 J의 아버지는 유쾌하지 않은 기색으로 대
답해 주었다고 해.

J의 아버지는 베트남 전쟁에서 겪었던 이야기를 J에게 전혀 안
하셨대. 다만 J가 그 질문을 한 지 한 달이 지나서야 밤늦게 전화를
걸어 이런 이야기를 해주셨대.

너에게 그 펜던트를 건넬 때 사실은 정말 망설였어. 인간은 궁지
에 몰리면 무언가에 매달리고 싶어지는 법이지. 나도 베트남에서
그 펜던트를 꽉 쥐고 기도한 적이 몇 번인지 몰라. 하지만 그것은
그저 한 때의 위안에 지나지 않았지. 그런 위안도 나름대로 효과가
있겠지만 곤경에서 벗어날 수 있는 건 결국 그 사람의 힘과 운에
달린 거야. 그런 건 너도 이미 알고 있을 테지만 그보다 사실은
……. 여러 모로 생각해 보았는데 말이야, 나는 할아버지의 죽음이
그 펜던트와 분명 연관되어 있다고 생각해. 네가 말한 대로 오키나
와 전장에서 무슨 일이 있었던 건지도 항상 불쾌한 기색이 역력했
던 것도 술에 취해 계셨던 것도 그것과 관련이 있을지 몰라. 나는
아버지에게서 그 펜던트에 관한 말만 들었어. 그래서 더 이상 추측

은 하지 않으려고 해.

아버지가 그 펜던트를 건네주실 때 나에게 자식이 생기면 언젠가 그 녀석한테 물려주었으면 좋겠다고 직접 말씀하신 건 아니었지만 속뜻은 아마 그러셨던 것 같아. 그런데 펜던트를 너에게 주었으니. 사실 그걸 건네주기 전에도 망설였고, 건네 준 후에도 계속 망설였어. 네가 아버지의 죽음에 대해 물어왔을 때, 그 망설임은 더욱 커졌어. 그래서 이렇게 전화를 한 거야……

미안해, 그냥 내 마음속에 망설임을 묻어두었으면 좋았을 텐데. 네가 괜한 신경을 쓰는 건 아닐지 걱정돼. 그런데 말이야, 제일 좋은 건, 언젠가 기회가 되면 그 오키나와라는 섬에 가서 아버지가 싸우셨던 곳에 그 작살 촉을 되돌려 놓는 것이라고 나는 생각해. 너에게 아이가 생기더라도 그걸 물려주는 일은 없어야 한다고 말이야. 그래서 언젠가 네 손으로 오키나와 바다에 던져 주었으면 좋겠어.

그런 내용의 전화였어. 아버지의 말을 듣고 떠오른 생각이었겠지만, J도 마음속으로 같은 생각을 했던 것 같아. 할아버지가 오키나와 전장에서 어떤 체험을 했는지 이젠 알아볼 방법이 없지만, 자신을 위해한 젊은이가 들고 있던 무기로 만든 펜던트를 소중히 보관하고 있었다는 것. 그것을 부적 삼아 손자에게까지 물려 준 것은 아마도 동료는 죽고 자신은 살아남았다는 사실 이상으로 무언가 특별한 의미가 있지 않았을까.

다만 그런 생각을 구체적인 행동으로 옮기지 않고 J는 늘 펜던트를 목에 걸고 있었어. 바쁜 일상에 쫓겨 할아버지나 오키나와에 대한 생각도 점점 줄어들게 되었겠지.

그러다가 다시 떠올리게 된 건, 아마 기억날 거야. 10년 전 너와 만나고 나서 얼마 되지 않아 오키나와에서 초등학생 소녀가 미군 세 명에게 강간당했던 사건이 있었잖아. 뉴욕에 살다보니 오키나와라는 지명을 듣거나 보거나 할 기회는 별로 없었지만 어떻게 그 사건은 J의 눈에도 들어왔던 모양이야. 그때 J가 놀란 건 아직도 오키나와에 거대한 미군기지가 있고 2만 명이 넘는 미군들이 주둔하고 있다는 사실 때문이었어. 설마 아직도 그렇게나 많은 미군들이 오키나와에 있을 거라고는 상상도 못했던 것 같아.

그 후로 J는 도서관에서 오키나와에 관한 자료를 찾아보거나 아는 일본 사람에게 오키나와에 대해 물어보기도 했던 것 같아. 나도 그 중 하나였는데, 나를 포함한 대부분의 사람들이 오키나와에 대한 지식이 별로 없었던 것 같아. J의 질문에 제대로 답변해 주지 못한 경우가 많아서 나보다 오히려 J가 오키나와를 잘 알고 있는 것 같은 생각이 들 정도였으니까. J는 언젠가 한 번 오키나와에 가 보고 싶다고 했어. 오키나와가 어떤 섬인지, 할아버지가 싸웠던 곳을 자신의 눈으로 직접 확인해 보고 만약 할아버지와 싸웠던 남자가 살아있다면 꼭 만나보고 싶다고 말했어.

이야기가 길어졌는데 물론 이건 한 번에 들은 이야기가 아니라, J와 친해지고 난 후 바에서 들었던 이야기나 J의 집에서 들었던 이야기를 이어 붙인 거야. 혹시 귀국해서 오키나와에 갈 기회가 있으면 자기도 데려가 달라고 했는데……, 그런데 J에게 오키나와에 가볼 기회는 주어지지 않았어……. 이 이야기는 나중에 말할게. 미안해, 오늘은 너무 지쳐서……, 또 보자.

M의 얼굴에 비친 웃음은 씁쓸해 보였다. 가볍게 손을 흔들어 보인 후 잠시 끊겼던 영상은 얼마 안 있어 M의 모습으로 이어졌다. 같은 곳에 앉아 있었지만 크림색 폴로셔츠로 갈아입고 있었다. 왼쪽 창문으로 들어온 자연광으로 M의 혈색은 전보다 더 건강해 보였고 표정과 목소리에도 힘이 들어가 있었다.

전에 녹화한 것들을 한 번 봤는데, 어렵네, 역시. 이렇게 비디오로 전달하는 건. 얼굴을 맞대고 말하는 것과 다를 거야. 너의 질문에 답하면서 이야기를 나누면 좋았을 텐데. 하지만 지금은 이 방법밖에 없으니까…….

J와는 도쿄로 돌아온 이후 연락이 끊겨 버렸어. 국제전화로든 메일로든 마음만 먹으면 연락을 할 수 있었을 텐데. 뭐, 결국 그 정도의 관계였던 거지. 늘 그렇듯 바쁜 일상에 쫓겨 그에 대해 잠시 잊고 있었어. 그렇게 5년이 흘러버린 거야. 그런데 갑자기 J의 아내인 K가 작은 소포를 보내 왔어. 안에 들어 있던 것은 그 펜던트였는데 편지도 함께 들어있었어.

4년 전 9월 11일에 무너졌던 빌딩 안에 J가 있었습니다. 일 때문에 빌딩 안에 있는 회사 사무실을 방문했던 것이 화근이 된 거죠.

유해는 찾지 못했습니다. 보내드리는 펜던트는 당신도 잘 아시리라 생각됩니다. 언젠가 오키나와를 찾아 할아버지가 싸웠던 섬 바다에 가라앉히고 싶다는 이야기를 당신에게 했다고 들었습니다. 항상 몸에 지니고 다녔는데 그날은 어쩐 일인지 방 책상 위에 놓아두었더군요. 깜빡했네, 라며 싱긋 웃으며 들어올 것 같아 계속 그 자리에 놓아두었습니다.

그러다 문득 이대로 놔둬선 안 될 것 같다는 생각이 들었습니다. 그가 몸에 항상 지니고 있던 물건이기에 저에게도 소중한 유품입니다. 하지만 J의 소원을 들어 주는 것이 도리일 것 같아 J의 부모님과 상의하여 허락을 받았습니다. 될 수 있으면 제가 오키나와에 직접 가서 J가 바라던 대로 섬 바다에 가라앉히고 싶은 심정이지만 언제 실행으로 옮길 수 있을지 기약이 없습니다. 그래서 당신이 대신 해주셨으면 합니다. 오랫동안 소식도 없다가 이렇게 갑작스러운 부탁을 드리게 되어 대단히 송구스럽습니다. 하지만 제가 아는 지인 중에 일본에 살고 계신 분은 당신밖에 없습니다. 편하신 시간에 부탁드릴게요. 오키나와에 가실 때 부디 J의 소원을 들어주시기를. 모쪼록 잘 부탁드립니다.

내 나름대로 번역하면서 읽어 본 편지는 대략 이런 내용이었어. 텔레비전에서 계속해서 본 장면, 비행기가 돌진해서 쌍둥이 빌딩이 무너지는 장면은 너의 뇌리에도 새겨져 있을 거라고 생각해. 그 빌딩 안에 J가 있을 거라고 전혀 생각지 않은 건 아니었지만, 그건 그냥 잠깐 든 생각이었지 설마 거기에 진짜 J가 있으리라고는…….

이 편지를 읽고 나서 정말 우울했어. J와는 좋은 추억만 있었으니까. 그건 좋지 않은 부분까지 터놓을 관계까지는 아니었다는 뜻이기도 하겠지만, 어쨌든 내가 아는 사람, 단 한 사람이라도 관련이 있게 되면 그 사건이 다르게 와 닿는 것은 사실이야. 죽은 사람들은 불쌍하지만 마음 한쪽에서 미국이라는 나라는 당해도 싸다는 생각이 들기도 했거든. 그런데 그런 생각이 사라졌어.

하지만 솔직히 말하면 지금 말했던 것과 모순될지 모르지만 J의 죽음이 그렇게 충격적인 것은 아니었어. J와 K에게는 미안하지만 말이야. 오히려 내가 우울해했던 건, 내 건강이 좋지 않을 때 J의 죽음을 알게 되어 죽음이라는 것이 너무도 생생하게 전달되어 왔기 때문이야. 그렇게 허무하게 사라져 가는구나. 그리고 점점 잊혀져가는구나, 하고 말이야. 이것저것 너무 많은 생각이 드는 거야…….

1년 하고도 2개월 전이었던가……, 폐에 악성종양이 생겨서 바로 수술을 받았는데, 그게, 결과가 별로 좋지 못해. 몇 군데로 전이가 돼서 지금은 집에서 항암 치료를 받고 있어. 뭐, 긍정적인 마인드로 생활하려고 노력 중이야. 그런 이유로 J의 소원도, K의 소원도 들어주고 싶지만 비행기를 타고 오키나와까지 가는 건 힘들 것 같아. 아프지만 않았다면 핑계 삼아 오키나와 여행 겸 다녀왔을 텐데 말이야. 그래서 네가 대신 그 부탁을 들어주었으면 해서 이렇게 비디오를 보내게 된 거야. 오키나와에 사는 지인은 몇몇 있지만 이런 부탁을 할 수 있는 사람은 너밖에 떠오르지 않아서……. 정말은, 먼저 네 허락을 받고 펜던트를 보내야 하는데. 이렇게 편지와 함께 펜던트를 보내는 것이 허락을 강요하는 것 같아 미안한데 꼭 부탁할게.

그리고 뉴욕 바에서 J로부터 이 펜던트에 관한 이야기를 들었을 때 네가 떠올랐었어. J가 오키나와 북부에 있는 반도 이야기를 할 때 네 고향도 그 곳이라고 들었던 것 같아서. 학창시절에 처음 읽었던 너의 소설도 기억나고. 그 시절 우리 세대에서 전쟁에 관해 글을 쓰는 녀석이 있을 거라고는 생각지도 못했으니까. 너라면 J의 마음을 알아줄 수 있을 거라고 생각했어. 무리한 부탁인 줄 알지만 고향에 갈 일이 생기면 그때 이 작살 촉으로 만든 펜던트를 섬 바다에 던져 주었으면 해. 그 반도에서 헤엄쳐 건너갈 수 있는 섬이라면 너도 알고 있을 거라고 생각해. 이게 내 마지막 부탁이라고 말하면 협박이 되려나? 뭐, 진짜 마지막 부탁이 될 거 같으니, 잘 부탁해.

M은 그렇게 말하곤 웃으려 했으나 기침이 터져 나왔다. 손에 들고 있던 K의 편지를 테이블 위에 올려놓고는 페트병 물을 들이켰다. 드디어 할 일을 끝마쳤다는 듯 고개를 끄덕이며 미소 짓고 있는 모습이 꽤나 나이 들어 보였다. 그런 생각을 하고 있는 자신에게 혐오감이 밀려왔다. M은 물을 한 모금 더 마시곤 자조하듯 웃어 보이며 말했다.

그리고 부탁인데 말이야, 이 비디오 영상에 대한 답장은 하지 말아줘. 편지든 전화든 말이야. 내 멋대로 비디오와 J의 유품을 보내놓고 실례되는 소리인 줄은 아는데, 답장은 하지 말아줘. 좀 버거울 것 같아. 너의 답장이 긍정적으로 오든 부정적으로 오든 내 감정을 추스르는 것이 말이야. 기뻐하는 것도, 아쉬워하는 것도 모두 에너지를 필요로 하니까. 뭔가 더 강요하는 말로 들리는 거 같은데. 그래도 부탁하고 싶다. 미안하지만 오늘은 이만 줄일게.

1, 2초 정도 화면이 꺼졌다가 다시 M의 모습이 나타났지만, 나는 비디오를 일시 정지시켜 놓고 냉장고에서 새로운 캔 맥주를 꺼내왔다. 그리고 책상 위에 놓여 있던 펜던트를 집어 들고 천천히 살펴보았다. J라는 남자의 할아버지를 찔렀던 작살 촉은 60년이라는 세월 탓인지, 줄에 쓸린 탓인지, 피부에 작은 생채기도 낼 수 없을 정도로 무뎌져 있었다. 하지만 작살 촉의 좌우로 튀어 나온 부분은 손가락을 살짝 갖다 대기만 해도 아플 정도로 예리했다. 이 작살 촉이 J의 할아버지의 어느 부위를 찔렀는지는 M의 이야기로는 알 수 없었다. 그냥 헤엄치고 있을 때 찔렀다는 말만 했다. 해저 산호 군락에 숨어 헤엄쳐 오는 미군들을 기다리고 있는 젊은 남자의 모습이 머릿속에 그려졌다.

상상 속의 남자는 손에 작살을 든 채 몇 시간이고 계속 기다리고 있는 듯 보였다. 은빛 수면을 출렁이며 팔다리가 긴 미군 병사의 그림자가 앞으로 나아간다. 붙잡고 있던 산호 바위를 벗어나, 작살을 손에 쥐고 남자가 상승해 간다. 수생생물처럼 매끈하고 재빠른 젊은 남자의 동작은 그대로 작살에 전달되어, 뾰족한 작살 촉이 미군의 복부를 꿰뚫는다. 일렁이는 햇빛에 피가 번져 간다.

전쟁 중에는 남자도 여자도 노인에서부터 어린아이까지 모두 죽 창훈련을 받았다는 이야기를 할머니로부터 들은 적이 있다. 섬의 젊은 남자가 작살로 미군과 맞선 것은 이것만큼이나 무모한 행동이 었을 것이다. 그럼에도 남자는 미군 한 명에게 부상을 입혔다. 그 사건은 오키나와 북부의 전쟁 국면에 영향을 끼치지 못했을 뿐더러, 오히려 보복으로 섬 주민들에게 해를 끼치는 결과가 되었을 것이다. 하지만 작살 한 자루로 미군들과 맞서 싸우고, 작살에 찔린 미군조 차 용감한 사내라고 했다는 섬 남자가 존재했다는 사실만으로도 뭔 가 가슴에 와 닿았다.

비디오를 재생하니 다른 날에 찍은 것처럼 M은 조금 전과는 달 리 감색 티셔츠를 입고 있었고 얼굴빛과 표정도 밝아 보였다. 다만 지금까지 그래왔듯 이야기를 이어가는 중간 중간 피곤함으로 표정 이나 말투가 둔탁해져 가겠거니 했는데, 의외로 M의 표정과 말투는 마지막까지 또렷했고 말을 해야 한다는 절박함마저 느껴졌다.

마지막으로 조금 더 덧붙이고 싶은 이야기가 있어. J의 죽음은 유 감이지만, 나는 9월 11일 사건 역시 모든 걸 부정하는 건 아니라고 생각해. 무차별적인 테러는 악惡이라든지, 폭력의 연쇄는 끊어야 한 다든지 하는 허울 좋은 말잔치는 아무런 소용이 없으니까 말이야. 일본이라는 풍요로운 나라에 살면서 미국에 의지해 평화를 향수하 고 있는 우리가 그 어떤 말을 하든, 세계 여기저기에서 제2, 제3의

9·11테러를 일으키려고 기회를 노리는 자들에게는 아무런 의미가 없을 테니까.

만약 의미 있는 말을 할 수 있는 자가 일본에 있다면, 60년 전 미군을 쩔렀던 섬 남자가 아닐까⋯⋯, 만약 그 남자가 아직 살아 있다면 말이야. 왠지 그럴 수도 있겠다는 느낌이 들어. 내 멋대로 그렇게 생각하면서 펜던트를 보고 있으면 문득 작살 촉의 형상이 빌딩으로 돌진해 가는 비행기의 모습과 겹쳐져 보이는 거야. 바보 같은 망상이라고 비웃을지 모르지만, 그런데 그렇게 보였어, 순간 나에게는 말이야.

그러니까 J나 K, J의 아버지, 할아버지뿐만 아니라 섬 남자를 위해서도 이 작살 촉을 J의 할아버지가 싸웠던 바다에 던져주길 바랄게. 너무 감상적인 부탁일지 모르지만. 부디 불쾌하게 생각지 말기를. 네가 편한 시간에 섬에 가줘. 나는 이제 기력도 없고 시간도 앞으로 얼마나 남았을지. 그러니 일방적이지만, 이렇게 부탁만 하고 이야기를 마치는 것을 부디 용서해 주길. 그럼 잘 부탁해⋯⋯.

고개를 작게 *끄덕거리곤*, M은 화면 속에서 이쪽을 응시하고 있었다. 그러다 얼마 안 있어 영상은 꺼졌다. 비디오테이프를 되감아 두고 남은 캔 맥주를 쭉 들이켰다. M의 말에 대답을 해 주고 싶은 기분이었지만 방금 들은 이야기와 그 이야기에 대한 나의 감정이 잘 정리되지 않았다. 테이블 위에 놓아 둔 펜던트 줄을 손가락에 걸고 눈앞에 작살 촉을 늘어뜨려 보았다. 작살 촉의 V자 모양으로 튀

어 나온 부분을 비행기의 양 날개라고 본다면 비행기처럼 생긴 것
도 같다. 하지만 그건 좀 억지스러운 상상인 것 같다. 비록 M에게
는 그렇게 보였다 할지라도.

　펜던트를 봉투에 다시 넣고 비디오레코더에서 비디오테이프를
꺼내 봉투와 나란히 테이블 위에 올려놓았다. 그리고 벽에 걸린 달
력을 보며 섬에 갈 만한 날을 확인해 보았다. 이번 주가 지나면 6월
이었다. 60년 전 이맘때 오키나와는 전장이었다. 문득 그렇게 중얼
거리니 가슴속이 갑자기 뜨거워지는 것 같았다. 봉투에 검붉은 얼
룩이 번져 간다. 펜던트를 꺼내 보니 검은 광택이 나는 은빛 작살
촉에서 피 냄새가 풍겨온다. 멀리서 파도소리가 들리는 것 같아 무
심결에 방안을 빙 둘러보았다. 형광등에 비친 가구와 집기 같은 물
건은 무기체로 늘 있던 자리에 놓여 있을 뿐이다. 하지만 작살 촉은
생명체의 몸에서 막 끄집어 낸 내장처럼 촉촉하게 빛나며 생생한
냄새를 풍기고 있었다.

　다시 돌아가고 싶었던 것이리라.

　문득 그런 생각이 들며 가슴속을 할퀴는 듯한 아픔에 흠칫 놀랐
다. 파도소리가 밀려온다. 그 소리가 분명하게 들려왔다.

어둠 속에 보이는 빨간 덩어리가 꿈틀거리며 세포분열을 반복한다. 이 섬 해변에 번성한 야자를 닮은 식물의 열매다. 하늘을 향해 뿌리를 뻗는 것이 아니라 땅을 기어가듯 뒤엉킨 가시가 있는 가늘고 긴 잎이 무성하다. 그 잎 그늘에 모래 위에 하늘을 향해 누운 소녀는, 빨간 열매를 바라보고 있다. 축축하게 젖은 하반신이 기분 나쁘다. 식물질 체액 냄새와 땀과 피 냄새. 시끄러워, 뚝 그치지 못해. 등 뒤에서 소리질러대는 동료들의 목소리. 겁에 질린 여자 아이들의 울음소리는 더 한층 커진다. 빨간 열매는 어둠 속에서 빛을 발하는 거대한 뱀의 한쪽 눈과 닮았다.

그 열매를 처음 본 것은 상륙할 때였다. 상륙용 선반에서 뛰어내려 밀려드는 파도에 발목이 채여 넘어지면서도 총이 물에 젖지 않도록 들어 올렸다. 잠시라도 멈추면 머리통과 가슴이 뚫려버릴 것 같아 달려라, 달려, 제기랄, 하며 도달한 바닷가 덤불에 그 열매가 있었다. 화려한 빛깔이 자신을 노리고 있는 거대한 뱀의 눈으로 보였다.

소녀의 양쪽 뺨은 따귀를 얻어맞아 부었고, 입술이 갈라져 피가 흐르고 있다. 넋이 나간 눈빛이 내 뺨을 스쳐지나 머리 위의 빨간 열매를 향하고 있다. 마치 내 존재 따위는 눈앞에 없는 것처럼. 턱을 잡고, 나를 봐, 라고 외치며, 격렬하게 허리를 흔들자, 수류탄처럼 줄이 난 빨간 열매에서 작은 덩어리가 튕기며 떨어져 내 옆구리를 찌른다. 불에 탄 철의 뾰족한 부분이 몸을 관통한다. 상처에서 피가 솟구쳐 내가 양손으로 옆구리를 움켜잡으려 할 때 정말로 통증을 느껴 눈이 떠졌다.

온몸이 땀으로 범벅이 되어 간이침대와 이불까지 땀이 베어들었다. 창문으로 비추는 달빛으로 2열로 늘어선 침대 위의 부상병들의 모습이 보인다. 더위와 상처의 통증으로 잠들지 못하는 이들이 나말고도 더 있는 듯, 신음소리와 욕을 퍼붓는 소리가 간간히 들린다. 손목시계를 보니 오후 10시를 막 지나고 있었다. 아침을 기다려야 하는 긴나긴 시간이 넌더리가 난다. 낮잠을 잔 탓인지 잠들지 못하고 상처의 통증과 밀려오는 상념에 고통스러운 밤을 보내야 한다.

야간 당번 위생병은 마음에 들지 않는 놈이다. 통증을 참기 어려워 수면제를 부탁하자 전투에서 부상당한 자가 우선이라며 경멸하듯 나를 봤다. 평소 같으면 바로 한 대 갈겼겠지만 몸을 일으키는 것만으로도 숨을 참으며 심호흡을 하지 않으면 안 될 정도로 통증이 극심하여 불평을 말할 수도 없었다. 천장에 난 얼룩에 도마뱀붙이가 달라붙어 있다. 바로 얼굴 바로 윗부분이어서 떨어져 내릴까 봐 신경이 쓰였다. 접수한 학교 교실 한 곳에 부상자를 수용하고, 나는 복도 쪽에 늘어놓은 침대에 누워 있었다. 어둠 속에 울리는 도마뱀붙이 소리가 누워 있는 부상병들을 조롱하고 있는 듯했다. 손을 뻗혀 붕대가 감긴 옆구리를 살짝 만져보니 아직 생각한 것보다 열이 많이 났다.

쟈프놈ジャップめ 일본, 일본인을 비하하여 이르는 말 가슴 깊은 곳에서 뱉어버리 듯 말하고, 마크롤리マクローリー가 한 말을 떠올렸다. 이 섬은 예전에는 일본이 아니라, 그러니까 주민도 원래는 일본인이 아니었어, 라고 마크롤리는 말했다. 그럼, 중국인이었어?, 라고 긴자キンザー가 물었다. 아니, 원래는 류큐リューキュー라는 독립국이었대. 마크롤리가 답변했지만, 긴자는 고개만 약간 끄덕일 뿐 더 이상의 관심을 보이지 않았다. 나도 흥미 없었다. 며칠이나 침대에 누워 있자니 그렇게 흘려 지나쳤던 말과 이 섬에 온 후 벌어졌던 사건들이 문득 되살아난다.

석양을 받으며 잔잔하게 흐르는 만 저편에 섬이 보였다. 유송선에서 하역작업을 마치고 우리는 창고 옆쪽에 쌓아 올린 나무상자 그늘에서 석양을 피해 쉬고 있었다. 3시 경까지 반도 산악부로 숨어들어간 일본군 소탕작전을 펼쳤는데 발견하지 못했다. 산을 내려오자 쉴 틈도 없이 하역작업 지원으로 항구로 보내졌다. 작업 자체는 크게 많지 않았다. 그런데 예정된 일 이외의 작업을 하라는 명령이 내려져 나도 세 명의 동료도 심기가 불편했다. 작업을 대략 마무리한 후, 다른 부원들과 조금 떨어진 곳에서 우리는 바다를 보며 잡담을 나누고 있었다.

저 섬까지 갔다 오기 하자. 긴자의 말에 모두가 응한 것은 다소 반항적인 기분 탓도 있었다. 이미 자기 군이 제압한 상황이라고는 하지만 무기를 지니지 않고 수영으로 섬을 건너는 것이 위험을 동반한 일이라는 것쯤은 알고 있었다. 당시 기분으로는 상관에게 질책당해도 상관없다고 생각했다. 땀으로 찝찝해진 전투복과 군화를 벗어 던지고는 가설부두를 달려 바다로 뛰어들었다.

섬까지의 거리는 3백 미터 정도였다. 물결이 잔잔하다고 해도 만 안쪽에서 밖으로 흐르고 있었다. 다만 수영하는 데에는 그렇게 힘들 정도는 아니었다. 경쟁이라고 해도 그렇게 진지한 것은 아니었고, 어찌됐든 바다에 들어가려는 구실을 만들기 위함이었다. 선두를 헤엄쳐 가는 이는 헨리였다. 말이 없는 편이어서 무슨 생각을 하는지 알 수 없는 남자로, 같은 소대에 배치되어도 마음을 터놓고 이야기를 나눈 적이 없었다. 헤엄을 잘 친다는 것도 그때 처음 알았다.

먼 바다에 접해 있는 해안에는 암초가 발달해 있었지만, 만 안쪽 작은 모래사장까지는 아무런 장애를 받지 않고 다다갈 수 있었다. 도착 지점을 확인하지 않았지만 네 사람 모두 자연스럽게 그 모래사장을 향하고 있었다. 처음엔 쉬엄쉬엄 헤엄치다 백 미터 정도 남겨두고는 전력을 다해 내달렸다. 마크롤리와 긴자는 간단히 앞질렀지만, 헨리는 내 모습을 보면서 속도를 조절할 정도로 여유가 있었다. 20미터 정도 차이로 얕은 여울에 도달했다. 모래사장을 향해 달려가는 헨리 앞을 10살 정도 되어 보이는 여자아이가 달려가고 있었다.

여자아이들이 바다에서 조개를 줍고 있는 듯한 모습은 건너편 강가에서도 보였다. 헨리가 뒤쫓는 게 아닐 터인데 여자아이는 겁먹은 모양으로 물가에 서 있는 소녀를 향해 열심히 달려가고 있었다. 같은 또래의 여자아이 세 명을 껴안다시피 하며 기다리고 있는 소녀는 15, 6세쯤 되어 보였다. 달려오는 여자아이와 우리를 번갈아가며 보고 있는 소녀의 얼굴에도 불안과 겁먹은 모습이 비춰졌다. 적군 병사인 우리를 두려워하는 것은 당연하다는 것을 알면서도 막상 그 표정을 보니 기분이 나빠졌다.

도망치는 여자아이는 허리 부근에서 흔들거리는 대나무 바구니를 양손으로 움켜잡으며 파도치는 부근까지 오자 무슨 말인가 소리쳤다. 그 여자아이를 큰 보폭으로 뒤쫓아 간 헨리가 소녀에게 손을 뻗어 옷을 잡았다. 소녀는 여자아이들을 보호하며 도망치려 한다. 헨리는 등 뒤에서 소녀를 껴안고 입을 틀어막았다. 당황해 하고 있는 내 옆을 긴자가 스쳐지나가며 소녀에게 달라붙는 여자아이들을 떼어내어 모래사장으로 내동댕이치고, 발버둥치는 소녀의 다리를 제압한다. 두 명이 합세하여 소녀를 들어 올려 해변 안쪽 덤불로 향하는 것을 보고, 어이, 쓸데없는 짓 하지 마, 하고 소리쳤다. 그런데 그 소리는 긴자의 괴성과 여자아이들의 울음소리에 섞여 사라져버렸다.

매달리며 달려드는 여자아이들을 뿌리치며 서둘러 해변으로 달려 올라가니, 가시가 있는 길고 가느다란 잎이 무성한 야자를 닮은 식물 덤불에서, 하늘을 보고 쓰러져 있는 소녀의 양팔을 헨리가 누르고, 긴자가 트렁크를 벗어 내리고 있었다. 소녀가 소리를 지르자 그 순간 긴자가 손바닥으로 뺨을 갈겼다. 소녀의 머리가 크게 흔들리고 잠시 조용해졌지만, 다리를 벌리자 소녀는 다시 소리를 질렀다. 양손으로 연거푸 맞으면서도 소리를 지르며 거세게 저항하는 모습을 보고 소녀의 배를 때리고, 목을 조른다. 계속 시끄럽게 하면 죽는다, 그렇게 외치던 긴자가 정말로 소녀의 목을 조를지도 모르니 말려야 한다고 생각했다. 그러나 말을 할 수 없었다. 긴자가 목에서 손을 떼자 소녀는 신음소리를 내며 몸을 비틀었고, 긴자는 그 작은 몸에 올라탔다.

제기랄, 뱉어내듯 말하며 마크롤리가 옆에 섰다. 긴자가 손가락으로 무언가를 하고 있는 것을 바라보고 있지 못하고 나는 뒤쪽으로 눈길을 주었다. 모래사장 쪽에 바짝 붙어서 여자 아이들이 이쪽을 보고 울고 있다. 불현듯 그곳으로 향하려고 할 때, 마크롤리가 팔을 붙들었다. 도망가지 마, 라는 말에 순간 화가 치밀었다. 그러나 바

179

로 이곳을 벗어나면 나중에 무슨 말을 들을지 모른다, 아니, 그뿐만이 아니라, 무슨 일을 당할지 모른다, 라는 생각이 밀려왔다. 긴자가 거친 숨을 내쉬며 몸을 치우자, 바로 헨리가 교대했다. 헨리는 1분도 안 되어 끝났다. 두 사람이 이쪽을 바라봤다. 바로 그 자리에 마크롤리가 걸어 나갔다. 긴자가 손을 제압하고 모래사장에 무릎을 꿇고 트렁크를 올리고 있는 헨리가 마크롤리에게 웃어 보인다. 이미 소녀에게는 저항의 의지도 힘도 없는 듯했다.

마크롤리는 아무런 주저 없이 자신의 반도 되지 않는 소녀의 몸을 덮쳤다. 그 모습을 보고 녀석과 똑같이 행동하지 않으면 안 된다고 생각했다. 그러나 저항감을 없애지는 못했다. 소녀에 대한 연민보다도 그것을 해 버리면 자신 안에서 무언가가 무너져 버리는, 원래대로 돌아가지 않는다는 불안이 있었다. 마클로리가 몸을 움직이고 있는 사이 헨리와 긴자는 몇 번이나 나를 보고 웃음을 띠었다. 너는 우리의 진정한 동료인가? 그렇게 말을 하고 있는 듯한 느낌이 들어, 그래 하는 거야, 라고 자신에게 되뇌었는데, 그럴 자신은 없었다.

마크롤리가 큰 숨을 들이키며 몸을 일으켜 일어나서는 나를 보고 작게 신호를 보냈다. 기계적으로 앞으로 나아가, 세 명의 시선을 받으며 트렁크를 내리고, 무릎을 모으고 오른쪽에 쓰러져 있는 소녀의 양 다리를 벌렸다. 봐서는 안 된다고 생각했는데 시선이 가 버렸다. 피와 뽀얗게 흐린 액체가 성기뿐만이 아니라 안쪽 허벅지를 더

럽히고 끈적끈적한 냄새가 풍겨 나왔다. 욕망 따위가 생길 리 없었다. 반응하지 않는 몸에 몸을 겹치자 소녀의 몸에서 전해지는 뜨거움과 미적지근하게 느껴지는 체액의 차가움에 거절반응이 일었다. 그것을 억누르고서 하고 있는 흉내를 냈다. 우리가 넓혀 놓았으니 너의 그 큰 물건을 쑤셔 넣어라. 긴자가 큰소리를 지르며 헨리와 함께 억지스러운 웃음을 웃는다. 변명일지 모르지만 이렇게 하면 동료로 인정해 줄 거라고 생각했다.

모래 위에 양다리를 붙이고 몸을 계속해서 움직이다 이쯤하면 됐겠지 하고 상반신을 일으켰을 때, 반쯤 뜬 소녀의 눈과 시선이 마주쳤다. 아니 마주친 게 아니다. 소녀의 시선은 나의 뺨을 스쳐지나 등 뒤를 향하고 있었다. 뒤를 돌아보니 빨갛게 익은 열매가 있었다. 가늘게 금이 간 열매는 지금까지 본 적 없는 화려한 빨간빛을 띤 것이 핏덩어리 같았다. 그 열매를 본 순간, 내 안에서 무언가가 터져 나왔다. 얇은 막이 터져 걸쭉한 난황이 흘러나오듯, 잔인한 기분이 몸 깊은 곳에서 온몸으로 퍼져나갔다. 피가 반쯤 마른 소녀의 입술이 일그러지며 나를 비웃는 듯 보였다. 불현듯 오른손으로 부어오른 뺨을 후려갈겼다. 휘이, 하는 휘파람 소리는 누구 것인지 알 수 없었다. 그러자 빠르게 피가 몰려 단단하게 된 성기를, 피와 체액이 엉겨 붙은 역겨운 기분도 잊고 쑤셔 넣었다. 신음소리를 내는 소녀의 입을 틀어막고, 눈가로 눈물이 흘러내리는 것을 보고 더 격하게 솟구쳐 오르는 감정이 동료와 소녀를 향한 분노인지, 자기혐

오인지, 아니면 그 둘 다인지, 분명하지 않은 채 격렬하게 허리를 움직였다. 어이, 이제야 재미 들렸군, 하는 긴자의 목소리가 들리고 세 명이 웃는 소리가 겹쳐진다. 권총으로 세 명을 쏘아 죽이는 상상을 하면서 사정했다.

숨을 고르고 땀으로 범벅이 된 몸에 붙은 모래를 털어내자 아무렇지 않은 척하며 일어선다.

더 이상 다리를 오므릴 힘도 없는지, 벌려져 있는 소녀의 다리 안쪽에서 흘러나오는 백색의 끈적끈적한 액체를 보고 위가 뒤집어질 것처럼 쓴 액체가 목구멍을 엄습한다. 무릎을 잡고 구역질을 하는 내 등 뒤로 웃음소리가 쏟아진다. 괜찮아, 그렇게 말하며 어깨에 손을 올린 것은 마크롤리였다. 그 손을 뿌리치며 바다를 향해 걸었다. 연거푸 침을 뱉어 내는 것을 무리지어 있는 여자아이들이 보고 있다. 그 시선을 외면하며 파도치는 부근까지 걸어가자, 멈춰, 라고 소리치는 마크롤리의 목소리가 들려왔다. 뒤를 돌아보자 헨리가 여자아이들을 향해 걸어가려는 것을 말리고 있었다. 열기를 품은 모래를 밟고 있는 발톱 끝으로 파도가 덮쳐와 발목을 감싼다. 석양이 해수면에 반사되어 건너편 강을 정면으로 바라볼 수 없었다. 바다로 뛰어들어 몸을 씻으며 파도의 저항을 밀어내며 나는 건너편 강을 향해 헤엄치기 시작했다.

땀이 쉴 없이 흘러 내려 축축해진 등이 찝찝했다. 차가운 시냇물로 몸 구석구석을 씻고 싶었다. 밤에도 미적지근한 이 섬의 바다가 아닌, 고향 숲을 흐르는 강에서 수영하고 싶었다. 오른쪽 배에 난 상처 부위를 중심으로 배 전체가 뜨겁다. 그때 그 빨간 열매가 배에 가득 채워져, 불타버린 쇠붙이처럼 내장을 달구고 있는 것 같았다.

2센티미터만 더 들어갔으면 간이 손상됐을 거야. 의사는 그렇게 말했다. 작살 끝이 장까지 파고들었다. 남자가 뽑으면서 작살 반대쪽 부분이 장에 걸려 파열되었다. 그렇게 설명한 후, 심각한 상처는 아니야, 라고 말하는 의사의 목소리에 조소가 숨겨져 있음을 느꼈다. 아니, 그렇게 느끼게끔 부러 말한 것이리라. 전투에서 입은 상처가 아니라 무방비 상태로 섬에 가서 주민에게 당한 상처라고, 의사도 위생병들도 나를 경멸하고 있는 것이 틀림없었다.

분노가 치밀어 올라 주먹을 불끈 쥐어본들 어쩔 도리가 없다. 침대 위의 얼룩에 달라붙은 도마뱀붙이가 운다. 호흡을 맞춘 것처럼 다른 곳에서도 울기 시작한다. 우는 소리까지도 나를 조소하는 듯 들린다. 어쩐지 기분 나쁜 생물이라며 긴자는 발견하는 족족 모조리 죽여 버렸다. 마크롤리가 나무라자 우리는 이것보다 훨씬 큰 생물을 매일 죽이고 있잖아, 라며 소리 높여 웃었다. 자신을 과장해 보이려는 거짓된 웃음소리.

지프차를 몰고 마을로 갔을 때도 녀석은 시종 웃어댔다. 마을 광장의 거목 아래에 서 있는 남자들에게 총을 겨누고, 기가 죽고, 겁먹고, 분노를 억누르고 있는 남자들의 모습을 보고 웃어댔고, 초라한 집 대문을 발로 차 부수면서 웃었으며, 숨어 있던 여자를 끌어내면서도 웃었고, 몸을 떨고 있는 여자를 응시하는 남자의 배를 갑자기 발로 차면서도 웃음을 웃었다.

저 녀석들은 우리가 오면 종을 친다구, 환영하는 종소리야. 덜컹거리는 지프차를 타면서 긴자는 계속해서 웃어댔다. 운전하고 있는 이는 다른 소대 남자로 긴자의 친구였다. 섬 남자들은 개처럼 순종적이야. 자기 여자가 당할 때 봤던 그 남자 얼굴 기억나? 껌이나 초콜릿을 바라고 몰려드는 녀석들은 파리떼 같지. 오늘 그 여자는 나이가 너무 많았어. 다음은 좀더 어린 여자로 찾아보자구. 욕설 섞인 잡담을 즐기며 두 사람은 엔진소리에 지지 않으려는 듯 큰 목소리로 떠들어댔다.

그 개에게 당했다니까, 그 녀석 말이야. 지금쯤 나를 그렇게 험담하며 웃고 있겠지. 망할 놈들이. 그런 게 무슨 동료라고 하겠어. 나무 아래에 서서 우리를 보고 있던 마을 남자들. 마르고 꾀죄죄한 그 남자들 안에 나를 찌른 녀석도 있었겠지. 그때 전부 다 죽여 버렸으면 좋았을걸. 주먹을 움켜쥐자 허벅지 상처에서 오는 통증이 심해졌다. 관자놀이에서 흘러내린 땀이 머리카락 위를 흘러 귓속 안쪽으로 흘러 떨어진다. 학교 주변에는 수염처럼 생긴 뿌리를 줄기로 늘어뜨린 거목이 몇 그루나 늘어서 있고, 거기에서 올빼미 우는 소리가 들려온다. 그 소리를 듣고 있자니 여기가 전장이라는 생각이 들지 않았다.

반도 중앙부 산악지대에 진지를 구축하고 있던 일본군은 2주도 채 안 되어 진지를 버리고 내빼버렸다. 가끔 야간 습격이나 소규모의 총격전이 있었지만 조직적으로 반격해 올 힘은 더 이상 없었다. 우리군 주력부대도 전선 중남부로 이동하고 우리의 역할은 산간부에 잠복해 있는 일본군을 소탕하는 일이었다. 마을은 이미 제압했고, 무기력한 마을 남자들은 아무것도 아니라며 얕잡아봤다. 처음엔 겁에 질려 경계하는 듯하더니 식량을 주고, 상처를 치료해 주니 마을 사람들은 손바닥 뒤집듯이 친밀하고 협조적으로 바뀌었다. 그 모습을 보고 방심한 것은 틀림없다. 더 확실히 경계했어야 했다고 후회했다.

가자, 라고 말을 걸어온 것은 긴자였다. 언제나처럼 네 명이 함께 가설부두로 걸어갔다. 그날은 산간부 출격이 없어 오전 중에는 총과 장비들을 손질했고, 오후에는 휴식을 취할 예정이었다. 트렁크만 걸치고 하적장 그늘에서 바다로 뛰어들었다. 태양이 깊숙이까지 내리쬐는 바다색은 훌륭했다. 빛이 튕기는 해수면은 부드럽게 피부를 간지럽히고, 등과 목덜미에 와 닿는 햇볕은 아플 정도로 강하다. 그 누구도 경쟁이나 내기를 하려는 마음이 없었기에 천천히 섬을 향해 헤엄쳤다.

여기서 값어치 나가는 건 이 바다뿐이군. 그렇게 생각하며 맨 뒤에서 헤엄치고 있으려니 선두에 선 헨리가 오른손을 가리키며 신호를 보냈다. 그쪽을 향해 헤엄쳐가니 사람 모습이 보였다. 어느 사이에 다가왔는지, 그 남자와의 거리는 50미터 정도밖에 되지 않았고,

적군이라고 생각해 긴장했다. 네 명의 시선을 받게 된 남자는 미소를 띠며 두 팔을 휘저어 방향을 바꿔 가설부두 방향으로 헤엄쳐 간다. 섬 어부일까? 마크롤리가 물었지만 아무도 대답하지 못했다. 다만 남자 혼자고 무기를 갖고 있는 것으로는 보이지 않았기 때문에 우리는 긴장을 풀고 섬을 향해 헤엄쳤다.

2, 3분 후였다. 갑자기 아래에서 올려 찌르는 것이 느껴졌다. 무슨 일이 일어난 건지 알지 못하는 사이 주위가 적갈색으로 물들어 반사적으로 손으로 옆구리를 움켜잡자 피가 솟구치는 것이 보여 나는 패닉에 빠졌다. 긴자가 바로 몸을 지탱해 주었다. 남자 쪽으로 헤엄쳐 가는 마크롤리와 헨리에게 남자가 작살을 던진다. 작살 자루에는 검은 끈이 달려 있고, 석양에 비춘 물보라는 빛을 발한다. 마크롤리가 몸을 피하자 작살은 어깨를 스치고, 남자는 바다로 잠수해 모습을 감췄다. 한 손으로 옆구리를 누르고 배영 자세로 바다에 떠 있으려니, 긴자와 되돌아온 마크롤리가 좌우에서 떠받혀 주었다. 어깨에서 피가 흘렀지만 신경 쓰지 않고 나에게 힘을 실어준다. 마크롤리의 지시로 헨리가 가설부두를 향해 헤엄치기 시작한다. 양손으로 상처 부위를 눌렀지만, 피는 손가락 사이에서 흘러나온다. 두 사람의 격려로 어느 정도 안정을 찾았지만 이런 곳에서 죽는구나, 하는 공포감이 밀려와, 이를 악물어도 온몸이 떨려왔다. 태양을 정면으로 받아 얼굴도 가슴도 찌릿찌릿 아픈 데다 오한이 나서 견딜 수 없었다.

나중에 들은 이야기로는 헨리가 헤엄쳐 가기 전에 식량을 관리하는 부대원이 이상 징후를 느껴 소형 보트를 출동시켰다고 한다. 거기에 태워진 것까지는 기억이 나는데, 상처를 누르고 있던 손을 떼고 붕대로 처치할 때 통증으로 신음하면서 의식이 끊겼다.

눈을 떴을 때는 간이침대 위에 있었다. 마크롤리, 긴자, 헨리가 한 명씩 교대로 문병을 와서 당시 상황을 설명해 주었다. 작살로 습격한 자는 섬 젊은이로, 산을 수색해 숲 속 동굴에 숨어있는 것을 붙잡아 취조 중이라고 했다. 저항하다 맞은 총상도 치료하면서 조사해야 해서 좀처럼 진도가 나가지 않은 모양이었지만, 일본군과는 관련이 없고, 혼자 벌인 일이라는 것 같았다.

거기서 총에 맞아 죽어버렸으면 좋았을걸. 말수 적은 헨리의 독살스러운 말투는 의외였지만, 기뻤다. 출혈이 심해 가설부두에 내려졌을 때 온몸이 창백해서 수술 시에는 혈액형이 같은 긴자와 마크롤리가 수혈해 주었다고 한다. 세 명에게 더 없이 고마운 마음이 들었다. 고향이 모두 달라서 이 섬에서 같은 소대가 아니었으면 만날 일이 없었을 것이다. 마지막까지 함께 싸웠는데 혼자만 소대에서 떨어져 나와야 한다는 사실이 억울해서 참을 수 없었다.

어둠 속에서 도마뱀붙이가 운다. 모습을 확인할 수 없었지만, 적막해진 심야의 병실에서 그 소리는 깜짝 놀랄 만큼 크게 들렸다. 앞으로 얼마나 이 침대에 묶여 있어야 하는 걸까. 물어봐도 군의관은 명확하게 대답하지 못했다. 다만 상태로 볼 때 이 섬의 전투에는 더 이상 참가할 수 없다는 것을 스스로도 잘 알았다. 수술 후 경과가 생각보다 좋지 못해서 시설이 잘 갖추어진 곳으로 옮겨 치료받게 될 수도 있다고 군의관은 말했다. 그런 소식에도 조금도 기쁘지 않았다.

긴자와 헨리 두 사람이 같이 문병을 온 것은 어제 저녁이었다. 내일, 이동하게 되었어. 이렇게 웃으며 말하는 긴자는, 내가 내민 손을 굳게 잡았다. 일본군이 패배하여 오키나와 섬 남부에 숨어들었는데 그것을 추격하는 부대에 가세하게 되었다고 한다. 상처는 좀 어때? 긴자가 물었다. 조금 화농이 생긴 모양이지만 아프진 않아, 라고 대답했다. 보트에서 내려졌을 때는 의식이 없어서 정말 어떻게 되는 줄 알았어, 그 정도로 심한 부상이었는데 엄청난 회복력이야. 놀리는 것으로도, 격려하는 것으로도 들리는 긴자의 말에 웃어 보였는데, 곧 극심한 통증이 찾아와 얼굴을 찡그렸다. 괜찮아? 라며 걱정스러운 듯 얼굴을 내미는 긴자에게, 장난이야, 라고 말하며 헛웃음을 지어 보인다. 긴자는 가볍게 고개를 끄덕이며 되받아 웃는다.

조금 있으면 이 섬도 함락될 거야. 전쟁도 곧 끝나겠지. 한발 먼저 고국으로 돌아가 우리를 기다려 줘. 긴자가 그렇게 말했지만 대답을 하지 못했다. 내가 풀이 죽어 있는 것으로 생각했는지 긴자는 큰 목소리로 쟈프를 모두 죽여주겠어, 땅 구멍에 숨어 있는 쥐새끼들을 태워 죽여주겠어, 라며 화염방사기를 살포하는 흉내를 내 보였다. 침대 곁을 떠날 때 그때까지 거의 침묵하고 있던 헨리가, 다시 만나자, 라고 말했다. 고국에서 만나자, 그렇게 대답을 하니 가슴이 먹먹했다. 방을 나가는 두 사람이 뿌옇게 흐려 보였다.

두 사람이 가고 난 후, 형편없는 상처를 입고 함께 가지 못하는 자신이 용서가 되지 않아 천장을 노려보며 가슴속으로 스스로를 질책했다. 해수면에서 남자의 모습이 보이지 않게 되었을 때 왜 공격해 올 것이라는 눈치를 채지 못했던 걸까. 아니 우리를 향해 헤엄쳐올 때부터 왜 좀더 경계하지 못했을까. 이제 아무 소용이 없다는 걸알면서도 자기 자신에 대한 분노가 가라앉지 않았다.

분노로 몸은 화끈거리고 상처는 욱신거렸다. 침대에서 내려올 수도 없게 된 자신의 몸을 보고 있자니 분노는 조소로 바뀌었다. 부상병으로 고국에 송환될 거라는 자신이 한심스러워 견딜 수 없었다. 아무 것도 모르는 가족과 고향 사람들은 명예로운 부상이라고 추켜세워 주겠지. 그것을 생각하니 우울해졌다. 그렇다고 해서 사실대로 말하기는 싫었다. 섬 여자를 노리고 내해를 건너다 작살에 찔렸다. 게다가 찌른 상대는 병사가 아닌 민간인 청년이었다. 그 사실이 알려지면 밖을 다닐 수도 없다. 가족들 충격도 상당하겠지.

꼼짝도 할 수 없는 간이침대 위에서 그런 불안에서 벗어나려면 잠을 청할 수밖에 없었다. 무더위와 통증을 참으며 연체동물처럼 천천히 기어오는 잠이 온몸을 휘감아 올 때까지 기다리는 수밖에 없었다.

그렇게 잠 속으로 도망치고 있었는데 어느 틈엔가 창문으로 새어

들어온 뜨거운 서광이 벽을 타고 비추고 있다. 꿈에서도 깨어서도 섬에 들어온 이후의 기억이 조각조각 떠올라, 눈을 떠도 잠시 동안은 현실감각이 돌아오지 않을 때가 많아졌다. 다만 지금 눈앞에 보이는 빛은 신선하고 생기가 있어 동틀 무렵의 차가운 기운과 함께 하루가 시작되려 하는 것을 실감할 수 있었다.

헨리 일행은 이미 일어나 출발 준비를 하고 있겠지. 한심스러움과 분노가 다시 밀려왔다. 모처럼 찾아온 맑은 감각을 잃고 싶지 않았는데 음울한 기분에 빠져든 것은 한순간이었다. 이대로 고국으로 돌아가고 싶지 않다. 부대 안에는 나를 비겁자라고 뒷말하는 놈도 있겠지. 헨리나 긴자도 다른 녀석들 앞에서 나를 어떻게 말할지 알 수 없고 그 녀석 처음엔 마음처럼 발기가 되지 않았어. 마지막까지 하는 흉내를 냈다니까. 동료들 무리에서 그렇게 말하며 웃고 있을 헨리와 긴자의 모습이 떠올라 피가 거꾸로 솟아 얼굴 피부가 찌릿찌릿 아파왔다. 바로 두 사람을 의심하여 억측하는 자신에게 혐오감을 느껴 얼굴에서 피가 빠져 나갔다. 도망치지 마, 모래사장에서 그렇게 말한 마크롤리의 표정이 떠오른다. 그대로 섬을 떠나버리면 도망치는 것과 다름없지 않은가. 언제나처럼 결론도 없이 빙빙 도는 생각이 꼬리를 물었다. 그래도 솟구치는 상념을 누를 길 없어 눈을 감고 심호흡을 반복하며 마음을 진정시키고 있으려니 부드럽게 위로하는 목소리가 들려왔다.

몸은 좀 어때? 전투복을 입고 헬멧을 오른쪽 옆구리에 낀 마크롤리가 온화한 미소를 머금고 침대 곁에 서 있었다. 미안하다. 그렇게 대답하니, 조금 당황한 표정으로, 운이 나빴던 거야, 라고 말했다. 다른 녀석들이 그렇게 말했다면 반발했을 텐데 마크롤리의 말은 있는 그대로 받아들일 수 있었다. 어제는 볼일이 있어서 함께 오지 못했는데 출발하기 전에 만나보고 싶어서……. 고마워……. 인사를 하자 마크롤리는 수줍게 웃었다.

얼마간 말없이 서로를 바라봤다. 이런 걸 만들어 봤어……, 마크롤리는 상의 주머니에서 녹이 슨 검은 덩어리를 꺼내었다. 눈앞에 펼쳐진 것은 작살 촉을 잘라 만든 펜던트였다. 이것은 설마……. 놀라고 있는 나에게 마크롤리가 고개를 끄덕였다. 아버지가 말씀하셨어. 자기 몸에 상처가 나게 한 총탄이나 포탄 파편은 부적이 될 거니까 주워두라고. 너랑 만나기 전에 사이판에서 전투할 때도 자기 몸에서 빼낸 총알로 펜던트를 만들어 차고 다니던 녀석이 몇 명 있었어. 그래도 생각해 보니 자신을 찌른 작살로 만든 녀석은 지금껏 본 적이 없네. 세공이 서툴러 미안하지만 기념이라고 생각하고 받아줘. 마크롤리는 그렇게 말하고 내 손에 펜던트를 쥐어주었다.

작살 구멍 부분에 납을 녹여 넣어 작은 테두리를 만들어 고정시키고 그 안에 쇠사슬을 통과시켜 만든 펜던트는 생각보다 무거웠다. 이걸 왜 나에게? 나의 물음에 마크롤리는 득의양양하게 대답했다. 바다에서 습격해 왔을 때 그 남자는 작살에 끈을 매달아 자신의 발목에 묶고 있었다고 한다. 동굴에 숨어 있을 때에도 그 작살을 가지고 있어서 체포하면서 증거로 압수했는데……, 음, 그것을 어떻게 손에 넣었는지는 비밀로 해줘. 실은 어제 긴자 일행들과 같이 오지 못한 것도 이 건으로 동분서주했기 때문이야 그렇게 말하고 짓궂게 웃어 보이며 마크롤리는 손목시계를 봤다. 그럼, 이만 간다. 긴장된 표정으로 변한 마크롤리와 악수를 하고 다시 만날 것을 약속했다.

마크롤리가 떠난 후 그가 손수 만든 펜던트를 바라보며 밝아진 실내에서 경상을 입은 부상병과 위생병이 내는 소음을 들으며, 밀려오는 감상을 억눌렀다. 오른손 손바닥으로 감싸고 가볍게 쥐자 작살 촉과 양쪽 회전부가 살점을 파고든다. 자신의 칠칠치 못함을 자책하듯 힘을 주어 눈을 감고 통증을 맛보았다.

얼마만큼 지났을까, 문득 주변 소음이 들리지 않게 되었음을 알고, 눈을 떠보니 실내가 컴컴해져 있었다. 창문에서 들어오는 것은 어슴푸레한 달빛으로 바뀌어 있었다. 어제 저녁부터 시간이 가지 않아 방금 전에 마크롤리와 이별한 것 같은데 그마저도 꿈같았다. 그런 일은 없었다. 오른손 손바닥에는 전해 받은 작살의 감촉이 있었다. 확인하려 오른손을 눈앞으로 가져가려 했지만 움직일 수 없었다. 쇠사슬로 묶어 놓았나, 라고 생각하여 몸의 긴장을 풀고자 크게 숨을 들이키자 침대 바로 위 얼룩 부분에 예의 그 빨간 열매가 매달려 있는 것이 보였다. 온몸에서 땀이 솟아나고 긴장이 고조되었다. 열매는 와글와글 꿈틀대고 있었고, 잘 들여다보니 빨갛고 커다란 벌이 전체를 감싸고 있다. 말벌이다. 도움을 요청하려 했으나 목소리가 나오지 않았다. 도망치려고 몸을 비튼 순간, 옆구리에서부터 등줄기에 격렬한 통증이 일어 온몸이 경직되었다. 소리를 지르려고 하면 할수록 호흡이 힘들어질 뿐이었다. 새끼손가락 반쯤 되어 보이는 크기의 대형 말벌들이 서로를 밀쳐내듯 빙빙 돌고 있고, 제일 아랫부분에 있던 한 마리가 떨어져 나와 수직으로 날아온다. 외침은 목구멍 안에서 얼어붙어 버리고, 가슴속에 작은 돌이 있는 것 같은 감촉을 느꼈다. 끈적끈적한 무언가가 피부를 기어온다. 가슴 털을 적시며 피부에 번져 가는 것은 피였다. 열매는 어느 틈엔가 질척질척한 핏덩어리가 되고, 커다란 방울이 끊임없이 가슴으로 떨어져 내린다. 목줄기와 겨드랑이, 옆구리, 하복부로 흘러내리는 피가 빨간 뱀처럼 피부로 기어와 나를 침대에 묶어 버린다.

발치에 머리가 긴 소녀가 서 있다. 그 소녀라는 걸 금방 알아차렸다. 나를 바라보던 소녀의 눈이 천장을 향한다. 핏덩어리는 어두운 곳에서 독을 품은 듯 화려하게 빛나고, 천장에서 이탈하여 낙하한다. 가슴으로 떨어진 충격으로 숨이 막힌다. 온 얼굴에 피를 뒤집어쓰고 눈을 깜빡이며 가슴 위를 보니 피범벅이 된 덩어리가 꿈틀꿈틀대고 있다. 작은 입을 벌리고 꼭 쥔 손발을 움직이고 있는 것은 탯줄이 달린 갓난아기였다. 아기의 무게와 미끌미끌한 감촉으로 정신이 혼미해지는 것 같았다. 소녀는 아기에게 다가가 가슴에 안고는 멍한 시선으로 나를 향했다. 눈동자 속에 깊은 슬픔이 얼어붙어 있다. 이 아기는 소녀의……, 라는 생각에 미쳤을 때 머리를 가누던 아기가 내 쪽으로 향했다. 다음 순간, 모든 것을 깨달았다. 앞으로 무슨 일이 일어나려고 하는지…… 움켜 쥔 작살 촉이 깊숙이 살점을 파고들어 피가 떨어진다. 아기가 쥐어짜내는 듯한 소리로 울기 시작하자 소녀는 손바닥을 젖은 작은 머리에 맞추곤 무언가를 속삭인다. 얼마 안 있어 소녀와 아기의 모습은 사라졌지만 그 가냘픈 울음소리와 속삭이는 소리는 내 안에서 사라지지 않았다.

시청각실을 나와 교실로 돌아가지 않고 바로 급식실로 향했다.

4교시 학급회의 시간은 시청각실에서 오키나와 전투에 관한 이야기를 들었다. 6월 23일 위령의 날이 얼마 남지 않아서인지 담임선생님 대학시절 친구의 어머니라는 70세 전후로 보이는 여자를 초청해 옆 반 아이들과 함께 전쟁체험을 듣는 시간을 가졌다. **가 제일 앞자리에 앉아 진지하게 듣는 척하라고 해서 연단 바로 앞쪽에 자리 잡고 앉아 그 여자의 얼굴을 응시하며 이야기를 듣고 있었다. 애써 듣는 척하지 않아도 여자의 이야기는 흥미진진해서 맨 앞에서 듣길 잘 했다는 생각이 들었다. 그런데 뒤쪽 아이들이 신경 쓰여 좀처럼 이야기에 집중할 수 없었다. **그룹이 아닌 친구들은 또 진지한 척하시네, 라고 비아냥대거나, **가 일부러 그렇게 말하고 다녔을지 모른다. 그런 생각이 들자 나중에 또 무슨 봉변을 당할지 모른다는 불안감이 엄습해 숨 쉬기가 괴로웠다. 과호흡이 되지 않도록 주의하면서 40분간 이야기에 집중했다.

여자의 이야기가 끝나자 곧 쉬는 시간을 알리는 종이 울리고 예상대로 학급 대표가 메모를 보면서 인사말을 읽어가기 시작한다. 반 아이들의 불만과 화가 등 뒤로 느껴졌다. 그 화살이 자신에게 향할지 모른다고 생각하니 땀이 배어 나왔다. 담임선생님이 융통성을 발휘해서 얼른 끝내주기만을 기도했다. 작은 꽃다발을 건네받은 여자가 인사말을 하고, 인사가 끝나자마자 옆 반 반장 남자아이가 큰 소리로 차렷, 경례를 한다. 뒷자리에 앉아 있던 남학생들이 출구 쪽 문을 열고 재빠르게 빠져 나가는 것이 느껴졌다. 여자는 놀란 얼굴을 하고 그 모습을 지켜보다가 다시 의자로 돌아와 모두 빠져나가기를 눈을 감고 기다렸다. 담임선생님이 여자에게 인사를 건네며, 감동을 받았다는 둥, 학생들도 공부가 되었을 거라는 둥의 말을 하는 것이 들려왔다. 자리에 앉아 고개를 숙이고 듣고 있다가 반 이상 나갔을 거라고 생각하며, 자리에서 일어나 출입구 쪽으로 열 몇 명쯤 되어 보이는 아이들 맨 뒤에 서서 밖으로 나갔다.

시청각실은 2층에 있었다. 1층으로 내려와 교직원실 앞을 지나 뒷문 쪽 복도를 따라 걸었다. 뒷문 옆에 있는 급식실에 학생들 모습은 아직 얼마 되지 않았다. 방충망을 열고 안쪽으로 들어가면 학급별 식판과 반찬 식기, 식기 바구니 등이 줄지어 있다. 각자 자기 반 우유가 들어 있는 케이스를 양손으로 집어 들었다. 혼자서 들 수 있겠니? 마스크를 한 급식실 아주머니가 묻는다. 고개를 끄덕이고 밖으로 나왔다. 급식을 가지러 오는 학생들과 엇갈리며 복도를 지나 교실로 향하던 중, 교직원실 부근에서 누군가 말을 걸어왔다. 뒤돌아보니 조금 전 강연을 해 준 여자가 서 있었다.

아까는 열심히 들어줘서 고맙다. 웃음 짓고 있는 여자에게 아, 예, 라고 대답하고 시선을 아래로 향했다. 사람들 앞에서 말하는 것이 처음이라 많이 긴장했는데, 학생이 맨 앞자리에서 열심히 들어줘서 정말 도움이 됐어. 뭔가 대답을 해야 한다고 생각했지만 아무 말도 할 수 없었다. 고개 숙이고 있으려니, 전쟁 이야기가 어려웠지? 내 이야기가 서툴러서 미안해. 여자가 그렇게 말하고 머리를 숙이는 것을 발끝 그림자의 움직임으로 알았다. 그렇지 않아요, 굉장히 알아듣기 쉬웠어요……, 마음속으로 그렇게 말했지만 입 밖으로 꺼내진 못했다. 아무 말 없이 서 있는 것을 본 여자는 어색했는지 급식 당번이로구나, 방해해서 미안, 하고는 자리를 뜨려 했다.

큰마음 먹고 얼굴을 들려고 할 때, 옆쪽에서 달려오는 발자국 소리가 났다. 같은 반 급식 당번인 세 명의 여학생이 여자에게 말을 걸었다. 아까는 감사했습니다. 좋은 말씀 들려 주셔서 감사해요. 지금까지 들었던 전쟁 이야기 중에서 가장 감동적이었어요. 세 명이 차례로 말을 걸어오자 여자가 당황해 하는 것이 느껴졌다. 빨리 꺼져, 라는 **의 목소리가 들려오는 듯해 고개를 들고 교실로 향했다. 여자의 시선을 등 뒤로 느꼈지만 세 명이 재잘대는 소리에 조각조

197

각 잘려져 햇볕에 타들어간 교정 흙 위로 건조되어 사라져 가는 듯했다. 정말 힘든 체험을 하셨네요. 우리가 평화를 지켜야 한다고 생각했어요. 지금도 전쟁으로 인한 상처 때문에 고통을 받는 사람이 있지요. 세 명의 목소리는 밝았다. 마음에도 없는 말을 한다는 생각이 들었지만, 곧 그런 자신이 싫어져 순수하게 생각하기로 했다.

계단을 올라 2층 교실로 들어가니, 6명씩 조를 이뤄 서로 마주보도록 책상이 배열되어 있고, 모두들 자리에 앉아 이야기를 하거나 교실 뒤편과 복도에서 와자지껄 떠들어대고 있었다. 담임은 교탁 옆에서 부반장인 **와 방송위원인 **와 이야기를 나누고 있다가, 나를 보고 왜 혼자 하느냐고 물었다. 아니오, 그게, **도 가지러 갔어요, 라고 대답하곤 입구 옆쪽 선반에 놓인 앞치마를 꺼내 두르고 우유를 돌렸다. 종종 짓궂게 놀려대는 남학생한테 줄 때는 네가 주는 건 안 마셔, 라는 말을 들을까봐 무서웠는데, 담임이 있어서인지 노려보기만 했다. 여자 배구부원이 모여 있는 곳에 우유를 나눠주자 에이스 수비수 **가 우유팩을 집게손가락 끝으로 밀어내듯 하며 떨어뜨려 버렸다. 자리에 앉아 있던 다른 두 명도 똑같이 우유팩을 올려놓자 바로 밀어내버리며 웃어 보인다. 그 시선을 피해 옆 조에 우유팩을 돌렸다. 책상에 엎드려서 잠을 자거나 수다를 떨거나 해서 아무 관심도 가져주지 않는 편이 기뻤다.

우유팩을 거의 다 돌렸을 때 **무리 세 명과 남학생 두 명이 반찬 그릇과 식판을 들고 교실로 들어왔다. 담임이 복도에서 놀고 있는 아이들을 교실로 불러 모아 자리에 앉도록 했다. 좀처럼 말을 듣지 않는 몇 명에게는 주의를 주었다. 그 사이 급식 준비가 끝나 **가 크림스튜를 그릇에 담아 나눠줬다. 무슨 말을 하지나 않을지 우유팩을 돌릴 때보다 스튜를 나눠줄 때가 더 떨렸다. 다행히 여자 배구부원들은 집게손가락 끝으로 밀쳐내는 정도에 그쳤다. 다른 학생들은 별 다른 반응을 보이지 않아 안심했다. 나중에 당할지 몰라 가슴이 두근대며 불안했다. 그 마음을 들키지 않도록 애쓰며 준비를 끝내고 자리로 돌아와 앉았다.

 점심을 먹는 동안 같은 조원 다섯 명은 남녀로 나뉘어 재잘거렸지만 아무도 말을 걸어오지 않았다. 그건 1학기 시작할 때부터 계속되던 일로 이젠 별로 괴롭지도 않았다. 오히려 갑자기 말을 걸어오면 어쩌나 하는 불안한 마음이 컸다. 뒤늦게 오신 부담임은 담임에게 늦어서 미안하다는 말을 건네며 앞쪽 자리에 각각 의자를 놓고 앉았다. 담임이 부담임에게 4교시에 있었던 강연 이야기를 하자, 부담임은 다른 일이 있어 참가하지 못한 것을 아쉬워했다. 옆자리 **가 담임에게 급식실 갈 때 강연해 주신 **분이 계셔서 말을 걸었다고 큰소리로 말했다. 무슨 말을 했니, 감상은 말씀드렸어? **의 말에 건너편 자리에 있던 **와 **도 합세하여 세 명이 번갈아가며 대화 내용을 재현했다. 주변 소리가 사라지고 세 명의 목소리만 들려왔다. 담임은 그것을 기쁜 듯 듣고 있었는데, **도 같이 있었니? 라고 묻기라도 할까봐 조마조마해서 평소 좋아하는 크림스튜 맛도 느끼지 못했다.

　**들의 이야기가 끝나고 교실에 잡담 소리가 들리기 시작하자 마음이 좀 안정되며 여자를 생각할 수 있게 되었다. 제대로 대답을 하지 못한 것이 후회되었다. 여자 이야기는 재미있었다기보다, 듣고 있으면 괴로웠지만 강하게 마음에 남았다. 섬을 습격한 미군의 함포사격과 공습을 피해 동굴에 숨어 있던 일. 폭탄이 떨어질 때마다 동굴 안에 굉음이 울리고, 땅이 흔들려 몸이 날아갈까, 바위가 무너져 산채로 매몰될까 무서워 견딜 수 없었던 일. 다른 방공호는 함포사격을 직격으로 맞아 두 가족 12명이 산 채로 매몰되어 여섯 살 남자아이 하나밖에 구출하지 못했던 일. 방공호 위에 심어져 있던 소나무가 쓰러지면서 생긴 틈 사이로 아이가 기어 나와 얼마간의 공기로 숨을 쉴 수 있었던 일. 마을 사람들이 총출동해 매몰된 방공호를 파내어 흙 속에서 시체가 나올 때마다 여자들이 소리 높여 울던 일. 시체 중 하나는 같은 반 여자아이였다. 물에 적신 손수건으로 얼굴의 흙을 털어내자 마치 잠자고 있는 듯 보였던 일. 그때 일을 이야기할 때 여자는 당시 나는 열 살이었어요, 여러분보다 네 살이 어렸네요, 라며 모두의 얼굴을 둘러보았다. 눈이 마주친 순간 고개를 숙였다. 그래도 뭔가 그리움이 가득한 여자의 표정을 느낄 수 있었다. 죽은 여자와 닮은 얼굴을 여기 모인 아이들 속에서 찾기라도 하는 듯 보였다.

　매몰된 방공호 이야기는 너무도 생생하여 모두가 조용히 듣고 있었는데 다른 이야기를 할 때는 소곤거리는 소리가 제법 들렸다. 뒤쪽은 보이지 않았지만, 두 반 담임이 조용히 하라면서 아이들 사이를 돌고 있는 듯했다. 여자는 분명 이야기를 잘 하는 편은 아니었다. 열심히 하려는 마음은 알겠지만 말을 알아듣기 어려웠고, 몇 번이나 말문이 막혀 침묵이 이어진 적도 있었다. 어렸을 때 바다에 조개를 주우러 갔던 일, 처음 미군을 보고 너무 무서웠던 일 따위를 말해 주었다. 그런 이야기를 들어도 실감이 나지 않았다. 반응이 별로 좋지 않자 여자도 느꼈는지, 점점 미소가 사라지고 당황한 기색을 보이며 목소리도 점점 작아졌다. 그 모습을 보고 있는 것이 괴로워 눈을 감고 있고 싶었는데, **들이 열심히 듣는 시늉을 하라고 했으니 그럴 수도 없었다.

30분 정도 흘렀을까, 여자는 말을 멈추고 모두를 둘러보았다. 미안해요, 내 이야기가 서툴러서 여러분을 지루하게 했나 보네요……, 그렇게 말하고는 정말로 미안한 표정을 지었다. 자기도 아나 봐, 뒤에 앉아 있던 남자아이가 말하자, 옆 반 담임이 질책하는 소리가 들렸다. 남자아이와 여자아이 몇몇이 웃는 소리가 들리고, 잘 들으라며 주의를 주는 남자아이의 말에 웃음소리는 더 커졌다. 여자는 말없이 그 모습을 바라봤다. 그 침묵이 일 분을 넘기고 표정도 험악해지자 비로소 조용해졌다. 이런 말을 해야 되나 말아야 되나 고민했는데……, 내가 여러분 앞에 다시 설 일은 없을 테니, 역시 말하는게 좋겠어요. 그러니 조금만 조용히 하고 들어 주세요……, 그렇게 말하며 여자는 미소를 지어 보였지만 볼과 입이 굳어 무리하게 만든 표정이라는 것이 느껴졌다.

어이, 너 아직도 먹냐? 그만 먹어, 같은 조 남자아이의 목소리에 고개를 들어보니 어느새 점심시간이 지났다. 숟가락을 들고 멍하게 있는 모습을 보고는 아이들이 웃음을 터트렸다. 미안해, 하며 서둘러 정리하는데 반쯤 남은 크림스튜 그릇을 그만 책상 위에 엎질러 버렸다. 우웩, 더러워. 멍청하긴. 빨리 닦아. 더럽게. 여기저기서 날아오는 목소리가 심장을 찌른다. 도망치듯 복도로 나와 창가에 널려 있는 마른 걸레를 가져와 책상을 닦았다. 수돗가에서 걸레를 빨고 있는데 **들이 반찬이 담겨졌던 그릇과 우유팩 케이스를 들고 정리하러 가는 것이 보였다. 서둘러 걸레를 빨아 널고 다 먹은 식기가 담긴 통을 들고 급식실로 향했다.

급식실로 가는 길에 교실로 돌아오던 **들 세 명과 마주쳤다. 고개를 숙이고 지나쳐가려는데 **가 발을 걸어 넘어뜨리려 했다. 발끝에 걸렸지만 넘어지진 않았다. 아깝다. 조금 더 걸어봐. 다른 두 명이 소리치자 **가 다시 다리를 걸어오며 왜 안 넘어지냐며 노려보았다. 미안, 하며 고개를 숙이고 있는데 1학년 때 체육 선생님이 지나가다 이쪽을 바라본다. 세 명은 아무 일도 없었던 듯, 그럼 수고해, 안녕, 하며 교실로 향한다. ** 선생님이 무슨 말이라도 걸어올 새라 잰걸음으로 급식실에 식기통을 놔두고 교실로 뛰어들어 왔다.

학교에서는 점심시간마다 청소를 한다. 늦어서 미안, 하고 말하며 교실로 들어왔다. 서둘러 뒤쪽 벽에 걸려 있는 빗자루로 마루를 쓸고, 남자아이가 대걸레질을 하는 것을 기다렸다가 뒤로 밀어두었던 책상을 원래 자리로 옮겨 놓았다. 교실과 복도는 두 조가 담당하고 있었다. 떠들긴 했지만 모두가 꽤나 진지하게 청소를 했다. 빨리 끝내면 그만큼 놀 수 있는 시간이 늘어난다고 생각하는 모양이었다. 가능하면 청소시간이 길었으면 좋겠는데 그렇지 못했다. 책상을 원래 자리로 옮겨놓고, 반에서 가장 친절한 **가 내가 버리고 올 테니까 책상 닦아, 하며 쓰레기봉지를 들었다. 고마워, 하며 고개를 끄덕이고 걸레로 책상을 닦았다. 혼자서 반 정도 책상을 닦았을 때였다. 갑자기 교실에 있던 배구부 에이스 **가 큰소리를 질렀다. 왜 걸레로 닦는 거야? 그거, 아까 스튜 닦던 거지? 더럽게, 일부러 그러는 거야? 갑자기 어떻게 대답해야 좋을지 몰랐다. 주위에 몇몇 여자아이들이 몰려들더니 왜 그래? 무슨 일이야? 라며 **에게 물었다. 이 녀석 일부러 스튜 닦은 걸레로 책상을 닦고 있잖아, 라고 **가 대답하자, 호들갑스럽게 놀라는 목소리가 터져 나왔다. 어쩔 작정이야. 일부러 그런 거지? 스튜 냄새 어쩔 거야. 책상을 닦을 게 아니라 네 얼굴이나 닦아. 여기저기서 쏟아지는 말을 들으며 고개를 숙이고 꼼짝 못하고 있는데, 옆에서 걸레를 집어 들어 얼굴로 던진다. 그만둬, 걸레 더러워진다. **의 말에 웃음소리가 터진다. 등 뒤에서 날아온 걸레가 발 아래로 떨어진다. 뒤에서 머리를 툭툭 치며, 모두에게 사과해, 라고 말한다. 미안해, 내가 부주의했어. 목소리가 점점 작아졌다. 안 들려, 라는 질책이 날아와 큰 소리로 말하려고 했지만, 목이 막혀 숨을 쉬기가 어려워 아무 말도 할 수 없었다. 저런 식으로 입을 다물어 버린다니까. 나쁜 짓을 하고도 사과하지 않으니까 다 싫어하는 거야. 다 너를 생각해서 주의를 주는데도 말이야. 그런 걸 저 녀석이 알기나 하겠어. 그래, 친절하게 대해줘도 비꼬아서 선생님한테 고자질이나 하고 말이야. 주위에 여자아이들 십여 명이 모여들었다. 교실 여기저기서 남자아이들이 히죽거리며 이쪽을 바라보고 있을 것이다. 점점 호흡이 빨라지려는 것을 어떻게든 누르고, 어서 점심시간이 끝나는 종이 울리기만을 바라며 서있었다. 이제 용서해 주자, 라고 부반장인 **가 말하자, 몇몇이 그러자며 동조한다. 이 녀석도 그렇게 악의가 있었던 건 아닐 거야. 뭐야, 아까는 일부러 그런 거라며. **와 **가 하는 말에 웃음이 터진다. 아까는 너무 심했어, 사과의 뜻으로 이 주스를 줄게, 라며 처음 시비를 걸었던 **가 떨구고 있는 얼굴 앞으로 오렌지주스 캔을 내밀었다. 모두의 우정을 담아 넣을 거니까 얼굴 들고 봐봐. **가 신호를 보내자 뒤에서 머리채를 잡아당겨 얼굴을 들어 올렸다. 정면에 서 있던 **가 주스 캔 안에 침을 뱉었다. 주위에서 우웩, 하며 소리 높여 웃었다. **가 캔을 옆에 있던 **에게 건넨다. 내 우정도 넣을게. **도 똑같이 침을 뱉고는 옆으로 건넨다. 주스 캔을 돌리는 것을 본 남자아이가, 대단해, 그런 짓까지 하는 거야, 라며 소리 높여 웃었다. 복도에 있던 학생들도 교실로 들어와 구경하기 시작한다. 주위에 있던 여자아이들이 모두 침을 뱉자, 정면에 서 있던 **가 캔을 받아 가볍게 흔들고는, 자, 하며 건넨다. 손을 내밀지 않자, 뭐하고 있는 거야, 빨리 받아, 라며 뒤에서 오른손 손목을 붙잡아 앞으로 끌어당긴다. 걱정 말고 마셔. 맛있을 거야. 오렌지주스 좋아하지? 모두의 우정을 배신하지 말아줘, 어서 마셔. 왜 마시지 않는 거야. 마셔 어서. 주변의 원성을 들으며 손을 내밀어 캔을 얼굴 가까이에 가져왔지만 도저히 입을 댈 수 없었다. 왜 그래, 사양하지 않아도 돼. 내가 먹여 줘? 손이 많이 가는 녀석일세. 그렇게 말하고는 **가 손목을 잡고, 뒤에서 **가 머리채를 붙잡아 얼굴을 돌리지 못하게 하고, 좌우에서 **와 **가 팔과 몸을 제압해 도망치지 못하게 한다. **가 캔을 입에 들이댄다. 오렌지주스가 흘러넘쳐 턱에서 목을 지나 흘러 떨어진다. 꽉 다문 입을 열게 하려고 옆에서 뻗어온 손이 코를 막고, 다른 손은 턱을 누른다. 벌려진 입 속으로 걸쭉해진 주스가 흘러들어간다. 목이 울렁거리며 거부하고, 위에서 흘러들어오는 것을 되받아 게워낸다. 비명소리가 나며 마루에 캔이 떨어지는 소리가 울린다. 더러워. 야, 교복에 묻었잖아. 나도 입을 제압당하고 몸이 꺾이자 오렌지색과 흰색이 뒤섞인 토사물 안에 조금 전 먹었던 야채 건더기가 보인다. 위가 뒤틀리고 목이 다시 울렁거리며 입을 막았던 손바닥에서 흘러넘친 것이 마루에 흘러 떨어진다. 눈물 때문에 모든 것이 뿌옇게 보인다. 쭈그려 앉아 울지 마, 울지 마, 울면 더 험한 꼴을 당할지 몰라, 하며 가슴속으로 스스로를 타이르며 몸을 작게 웅크려 그 안으로 깊숙이 파고든다. 이 녀석, 진짜 밥맛이네. 모처럼 청소했는데 말이야. 오후 수업도 남았는데. 토할 거면 밖에다 하라고 바보야, 냄새 나잖아. 우리 모두의 우정을 배신한 거야. 모두들 너를 걱정하고 있다고 이 녀석 진짜 심각한데? 미안해. 젖 먹던 힘을 다해 목소리를 짜내 사과를 하니, 불쌍해라, 괜찮니? 그렇게 말하며 누군가가 옆에 웅크려 앉았다. 등에 손바닥이 닿은 순간 찌르는 듯한 아픔을 느껴 엉겁결에 등을 젖혔다. 금색 압정이 바닥에 굴러 떨어진다. 참나, 모처럼 친절하게 대해 주었더니. 방송위원인 **가 일어서며 비아냥거리자 주위에서 웃음소리가 터져 나왔다. 점심시간이 끝나는 종이 울린다. ** 선생님 오신다, 복도 쪽에서 누군가의 목소리가 들려오고 모두 자리로 돌아갔다.

교실로 들어온 사회 선생님은 분위기가 이상하다는 것을 바로 눈치챈 것 같았다. 반장의 구령을 멈추게 하고, 교단 위에서 교실을 둘러보다, 뒤쪽에 누군가 웅크려있는 것을 알아채고 다가갔다. 왜 그러고 있니? 어깨에 손을 대고 몸을 굽혀 얼굴을 가까이 하고 묻는다. 아무 일도 아니에요, 하고 대답하니, 아무 일도 아닌 게 아니잖아, 하고 조금 화가 난 말투로 말한다. 아무 대답이 없자, 무슨 일이 있었던 건지, 다 말해 보렴, 하며 어깨를 흔들었다. 주스를 마시다가 사레 걸려서 뱉어낸 거예요, 선생님. 맨 뒤에 앉아 있던 **가 말하자 사회 선생님이 그쪽으로 고개를 돌리는 것이 느껴졌다. 정말이냐? 정말이에요, 선생님. 애들이 농담하는 걸 듣고 너무 심하게 웃다가 마시던 오렌지주스가 잘못 넘어갔나 봐요. 다른 여자아이의 말에, 저번에도 그랬어요, 창가 쪽에 앉은 남자아이도 말을 거들었다. 맞아 저번에도 토했던 것 같은데, 라며 다른 남자아이가 끼어들자 여기저기서 킥킥대는 소리가 들려온다. 어깨에 올려놓았던 손을 내리며, 친구들 말이 맞니? 하는 물음에, 네, 죄송합니다, 라고 대답했다. 선생님, 제가 양호실로 데리고 갈까요? 배구부의 에이스인 **의 목소리가 들렸다. 순간 몸이 굳어졌다. 그래, 그렇게 해 주겠니? 사회 선생님이 일어서자 곧바로 **가 다가와 얼굴을 씻자, 라며 상냥한 말투로 말한다. 왼손으로 등을 부축하고 오른손으로 팔을 잡고는 일어나라고 재촉한다. 부축을 받으며 복도 쪽으로 나가자, 선생님 제가 치울게요, 저도 도울게요, 하는 몇몇 목소리가 들려왔다. 배구부 여자아이들 목소리인 듯했다. 덩치가 큰 **의 부축을 받아 수돗가로 가서 하라는 대로 얼굴과 손을 씻고 입을 헹궜다. 우리 반뿐만 아니라 옆 반에서도 보고 있는 시선이 느껴져 비누를 쓰고 싶었지만 물로 헹구기만 하고 수도를 잠갔다. **가 손수건을 내밀었다. 왜 그래? 사양하지 말고 닦아. 고개를 들지 못하고 가만히 있으니, 닦아줄게, 하면서 얼굴뿐만 아니라 목덜미까지 닦아 주었다. 하라는 대로 가만히 내버려 두자, **는 어깨에 팔을 두르고, 어서 가자며 재촉한다. 교실에서 쏟아져 오는 시선이 등 쪽에 꽂히는 것처럼 느끼며 양호실로 향했다. 1층으로 내려오는 도중에, 무슨 일이 있었는지 말하면 용서 안 할 테니까, 알았지? 하고 **가 귓가에 대고 속삭이며 어깨를 세게 잡았다. 아무 말도 안 할게. 대답하는 목소리가 떨리었다.

양호실에 들어가 **가 교실에서 사회 선생님에게 했던 것과 똑같은 설명을 양호 선생님께 했다. 정말이니? 하고 묻기에 고개를 끄덕이며, 정말 고마워, 하고 **에게 감사 인사를 했다. 그럼 푹 쉬어. 위로해 주는 듯 말하는 **에게 시선을 떨구고 고개를 끄덕였다. **가 교실로 돌아가자, 윗옷만이라도 갈아입는 게 좋을 것 같네, 하며 양호 선생님이 비치되어 있던 체육복을 가져왔다. 감사 인사를 하고 옷을 갈아입자, 열을 재자며 침대에 앉히고 체온계를 겨드랑이 사이에 끼웠다. 기분은 좀 어때? 토할 거 같진 않고? 아니요, 괜찮아졌어요. 전에도 이랬던 적 있니? 혹시 알레르기 같은 건? 아니요, 그, 전혀 없어요. 오늘 점심은 크림스튜였지? 먹으면서 뭔가 이상한 느낌 있었니? 아니요, 이상한 점은 없었어요. 아침은 먹고 왔니? 아니요, 그, 안 먹었어요. 평소에도 아침밥을 잘 안 먹니? 네, 거의 안 먹어요. 그렇구나……. 체온계에서 소리가 나자, 양호 선생님은 눈금을 보며, 열은 없는 것 같네, 라며 얼굴을 물끄러미 들여다본다. 교실에서 무슨 일 있었니? 아니요, 아무 일도 없었어요. 정말? 네……. 걱정하지 말고, 무슨 말이든 비밀은 지켜줄게, 너를 꼭 지켜줄 거야. 정말 아무 일도 없었어요. 그렇다면 다행이지만 만약 고민거리가 있으면 언제든 선생님한테 말하렴. 네, 감사합니다. 응, 그럼 침대에서 푹 쉬어. 양호 선생님의 표정은 친절해 보였지만 신용할 수는 없었다. 이야기를 하면 담임선생님 귀에 틀림없이 들어갈 테고, 선생님은 분명 반 아이들한테 무슨 일이 있었는지 캐물을 것이다. 그렇게 되면 고자질했다는 이유로 괴롭힘이 더 심해질 것이 확실했다.

커튼을 치고 침대에 누워 얇은 이불을 머리끝까지 뒤집어썼다. 에어컨이 돌아가고 있어서 덥지는 않았지만 교실에 돌아갈 생각을 하니 기분 나쁜 땀이 흐른다. 토한 것을 치우던 배구부의 **와 **는 뭐라고 하며 트집을 잡을 것이 뻔했다. 교실에는 토사물 냄새가 아직 남아 있을 것이고, 모두들 냄새를 참으며 공부하고 있을 텐데. 그 불만이 또 어떤 형태로 되돌아올지 생각하니 점점 불안해진다. 왜 참지 못했을까. 토하더라도 복도를 나와 수돗가에다 했으면 좋았을 것을. 그렇게 자신을 탓하고 있으려니, 입으로 흘러들어온 오렌지주스의 맛과 걸쭉한 감촉이 되살아나며 **와 **와 **가 캔 안에 침을 뱉는 모습이 떠올랐다. 속이 울렁거려 다시 구역질이 나려는 것을 간신히 참았다. 생각을 다른 쪽으로 돌리려 아까 시청각실에서 강연해 준 여자를 떠올렸다.

시간도 얼마 남지 않았는데 아이들이 이야기에 집중하지 않아 난처했는지 여자는 잠시 말을 멈추고, 다음 말을 찾는 것처럼 보였다. 섬 바다에서, 조개를 캐고 있을 때였어. 노을빛에 반사된 빛이 눈부셔서 말이야……. 다시 이야기를 시작한 여성은 정말 눈이 부신 것처럼 눈을 가늘게 떴다. 나랑 같은 학년 여자애 세 명, 그리고 나이 차이가 조금 나는 언니랑 이렇게 다섯이서 조개를 캐고 있었어요.

그때 섬 건너편에 있는 항구에서 미군 병사 네 명이 헤엄쳐 와서
는……. 여자는 굳은 표정으로 시선을 둘 곳을 찾지 못했다. 고개를
숙여 여자의 시선을 피하고 싶었지만 **들이 했던 말이 생각나 고
개를 들었는데 여자와 눈이 마주쳤다. 이쪽을 바라보는 여자의 눈동
자가 너무도 깊고 강해서 시선을 피할 수 없었다. 그 미군들에
게……, 이런 말을 하면 여러분이 충격 받을지 모르지만, 전쟁에 대
해 알고 있어야 하니 이야기하도록 할게요, 그 나이 차이가 조금 나
는 언니는 미군에게 몹쓸 짓을 당해서 몸은 물론 마음까지 성치 못
하게 되어서……. 그 상태가 더욱 악화된 것은 미군의 아이를 임신
했다고 생각한 아버지에게 구타를 당했을 때, 가장 괴로웠던 건 그
언니였는데도, 미국 놈의 아이를 낳을 거면 차라리 죽어, 라는 말까
지 들었다고 해요. 실제로 그 언니는 몇 번이나 자살 시도를 했다는
말도 있어요. 하지만 죽지 못하고……. 그렇게 해서 남자아이를 낳
게 되었는데, 그 아이와는 채 한 달도 함께 살지 못했죠 그 언니의
아버지가 그 아이를 다른 집 수양아들로 보낸 것 같은데, 아, 수양
아들이라는 말은 다른 집에 보내져 그 집 아이가 되는 걸 말해요,
그렇게 자기가 낳은 아이도 빼앗겨 버려 평생 만나지 못하게 된 다
음부터 언니는 정신이 더욱 이상해졌어요. 가족들도 주변의 시선을
견디지 못해 결국 섬을 떠나게 되었어요. 그 후 언니는 남부의 한
마을에서 가족들과 함께 조용히 살았죠. 중부와 북부에 비해 남부는
미군기지가 적어 미군들과 마주칠 일이 적을 거라고 생각했는데, 오

키나와가 일본에 복귀되기 전에는 지금보다 미군들이 더 많았으니까요, 늘 집안에 틀어박혀 10년이 넘도록 밖으로 나오지 않았답니다. 아버지에게 매일 심한 꾸지람을 들었다고 하는데, 그래도 시간이 흐르면서 몸도 회복되어 갔고 정신도 안정을 되찾아 갔죠. 그 이웃에 양복점이 있었는데, 그 주인이 아주 친절한 사람이었어요. 언니에게 재봉틀을 사용하는 방법도 알려 주었다고 해요. 언니는 원래 손재주가 좋은 편이었고 몇 시간이고 집중하는 성격이어서 얼마 안 있어 옷을 잘 만들게 되었다고 해요. 일을 해서 돈을 벌게 되자 항상 꾸지람만 하던 아버지의 태도도 한결 부드러워졌고요. 그렇게 매일 재봉틀만 쳐다보며 30대, 40대를 보냈죠. 집에서 옆집으로 출근하는 것만 할 뿐 여전히 바깥으로 나가려 하지 않았어요. 그때가 언니에게 가장 행복한 시절이 아니었나 싶어요. 오키나와가 일본으로 복귀된 지 10년쯤 되자 여기저기에 새로운 가게들이 많이 생겨나면서 재봉 일감도 많이 줄어들게 되었지요. 근처 중학생이나 고등학생 교복을 수선하며 근근이 유지하다가, 주인도 나이가 들어 더 이상 운영이 어렵게 되어 결국 문을 닫았어요. 언니는 다시 집안에 틀어박혀 나오지 않게 되었죠. 그때는 이미 아버지도 돌아가셨고 다른 형제들도 독립해서 나갔기 때문에 언니는 연로하신 어머니와 둘이서 살게 되었어요. 어머니의 연금과 형제들의 도움으로 어찌어찌 생활을 이어가던 중, 어느 날 갑자기 다시 정신이 이상하게 되어 버렸어요. 큰 소리로 울부짖기도 하고, 장롱이나 화장실에 숨어서 몇 시

211

간동안 나오지 않거나, 갑자기 밖으로 뛰쳐나가서 돌아다니기도 했어요. 지금껏 옆집 말고 다른 곳에는 가본 적도 없었는데, 한밤중에 집을 뛰쳐나가 몇 킬로미터나 떨어진 공원에서 진흙투성이가 되어 앉아 있는 걸 발견한 적도 있었어요. 언니의 어머니는 이미 여든이 다 되셨기 때문에 건강하셨지만 딸의 뒷바라지를 하는 건 무리였어요. 어머니는 당신이 살아계신 동안은 뒷바라지를 하겠다고 하셨지만 형제들과 상의해서 언니를 병원에 보내기로 결정했어요. 그렇게 병원생활을 한 지 벌써 10년이 다 되었네요. 그 사이 어머니도 돌아가셨지만, 언니는 아마 그것도 모를 거예요. 이제 언니도 나이가 들었고, 매일 약을 복용하니 예전처럼 사고치는 일은 없어졌지만, 말문을 닫아 버렸어요, 형제들하고도요, 잊은 건지 어쩐 건지……. 늘 혼자 그림을 그리거나, 맑게 갠 날에는 밖으로 나가 바다를 바라보곤 하죠. 나는, 가끔 이런 생각을 해요. 만약 오키나와에 전쟁이 일어나지 않았더라면, 그 언니가 미군에게 강간당해 고통 받을 일도 없었을 것이고 전혀 다른 인생을 살 수 있었을 텐데 하고 말예요. 전쟁이 일어나면 많은 사람들이 목숨을 잃을 뿐만 아니라, 살아남았다 하더라도 계속 고통 속에 있는 이들도 많아요. 그 언니에게나, 그 가족들에게나, 아직 전쟁은 끝난 것이 아닐지 몰라요……. 말재주가 없어서 미안해요. 오늘 이렇게 끝까지 들어줘서 고마워요. 정말 두 번 다시 전쟁이 일어나선 안 됩니다. 여러분이 고통 받는 일이 일어나선 안 되니까요. 여러분은 앞으로도 계속 행복하게 지내야 합니다. 이런 마음은 꼭 알아주었으면 해요. 이야기를 마친 여자가 고개를 숙여 인사하자 박수가 터져 나왔다. 여자는 조금 당황한 표정으로 웃음을 띠며 연단을 내려왔다.

침대에 누워 몸을 잔뜩 웅크리고 여자의 이야기를 떠올리니, 어두운 벽장 안에서 웅크리고 있었을 17, 18세의 언니라는 여자가 눈앞에 어른거렸다. 그 이야기를 들려주었던 여자가 젊은 모습으로, 두 손으로 귀를 막고, 언제 문이 열리고 미군들에게 끌려갈지 몰라 겁먹은, 작은 생명체로 변신이라도 하려는 듯 몸을 둥글게 말고 쭈그려 앉아있었다. 아아, 그 모습이 마치 자신의 모습처럼 느껴졌다. 언제나 늘 겁먹고, 마음을 놓지 못하는……. 문득 자기 자신도 이 언니처럼 정신이 이상해져 밖에도 나가지 못하고 계속 집안에 틀어박혀 살아가야 하는 건 아닐지. 그런 생각에 미치자 눈물이 하염없이 흘러나왔다. 그건 안이한 생각이야. 네가 어른이 될 수 있을 거라고 생각해? 아직 중학교도 마치려면 멀었다고 미래를 걱정할 게 아니라 지금을 걱정하라고. **와 **의 목소리가 들려오자 몸도 마음도 차갑게 얼어붙었지만 눈물만 뜨거운 온기를 품고 뚝뚝 떨어진다. 이대로 꽁꽁 얼어붙어서 잠자는 듯 죽어버리고 싶다. 손목에 난 상처를 손끝으로 더듬는다. 커터 칼로 얇게 피가 스밀 정도로 긋는 것은 가능해도 칼날에 힘을 주어서 단번에 끊어 버릴 용기는 나지 않았다. 남부의 병원에서 바다를 바라보고 있을 언니라는 사람은 살아 있다는 게 행복했을까? 아이를 빼앗기고 집에 틀어박혀서 매일 재봉틀만 돌리는 생활이 행복했을까? 정말은 매일이 고통스러워 견딜 수 없었던 건 아닐까? 죽고 싶었지만 죽지 못한 것뿐은 아닐까? 이야기해 준 여자에게 물어보고 싶었다. 그렇게까지 하면서 살아야 하는 건가요? 여자의 곤혹스러운 표정이 눈앞에 그려진다. 반친구들의 웃는 소리가 들려온다. 살기 싫으면 죽든지. 아무도 슬퍼하지 않을걸. 울어주는 사람 하나 없을걸. 그래도 네 무덤에 꽃다발은 하나 놓아 주마. 하얀 국화 어때? 우정이 담긴 캔 주스도 함께 놓아주지. 모두가 웃는 소리가 울려 퍼진다. 귀를 틀어막고 가만히 버틴다. 버틴다. 버틴다. 계속 버틴다.

5교시를 마치는 종이 울렸다. 얼마 안 있어 담임선생님이 상태를 살피러 왔다. 커튼을 젖히고 침대 옆에서 서서 담임선생님이 어깨 부근을 가볍게 두드린다. 이불 사이로 웃음을 지어 보인다. 좀 어때? 고개를 끄덕이며 밝은 목소리로 대답한다. 괜찮아요. 걱정하지 마세요, 선생님. 무슨 일인지 알아내려는 선생님들의 눈을 속이는 것은 이제 익숙하다. 대부분의 선생님은 귀찮은 일은 만들고 싶지 않기 때문에 그런 것쯤은 식은 죽 먹기다. 6교시 수업은 들어올 수 있겠니? 저기, 조금 더 쉬고 싶어요. 담임이 아니라 뒤에 서 있던 양호 선생님에게 말한다. 그럼, 하며 고개를 끄덕이고 담임에게, 좀 더 쉬게 하는 게 좋겠어요, 라고 말한다. 내가 6교시 ** 선생님에게 말해놓으마, 자 그럼 나도 수업이 있으니 나중에 보자. 그렇게 말하고 양호실을 나가려던 담임을 저기……, 하고 불러 세운다. 귀찮은 듯한 표정을 지우고 이내 왜? 라고 묻는다. 저기, **에게 고맙다는 인사를 전해주셨으면 해서요, 양호실까지 데려다 줘서 고맙다고요. 그래, 알았다, 담임은 웃으며 고개를 끄덕이고, 커튼을 닫고 양호실을 빠져나갔다. 학생들 몇몇도 다녀가는 바람에 괜히 양호 선생님만 분주했다.

그리고 다시 한 시간을 침대에서 보냈다. 6교시가 끝나고 종례도 마칠 시간이 되었는데도 담임은 모습을 보이지 않았다. 침대에서 내려와 커튼을 걷자, 책상에 앉아 무언가를 적고 있던 양호 선생님이 뒤돌아보며, 기분은 좀 어떠니? 하고 물었다. 저, 이제 아무렇지 않아요. 라고 대답하자, 여기 앉으렴, 하며 옆에 있던 의자를 내어주었다. 이마에 손을 얹어 보고 고개를 끄덕이며, 아무에게도 말하지 않을 테니 솔직히 말하렴, 사실은 반에서 이지메 당한 거 아니니? 라며 왼손을 감싸듯 잡으며 물었다. 그런 일 없어요, 선생님, 반 아이들 모두 친절해요. 손을 빼고 웃으며 의자에서 일어난다. 가 봐도 되죠? 학원 가야 해서요. 양호 선생님은 눈을 응시하며 네 말을 믿겠지만, 무슨 일이 있으면 반드시 말해줘, 라고 말하며 책상 위에 있던 종이봉투를 건네주었다. 안을 보니 잘 개어진 교복이 들어 있었다. 그리고 이거. 종이에 메일 주소가 쓰여 있는 종이를 건네주었다. 혹시 도움이 필요한 일이 있으면 연락하렴. 감사합니다. 머리를 숙이고 양호실을 빠져 나와 빠른 걸음으로 교실로 향했다.

2층까지 와서는 천천히 복도를 따라 걸으며 온 신경을 집중해 교실에 아무도 없는 것을 확인하고 안으로 들어갔다. 책상으로 가기 전에 쓰레기통 앞에서 손에 쥐어 준 종이를 잘게 찢어 버렸다. 책상 속 교과서와 공책을 가방에 챙겨 넣으려는데 공책을 찢은 종이 한 장이 떨어졌다. 주워 보니 **가 죽으면 슬퍼할 사람, 기뻐할 사람이라는 글귀가 나란히 적혀 있고, 슬퍼할 사람 칸에는 한 명도 없었고, 기뻐할 사람 칸에 바를 정正 자가 몇 개나 그려져 있었다. 쓰레기통에 구겨 넣어 버리고 싶었지만, 나중에 들키기라도 할까봐 가방에 넣고 서둘러 교실을 빠져나왔다.

운동장이나 체육관 근처를 피해 뒷문으로 나왔다. 혹시 문밖에서 누군가 기다리고 있는 건 아닌지, 무서운 생각이 들었지만 아무도 없다는 것을 확인하고 안심하며 곧바로 집으로 행했다. 시간이 걸려도 되도록 사람이 많이 다니는 큰길 상점가를 지나 국도를 따라 걸었다. 집까지는 1킬로미터가 조금 더 되었다. 반 친구들과 한 번도 마주치지 않고 반쯤 왔을 때, 이 행운이 나머지 반까지 계속되기를 기도했다. 집까지 2백 미터 남겨둔 곳으로, 도로를 따라 세워진 아파트 앞까지 왔다. 크림색으로 칠해져 있는 8개 층으로 된 공동 주택은 10년 전쯤에 세워진 건물이었다. 이 부근에서 가장 높은 건물이었고, 반 친구들도 꽤 많이 산다. 우두커니 서서 올려다보고 있노라니, 건물 바깥쪽 계단 8층 층계참에서 이쪽을 내려다보고 있는 젊은 여자가 보였다. 차가 별로 없는 아파트 주차장으로 들어가, 여자의 시선을 느끼며 바깥쪽 계단으로 올라가는 입구에 섰다. 관리

인인 듯한 사람이 공들여 솔로 문질러 닦았는데도 아스팔트 위에 얼룩이 남아 있었다. 3개월 전 20대 중반쯤 되어 보이는 여자가 8층 층계참에서 그곳에 떨어진 일이 있었다. 난간 위에 두 손으로 엎고 몸을 기울여 그대로 떨어지는 것을 길 가던 사람이 목격했다. 그 목격자의 증언은 텔레비전에서도 봤고 신문에서도 읽었다. 텔레비전에서도 신문에서도 경찰이 발표한 대로 자살이라고 단정 짓고 있었다. 그 사건을 모르는 사람은 그냥 얼룩으로 보일만큼 핏자국은 희미해져 있었다. 그 얼룩을 가만히 들여다보고 있으려니, 어디선가 이름을 부르는 소리가 들려왔다. 위를 쳐다보니 난간으로 몸을 내민 젊은 여자가 물끄러미 쳐다보고 있다. 어서 말려야지, 하는 생각에 바깥쪽 계단을 달려 올라갔다.

달려 올라갈 수 있는 건 5층까지였다. 숨이 차오르고 다리에 힘이 풀려 가까스로 8층 층계참까지 올라왔다. 아무도 없었다. 난간 가까이로 다가가자 마을 건너편에 바다가 보였다. 낮게 구름이 낀 바다는 푸르다기보다는 잿빛에 가깝게 보였다. 길을 걸을 때도 계단을 올라올 때도 바람이 불지 않아 땀이 났는데, 높은 곳에 올라오니 바람을 조금 느낄 수 있어 기분이 상쾌해졌다. 위험, 접근금지! 빨간 페인트로 쓰인 간판이 난간에 걸려있다. 시들어가는 흰 국화 꽃다발이 꼬질꼬질한 비닐에 싸여 구석에 떨어져 있었다. 누가 그곳에 갖다 놓은 것이라기보다, 바람에 떠밀려나간 듯했다. 난간에 살짝 손을 올리고 아래를 힐끔 내려다본다. 난간의 높이는 가슴 언

217

저리까지 왔는데, 힘껏 발을 구르면 위로 올라갈 수 있을 것 같았다. 그렇게 생각하자 다리가 찌릿찌릿해지며 소름이 돋았다. 겨드랑이 아래쪽과 등에 땀이 배어나와 바람에 민감해진다. 바로 아래 아스팔트 위로, 하늘을 보고 누운 몸이 기묘한 형태로 뒤틀려있는 젊은 여자의 모습이 보인다. 그 모습은 검은 그림자가 되어 아스팔트 속으로 스며들어 사라져 간다.

뭐 하는 거니? 이런 곳에서. 깜짝 놀라 뒤돌아보니 40세 전후쯤 되어 보이는 작은 체구의 남자가 억지 미소를 띠며 서 있다. 위험하니까 이리 오렴. 그렇게 말하며 손짓을 하는 남자의 눈에 웃음기가 사라졌다. 난간이 등에 붙어 도망칠 수도 없었다. 남자는 당황한 듯했으나 곧 웃음을 되찾아 오른손을 내밀며 나가온다. 괜찮아, 자, 걱정하지 않아도 돼. 몸이 굳어서 움직일 수가 없었다. 싫어. 가까이 오지 마, 하고 소리를 지를 수도 없었다. 천천히 다가오다가 거리가 1미터까지 좁혀졌을 때, 남자는 갑자기 양 팔을 벌려 덮치려 했다. 엉겁결에 몸을 피해 남자를 들이받았다. 남자는 두, 세 걸음 비틀거리다가 엉덩방아를 찧었다. 그 틈을 타 옆으로 빠져나와 계단을 뛰어 내려왔다. 이게 무슨 짓이야? 사람이 걱정해서 도와주려고 했더니. 고함치는 소리가 등 뒤로 날아든다. 남자의 발소리가 당장이라도 등 뒤를 덮칠 것 같아 단숨에 일층까지 뛰어내려왔다. 층계참 밑으로 와서 뒤를 돌아보니, 쫓아오는 기색이 없어 숨을 고르고 있을 때, 콘크리트 벽돌이 1미터도 채 안 되는 바로 앞에 떨어져, 아스팔트에 흔적을 남기고 산산조각이 났다. 위를 쳐다보니 8층 층계참에서 남자가 몸을 내밀어 콘크리트 벽돌을 치켜들어 보이고 있다. 무슨 말인지 알아들을 수 없는 소리를 지르며, 남자는 벽돌을 집어 던졌다. 몸을 피했는데 바로 옆으로 산산조각 나면서 떨어진 파편에 발목을 다쳤다. 주차장 출구 쪽을 향해 달리던 중에도 벽돌이 몇 개나 떨어져 내렸지만 맞지는 않았다. 아스팔트에 떨어져 부딪히는 벽돌 소리가, 가슴에 구멍을 뚫는 것 같았다.

도로로 나와 한참을 달려 백 미터 가량 오니 숨이 찼다. 남자가 쫓아오지 않는지 확인한 다음 가로수 옆에 웅크려 앉았다. 공동주택 쪽을 보자 8층 층계참에 서 있었던 남자의 모습이 보이지 않았다. 주차장 출구 쪽을 예의주시하며 호흡을 가다듬는다. 사람도 자동차도 보이지 않았지만 공동주택 어딘가에서 지켜보고 있을지 모른다는 생각에 사각지대에 위치한 골목 안으로 들어가 몇 번이고 뒤를 확인하면서 어머니와 단 둘이 살고 있는 공동주택에 도착했다. 가방에서 열쇠를 꺼내는 사이에도 남자가 쫓아올 것 같아 허둥대는 바람에 문을 여는 데 시간이 걸렸다.

집으로 들어가 문을 잠그고 현관에 주저앉았다. 어둠 속에서 자신의 몸을 껴안고 떨리는 마음을 억누르고 있으려니, 마음 밑바닥에 작은 산호 줄기 같은 것이 돋아났다가 다시 무언가에 짓밟혀 잘려나가는 소리가 들려왔다. 이제 됐어. …… 그렇게 중얼거렸다. 부드러운 손이 어깨에 와 닿는 느낌이 들더니, 시청각실에서 이야기를 하고 있는 여자의 모습이 떠올랐다.

여러분은 앞으로도 계속 행복하게 지내야 합니다.

약간 쉰 여자의 목소리가 되살아나면서, 눈물이 흘러 넘쳐 멈출 줄을 몰랐다.

손에 든 우유팩 케이스가 무거웠을 텐데. 소녀는 깡마른 작은 몸을 넘어질 것처럼 위태롭게 걷고 있었다. 뒤에서 말을 건네자 소녀는 어깨를 축 늘어뜨리고 고개를 푹 숙이고 잰걸음으로 걷고 있던 발을 멈추곤 천천히 뒤를 돌아보았다. 가늘게 뜬 눈으로 바라보는 시선이 겁을 잔뜩 머금은 듯했다. 그렇게 큰 소리도 아니었는데, 하며 순간 당황했다.

미안, 갑자기 말을 걸어서 놀라게 한 것 같네.

아, 예······.

작게 고개를 옆으로 흔들며 기어들어갈 것 같은 소리로 말하며 소녀는 고개를 숙이고 얼굴을 붉혔다. 아아, 정말 내성적인 아이구나, 라고 생각했다.

아까는 열심히 들어 줘서 고마워. 아줌마가 사람들 앞에서 전쟁

이야기하는 게 처음이라, 너무 긴장했거든. 내가 생각해도 지루한데, 너희들은 오죽했겠어, 미안하다. 그래도 네가 맨 앞에서 열심히 들어줘서 정말 기뻤고, 이야기를 계속 이어갈 수 있는 용기가 생겼어. 다 네 덕분이야.

소녀는 고개를 끄덕이곤 발 아래로 시선을 고정한 채 아까보다 더 얼굴을 붉혔다. 이 말은 솔직한 심정이었다. 강연을 시작하고 10분 정도까진 괜찮았는데 시간이 지나면서 따분해 하는 학생들 표정과 소곤대는 소리가 강단 앞에 서있으려니 다 보였다. 시청각실 뒤편과 옆쪽을 돌며 교사들이 주의를 주자 조금 잦아들었다. 그러지 않았다면 모두들 밖으로 나가버렸겠지, 라는 생각을 한다.

막내딸이 이전 직장에서 신세졌던 동료의 부탁이라기에 받아들이긴 했지만, 역시 강연은 하는 게 아니었다는 후회가 밀려왔다. 그런 마음을 숨기고 마지막까지 강연을 이어가긴 했지만, 끝나고 나서는 이제 두 번 다시 하지 않으리라 다짐했다. 그나마 다행인 것은 40분 동안 맨 앞줄에 앉아 진지한 눈빛으로 경청해 준 소녀가 하나 있었다는 것이다.

시청각실을 나와 담임선생님 두 분과 교장실을 찾았다. 온화한 분위기의 여자 선생님이셨다. 차를 마시며 잠시 이야기를 나누던 중, 큰아버지는 방위대로 동원되어 전사했지만 유골도 돌아오지 않았어요, 라고 말했다. 돌아가신 할머니가 자주 큰아버지 이야기를 했지요, 라는 말도 덧붙였다. 이어서, 오늘은 아이들에게 아주 좋은 체험이 되었을 거라고 생각해요, 라며 정중히 고개 숙여 인사를 했다. 서툴렀던 자신의 강연을 떠올리니 몸 둘 바를 몰랐다. 세 분 선생님의 배웅을 받으며 현관을 나와 교문 쪽으로 걸어가고 있는데, 저 만큼에서 복도를 지나가는 여학생의 모습이 눈에 들어왔다.

맨 앞줄에서 이야기를 듣던 소녀라는 걸 바로 알아챘다. 잰걸음으로 뒤쫓아 손을 뻗으면 닿을 정도의 거리까지 와서 말을 걸었다. 나도 모르게 그런 행동이 나올 만큼 소녀가 집중해서 이야기를 들어 준 것이 고마웠다. 그런데 말을 건네자 당황한 듯 고개를 푹 숙이고 서 있는 소녀를 보니, 괜히 아는 척 한 건 아닌지 후회가 밀려들었다.

"급식 준비를 하고 있었던 모양이네. 미안, 갑자기 불러서. 고맙다는 인사를 하고 싶어서 그랬단다. 오늘 고마웠어."

그렇게 말하고 자리를 뜨려고 하자 소녀가 고개를 들고 이쪽을 봤다. 귓불까지 붉히면서, 소녀는 작게 심호흡을 하며 입술을 움직이려 했다. 그때 옆에서 다른 여학생들의 목소리가 날아들었다.

아까는 감사했습니다.

좋은 말씀 들려주셔서 좋았어요

지금까지 들었던 오키나와 전투 이야기 중 제일 좋았어요

통통 튀는 목소리의 세 명의 여학생은 시청각실 뒤쪽 자리에 앉아 있었다. 강연을 들으면서 계속 쪽지를 주고받고, 작은 소리로 소곤대던 것을 기억하고 있던 터라 생각지 못한 말들이었다.

223

흙구덩이 속에서 구출된 **여자애** 너무 불쌍했어요.

전쟁은 두 번 다시 절대로 일어나선 안 되죠.

방공호 안에 있으면 화장실은 어떻게 가요?

마지막 질문을 한 소녀의 팔을 다른 두 명이 툭툭 치며, 죄송해요, 하며 고개를 숙인다. 질문을 한 소녀도 고개를 숙였다. 그 모습에 자신도 모르게 웃어 버렸다. 세 명은 안심한 표정으로 소리 내어 웃는다. 고개를 숙이고 있던 소녀가 머리를 있는 대로 숙이고 걸어간다. 무슨 말을 꺼내려다 만 것일까, 마음에 걸렸지만 다시 말을 걸진 못했다.

수양아들로 보낸 아기는 그 후 어떻게 됐나요?

갑작스러운 질문에 차가운 손끝으로 가슴 안쪽을 찔린 것 같은 느낌을 받았다. 무슨 동아리를 하는 걸까, 햇볕에 그을린 얼굴을 한 소녀의 미소는 구김이 없었다. 그래도 그 질문은 무거워서 바로 대답이 나오지 않았다. 멀어져 가는 가녀린 소녀의 뒷모습을 응시하며 할 말을 찾았다. 동요하는 기색을 알아챘는지 세 명의 소녀는 웃음기를 거뒀다.

미안. 나도 그 아가가 어떻게 됐는지 자세하게는 모른단다.

그 말에 여학생들은 아무 말 없이 고개를 끄덕였다. 그리곤 어색한 분위기를 깨려는 듯, 오늘은 정말 감사했습니다, 또 오세요, 건강하시고요……, 셋은 웃으며 그렇게 말하고 경쟁이라도 하듯 달려나갔다. 그 말의 울림이나 동작 하나하나가 투명한 빛을 발하는 것 같았다. 기분 좋고, 그립고, 부럽고, 그리고 조금은 안타까웠다.

강연 후 받은 꽃다발을 잠시 바라보다, 그 여학생들이 사라져 간 교사 쪽을 보며 교문을 향해 걸음을 옮겼다. 교정과 복도에 울려 퍼지는 왁자지껄한 소리를 들으며 걸어가고 있으려니 얼굴을 붉히고 고개를 숙인 소녀의 모습이 떠올랐다. 제대로 이야기를 나누지 못해 아쉬웠다. 말주변도 없으면서 강연을 받아들인 것을 후회했는데, 그 아이가 경청해 준 것이 조금이나마 위안이 되었다. 그 아이의 마음에, 아니 그 아이만이 아니라 다른 아이들의 마음에 자신의 이야기가 얼마간이라도 전달되었으면……, 하고 생각했다.

교문 바로 옆 버스 정류장에서 10분쯤 기다리니 터미널 행 버스가 왔다. 터미널에 도착해 2층 식당에 들어서니 버스 운전수와 관광객들로 자리가 반쯤 차 있었다. 오키나와 소바沖縄そば 오키나와 전통 음식 중 하나로, 메밀이 아닌 밀가루로 만든 면과 면 위에 삼겹살을 얹어 먹는 것이 특징를 주문하고 셀프서비스인 물을 가져다 마시며 한숨 돌린다. 갑자기 피곤이 몰려와 힘이 빠졌다. 강하게 틀어 놓은 냉방 탓에 한기가 느껴지는 것이 감기라도 걸리지 않을까 걱정되었다. 주문한 오키나와 소바가 몸을 따뜻하게 해주었다. 평소 같으면 3분의 1은 남기고 젓가락을 놓았을 텐데 강연 때문인지 끝까지 다 먹었다.

식당 밖으로 나오자 배기가스 냄새가 섞인 미지근한 바람이 계단 쪽에서 불어와 서둘러 손수건으로 코와 입을 틀어막았다. 막내딸 가족과 함께 살고 있는 맨션은 버스정류장에서 택시로 5분 정도 거리에 있다. 집에 들어가도 별달리 할 일은 없다. 계단을 내려가자 남부 방면 행 버스가 멈춰 서 있는 것이 보였다. 걸음이 저절로 그쪽으로 향했다. 버스에 올라타자 바로 시동이 걸린다. 2, 3분 정차해 있던 버스에 시동을 건 것이다.

언니가 있는 시설은 오키나와 섬 남쪽 끝자락 바다가 내려다보이는 언덕에 자리하고 있다. 혼잡한 시간을 피하면 버스터미널에서 40분 정도면 갈 수 있는 그 시설에 요즘은 일주일에 한 번은 다녀온다. 반 년쯤 전부터 언니는 낮에도 침대에 누워 지내는 시간이 많아졌다. 그전까지는 오락실에서 텔레비전을 보거나 테이블에 앉아서 그림을 그리고, 화창한 날에는 밖에 나가 바다를 바라보곤 했다. 그러던 것이 세 번에 한 번 꼴이 되고, 세 번에서 두 번으로 늘더니 요 두 달쯤 전부터는 늘 침대에 누워 지내게 되었다. 어깨를 흔들어 깨우면 바로 일어나 함께 텔레비전을 보거나, 산책을 나가기도 하지만 동작 하나하나가 전에 비해 어눌해졌다. 당뇨와 고혈압 약을 먹고 있긴 한데 요양보호사 말로는 그 증세가 악화된 건 아니라고 한다. 몸 전체가 걷잡을 수 없이 약해진 탓이리라.

몸이 약해진 건 언니만이 아니었다. 어느덧 나 자신도 70세를 넘어가고 있었다. 막내 딸네와 함께 산 지 3년이 된다. 65세까지는 중부에 혼자 살면서 작은 반찬가게에서 일했는데, 무릎 통증이 심해져서 오랫동안 서서 일하는 게 불가능해졌다. 군작업을 하던 남편이 사고로 42세라는 젊은 나이에 세상을 떠나버려 밤이고 낮이고 일만 하며 아이 셋을 어렵게 키웠다. 그래서인지 일을 그만두고 나니 마음 둘 곳이 없었다. 일에 쫓겨 살아서 친구들하고 어울릴 시간도 없었고, 마을 노인정에도 나가고 싶은 기분이 아니어서 아파트 안에 틀어박혀 지내는 일이 많았다. 보다 못한 막내딸의 제안으로 아파트를 정리하고 나하 시내에 맨션을 구해 함께 살기로 했다.

늘 시끌벅적한 초등학교 4학년과 2학년짜리 손주들 덕분에 마음도 한결 밝아졌다. 다만 혹여 짐이 되진 않을까 하는 염려가 마음 한 구석에 자리했다. 사위는 털털한 성격이지만 세심하게 배려해 주었다. 손주들도 큰 녀석은 예전보다 말수는 줄었지만, 작은 녀석은 할머니 바라기라고 할 만큼 잘 따랐다. 부족할 것 없는 노후를 보내고 있으니 불평은 사치라는 걸 알고 있다. 그런데도 익숙한 중부로 돌아가 혼자 살고 싶다는 생각을 떨쳐버릴 수 없다.

딸만 셋 두었는데, 장녀는 장남한테 시집가서 시부모와 함께 살고 있다. 둘째 딸은 고등학교를 마치고 도쿄로 나갔다가 지금은 결혼해서 이바라키茨城에 살고 있다. 내가 일을 놓게 되면 막내딸과 함께 사는 걸로 서로 합의를 본 모양이었다. 그 마음씀씀이가 기특하기도 하고, 일이 없으니 뭔가 허전하고 외롭기도 해서 큰마음 먹고 아파트를 처분했는데, 과연 그 선택이 옳았는지 어땠는지.

옳고 말고……, 잘한 결정이야. 세상에는 기댈 곳 하나 없는 사람도 있고, 자식하고 살고 싶어도 살 수 없는 사람도 있으니, 나는 행복한 거라고…….

창밖을 바라보며 스스로를 다독였다.

복에 겨운 생각이야. 딸이 셋이나 되는데, 언니에 비하면 내 인생
은 얼마나 행복한지…….

입양 보낸 아기 일을 물었던 여학생의 얼굴이 떠올랐다. 악의는
없었을 게다. 다만 천진한 얼굴 안쪽에 자리한 무신경함이 지금 와
서야 화가 났다. 아직 어려서 사리분별이 없다고 해도 마음속에 기
분 나쁜 불쾌감은 지울 수 없었다.

바깥은 6월의 햇볕이 사물과 사람의 그림자를 한층 또렷하게 비
춘다. 횡단보도 앞에 서 있는 사람들은 더위에 지친 표정으로 신호
가 바뀌기만을 기다며 손수건과 손바닥으로 얼굴에 연신 부채질을
해대고 있다. 버스 안 냉방은 처음엔 시원했지만 점차 한기가 들어
차라리 더운 게 낫겠다는 생각이 들었다. 느릿느릿 달리는 버스에
도 화가 났다.

잊으려고 해도 소녀의 질문이 머릿속에서 사라지지 않았다. 아기
는 그 다음 어떻게 되었을까. 그 일은 마음 깊은 곳에 계속 봉인해
두었던 질문이었다. 스스로는 절대 열 수 없었던 문을 너무도 간단
하게 열어젖히고 무리하게 질문을 꺼내 든 느낌이다.

어둑어둑해진 집안에서 기다리고 있던 가족들의 얼굴이 떠오른
다. 아기의 울음소리가 들려오자 모두의 얼굴에서 웃음기가 사라졌
다. 어머니의 표정은 금방이라도 울음이 터질 듯했고, 아버지는 미
간과 입 꼬리를 실룩거리며 험악한 표정이 되었다. 뒷방 미닫이문

을 열고 산파가 아기를 안고 나온다. 그런데 가늘게 울고 있는 아기는 잿빛으로 보였고 온몸이 끈적끈적한 것으로 덮여 있었다.

미국 놈은 아니네…….

아버지의 그 말에 어머니가 웃어 보였다. 그것을 보고 나도 안심했다. 다만 이어지는 아버지의 말에 어머니의 표정도 내 기분도 엉망이 되었다.

섬 개자식덜 새끼일테주.

그렇게 내뱉어버리듯 말하곤 아버지는 마루에서 마당으로 나가 어울리지 않는 커다란 미군 군화를 신고 밖으로 나갔다. 그 말은 화살촉처럼 가슴 깊숙이 박혀 만지면 지금이라도 피가 흘러나올 것 같다. 산파에게서 아기를 받아든 어머니는 누워 있는 언니와 자기 자신의 마음을 풀어주기라도 하듯, 귀엽게도 생겼네, 우쭈쭈, 자 어서 씻기자, 라고 큰 소리로 말하며 아기의 몸을 따뜻한 물로 씻겼다. 눈물을 삼킨 어머니의 얼굴과 떨리는 손에 안긴 아기의 얼굴이 눈에 들어온다. 갑자기 뒷방에서 소리가 났다. 모두의 시선이 미닫이문을 잡고 있는 흰 손으로 향했다.

내 애기야……, 나가 낳은 애기라구…….

문 입구까지 기어 나온 언니가 땀으로 범벅이 된 얼굴에 미소를 띠며 가늘고 마른 손을 내민다.

움직이민 안 돼, 누웡 이시라.

산파가 소리쳤지만 언니에겐 들리지 않는 모양이다. 아기의 울음소리가 갑자기 커졌다. 어머니는 아기를 언니 품에 건네려다 화들짝 놀라며 도로 자기 품 안에 안았다.

이렇게 애달플 데가, 아이고 설룬애기…….

어머니는 아기를 품에 안고 주저앉아 흐느껴 울고 있고, 산파는 언니를 뒤에서 팔로 깍지 끼듯 하여 안으로 끌고 들어간다. 언니는 저항할 힘도 남아 있지 않은 듯, 우리 애기, 우리 애기, 하며 기어들어 갈 듯한 소리를 낸다. 그 희미한 소리가 어두운 뒷방에서 들려왔다.

눈시울이 뜨거워져 손수건으로 닦아냈는데도 바깥 풍경은 계속 번져 보였다. 버스가 길모퉁이를 돌자 햇살이 창문으로 들어온다. 뺨과 어깨에 온기를 되찾았다. 눈이 부셨지만 커튼을 닫지 않고 햇빛을 받았다. 우리 애기, 우리 애기 하며 애타게 부르는 언니의 목소리를 떠올리면 지금도 숨이 막힐 것 같다. 눈을 감아도 빛은 빨갛게 느껴진다. 그 빛으로부터 도망치듯 언니는 뒷방에 틀어박혀 있었다.

아니, 피한 것은 빛만이 아니다. 섬사람들의 시선과 목소리, 끈적끈적하게 뻗어오는 손과 다리와 혓바닥이었다.

식사를 가지고 들어 갈 때면 언니는 늘 방 한구석에 얇은 이불을 덮고 누워있었다. 몸을 웅크리고 벽 쪽을 향해 있는 언니에게, 언니, 밥 먹자, 라고 말하면, 고개를 끄덕이며 고맙다는 인사만 할 뿐, 일어나서 밥을 먹으려 하지 않는다. 문을 열어두고 부엌으로 돌아와서, 아버지가 또 무슨 말을 하진 않을지 겁먹으며 어머니의 일손을 돕는다. 아직 초등학교도 들어가지 않은 남동생 둘도, 말하다가 갑자기 소리가 커지면 바로 아버지의 기색을 살핀다. 아버지의 노여움이 언제 폭발할지 몰라 겁에 떨면서 살았던 섬에서의 생활. 아니, 그것은 섬을 나와서도 계속되었다. 섬사람들의 끈적끈적한 시선과 수군대는 소리가 언니만이 아니라 가족 전체를 휘감고 있어 아버지의 노여움이 사그라지는 일은 없었다.

지금은 아버지의 노여움을 어느 정도는 이해할 수 있게 되었다. 미군에게 딸이 능욕당하고도 아무런 저항도 항의도 못하고, 자리에 누워 울음을 삼킬 수밖에 없었던 스스로에 대한 분노와 무력함. 그러나 이해는 하지만 그 노여움을 가족에게 쏟아낸 것은 용서가 안 된다. 아버지가 돌아가신 지 벌써 25년이 넘었지만, 말소리 하나, 발소리 하나 내지 못하고 조심조심하며 언제 화가 폭발할지 몰라 마음 졸이며 살았던 날들을 생각하면 아버지에 대한 분노가 부글부글 끓어오른다. 그리고 아버지가 언니에게 한 행동을 떠올리면 몸속 깊은 곳에서 무언가가 예리하게 찢는 느낌이 들고, 그 찢어진 부위에서 분노와 슬픔이 솟아올라 스스로를 제어할 수 없을 것 같아 무섭다.

울며 보채는 아기를 안고 문 밖으로 향하는 아버지의 뒷모습. 뒷방에서 울며불며 날뛰는 언니를 붙잡고 진정시켜도 보고 화도 내보는 어머니와 숙부, 숙모들의 목소리. 두 남동생을 감싸 안고 부엌에 웅크려 앉아 있는 나. 아버지가 나가고 난 후, 주변을 서성이며 집 안을 들여다보는 이웃 사람들에게 느꼈던 증오. 그 증오는 언니를 질책하는 어머니에게도 향한다. 그리고 언니에게서 아기를 빼앗아, 앞에 서 있던 내 얼굴을 손등으로 밀어 쓰러뜨리고 밖으로 나간 아버지를 향한 죽여 버리고 싶을 만큼의 증오.

그날 아버지는 바다인지 숲 속 깊은 곳에 아기를 버리러 간 것이라고 생각했다. 입양이라는 제도를 알게 된 것은 그로부터 몇 년이나 흐른 후였다. 중학생이 되어서야 아기가 중부의 어느 시설에 맡겨졌다 입양되었다는 말을 어머니로부터 들었다. 아기는 살아 있다……. 그 사실을 알았을 때, 마음에 박혀있던 단단한 화살촉 하나가 빠져나가는 듯한 느낌이 들었다. 그러나 나는 그렇다 치고 언니는 어땠을까. 어머니에게 이 이야기를 듣고 과연 나처럼 생각하고, 느꼈을까?

그럴 리 없다.

집에서 아기의 일을 입 밖에 내는 건 금기였다. 만약 그 일을 입 밖에 내게 되면 언니는 광란에 빠져 아버지의 폭력을 부르게 된다. 아직 초등학교도 들어가기 전인 남동생들도 그것을 잘 알고 있었다. 그 암묵적 합의는 아버지가 돌아가시고 20년 넘게 흐른 지금도 계속되고 있다. 추석이나 정월의 청명제淸明祭 음력 3월 청명절에 일가 모두 선조의 묘소를 찾는 오키나와의 전통행사 때 위패와 묘를 돌보는 첫째 동생 집을 찾는다. 언니의 일은 이것저것 상세하게 상의해도 아기의 일을 입에 올리는 일은 없었다.

어머니와 언니 단 둘이 살 때는 어떤 이야기가 오고갔는지 모르지만. 입양 보낸 아기 이야기를 하기도 했을까. 그 아이도 살아있다면 지금은 60세가 되었을 텐데. 그 일을 상상하는 것조차 쉽지 않게 되었다. 부디 어딘가에서 행복하게 살고 있기를……. 그렇기만을 바랄 뿐이었다.

버스는 창밖으로 내다보이는 사탕수수밭이 끝없이 펼쳐진 길을 달리고 있었다. 아직 사람 키보다 작은 사탕수수 잎이 흔들리고 있다. 겨울이 지나면 그곳은 은빛 보리가 출렁이는 동화 속 세계가 된다. 지금은 한여름의 뜨거운 열기와 건조함을 견디며 조금이라도 더 크려는 사탕수수의 열기로 그득하다.

교복차림의 여학생 하나가 길을 걷고 있다. 학교를 마치기에는 아직 이른 시간이어서 조퇴려니 생각했다. 아기의 일을 물었던 여학생 모습도 떠오른다. 잊어서는 안 되는 일에 눈을 감고 봉인해 버리고 있는 나 자신. 그런 자신의 모습을 들켜버려 여학생의 솔직함에 반발심을 느낀 것일지 모른다. 그렇게 생각하고 애써 냉정해지려고 했다. 그러나 기분은 좀처럼 나아지지 않았다.

아버지가 돌아가신 후 어머니와 언니는 단 둘이 조용히 살고 있었다. 60을 막 넘긴 언니의 모습이 떠오른다. 방에 틀어박혀 햇빛을 쐬지 않은 탓인지 흰 피부에 기미나 주름도 얼마 없어 마음이 평온할 때는 나이보다 훨씬 젊게 보였다. 일상에 쫓기는 내가 오히려 나이 들어 보여 싫었다. 그래도 나는 행복하지 않은가. 그렇게 스스로를 위안 삼아보지만 뭔가 마음이 불편했다.

고등학교를 졸업하고, 나도, 두 남동생들도, 도망치듯 집을 나와 추석과 정월 외에는 거의 집에 가지 않았다. 아버지의 노기 띤 목소리는 전보다 뜸해졌지만 늘 화나 있는 모습은 여전했다. 술 마시고 주정하는 모습은 보는 것만으로도 싫었다. 그것보다 더 싫은 건 언니를 바라보는 아버지의 눈이었다. 분노와 혐오, 멸시, 증오, 모든 짊어진 감정이 몰린 듯한 차가운 시선. 그 시선을 떠올리면 마음이 안정되질 않는다.

 이웃 양장점에서 재봉기술을 배워 언니가 집에 돈을 가져다주게 되면서 아버지의 태도도 바뀌었다는 소식을 어머니가 전화로 전해 주었다. 너무 기뻤는데, 정월에 집에 돌아와 보니 아버지의 시선은 예전 그대로였다. 증오가 한층 더 쌓였다.

 아버지가 돌아가셨을 때 얼굴을 덮고 있는 흰색 천을 거둬 감겨진 눈을 보면서 이제 더 이상 저 시선을 보지 않아도 된다고 생각했다. 그 기쁨을 조용히 누리고 있는 자신을 부정하려 했으나 그러지 못했다.

 그러나 아버지보다 비겁한 쪽은 나였을지 모른다. 아버지는 도망칠 수 없었다. 그 말이나 행동은 용서받지 못할 일이었지만 그래도 아버지는 집안에서 늘 언니와 마주하고, 무력한 자신과도 마주하고 있었다. 그랬기 때문에 고통스러웠고 괴팍하게 행동한 것일지 모른다. 나는 그냥 도망치기만 했다. 아버지와 어머니와 언니가 고통스러워하는 것을 보고도 못 본 체하고, 기억을 가슴 깊은 곳에 봉인하고, 아버지와 어머니가 돌아가신 후에도 바쁘다는 핑계로 언니에게서 계속 도망쳐 왔다…….

아버지가 돌아가신 후, 더 이상 두려워하지 않아도 되었는데도 어머니와 언니가 살고 있는 집을 찾지 않았다. 추석과 정월조차도 자고 가고 싶다는 아이들을 혼내며 중부의 아파트로 돌아왔다. 어머니가 전화해 언니를 바꿔주겠다는 말에도 괜찮다며 대화조차 하지 않으려 했다. 둘째 동생이 전화를 걸어와, 어머니가 몸이 많이 쇠약해진 데다, 누나도 불안증세가 다시 시작된 것 같으니 시설에 맡기는 것이 어떻겠냐는 이야기를 했을 때, 동생보다 훨씬 먼저 눈치채고 있었는데도 말을 꺼내지 못하고, 마음속으로 변명만 했던 자신이 부끄러웠다.

언니를 시설에 맡기자는 의견에 어머니는 계속 반대했다. 아직 자신이 돌볼 수 있다며 고집을 부려 동생들과 나를 화나게 했다. 당신 한 몸도 제대로 가누지 못하면서 무슨 소리냐며, 어머니를 질책하는 동생들의 눈은 젖어 있었다. 누나가 가게 될 곳은 경치도 좋고 모두 친절하게 돌봐줄 거예요. 병이 나도 안심해도 되구요, 만나고 싶을 때 우리가 모시고 갈 테니 염려 놓으세요. 그렇게 말하고 어머니를 달랬지만 어머니는 동생들과 나에게 사납게 굴며 언니를 어디로 데리고 가는 거냐며 호통을 쳤다.

그런 어머니를 보고 화가 나서 견딜 수 없었다. 왜 언니 생각만 하세요, 왜 항상 언니가 먼저고 우리는 뒷전인가요, 여기서 더 이상 뭘 어떻게 할까요, 제대로 걷지도 못하고 당신 한 몸도 주체하지 못하면서, 고생은 결국 우리 몫이에요, 어머니가 돌아가시면 누가 언니를 돌보겠어요, 그런 우리에게 고마워하지 않을망정, 우리말을 진지하게 들어보시라구요, 우리도 당신 자식이라구요……, 그렇게 소리치며 흐느껴 울었다.

완만하게 솟아오른 언덕을 오르자 사탕수수밭 저편에 짙은 녹색 숲과 여러 채의 집, 그리고 바다가 보였다. 60년 전에는 저 바다가 미군의 군함으로 가득 차 검게 보였다는 말이 떠올랐다. 지금은 사탕수수밭과 주택지로 이루어진 이 일대가 60년 전에는 사체가 나뒹구는 격전지였다. 그렇게 생각하자 햇빛을 받은 녹색 잎이 물결치는 그 아래로 층층이 쌓인 사체가 있고, 부패한 몸에서 흘러나오는 악취와 신음소리가 사탕수수 줄기와 잎 사이로 흘러나오는 것 같았다. 그것은 어두운 뒷방 안쪽에 웅크리고 돌아누워 낮게 중얼거리는 언니의 체취와 목소리와 닮아 있었다.

그때 언니는 아기에게 말을 걸고 있었다. 자신의 팔에 안겨 있던 아기에게.

문득 그런 생각이 든 건, 첫 아기가 태어나고 한 달쯤 지난 어느 날 밤, 울음을 그치지 않던 아기를 달래려고 젖꼭지를 물리려고 했을 때였다.

만약 이 아기를 누군가에게 빼앗긴다면.

그런 생각이 들자 언니가 겪었을 고통의 크기를 비로소 이해할
수 있었다.

　감고 있던 눈에서 눈물이 흘러내리는 것이 느껴졌다. 가방에서
손수건을 꺼내어 볼을 닦아내고 있으려니, 건너편에 앉아 있던 유
치원생처럼 보이는 여자아이가 이상하다는 듯 쳐다보고 있다. 미소
를 지어보이자 여자아이는 옆에 앉아 있는 어머니에게 무언가를 속
삭인다. 의자 너머로 이쪽을 바라보던 아이 어머니가 고개를 숙여
여자아이에게 주의를 준다. 나도 예전에 딸에게 저렇게 주의를 주
었는데, 문득 그때가 그리워진다. 창 밖 풍경은 간선을 따라 상업지
구로 바뀌어 가고 있었고, 상점 간판들이 줄을 지어 서있다. 여자아
이와 아이 어머니가 내린 다음 두 정거장을 더 가서 뒤로 약간 높
은 언덕이 자리한 정류장에 내렸다.

　언니가 입소한 요양시설은 언덕 위에 자리했다. 언덕길을 3백 미
터쯤 걸어가야 해서 노약자들이 걷기엔 힘든 거리였다. 그러나 택
시를 타기엔 애매한 거리여서 늘 걸어서 올라갔다. 언니에게 세 번
째 시설이었다. 처음 들어간 정신과 치료시설에는 10년 이상 있었
다. 그 다음 노인요양 전문시설로 옮겼다. 그곳은 시설이나 서비스
가 좋지 않아 2년 전에 이 시설로 옮겨 왔다. 입소 희망자가 많아서
이곳 경영자와 동생이 친분이 없었다면 앞으로 몇 년을 더 기다려
야했을지 모를 일이었다. 24시간 간병해 주는 곳으로 근처 종합병

원과도 제휴를 맺고 있어서 안심하고 언니를 맡길 수 있었다.

언니를 생각해서 어머니는 생각지 못한 돈을 저축해 놓았다. 그러나 그것은 어머니가 돌아가시고 몇 년 지나지 않아 바닥을 드러냈다. 첫째 동생은 오랫동안 다녔던 건설회사가 도산하는 바람에 지금은 경비를 하고 있어 생활이 여의치 않았다. 언니에게 드는 경비는 레스토랑을 경영하고 있는 막내 동생이 주로 부담하고 있다. 막내는 고등학교를 졸업하고 레스토랑 허드렛일부터 시작해서 지금은 나하 시내에 지점 세 개를 갖고 있다. 그렇긴 하지만 입소 비용이 만만치 않았을 텐데 지금까지 불평 한 마디 없었다. 입 밖에 낸 적은 없지만 동생들도 큰누나의 깊고 아픈 상처를 잘 알고 있었다.

무릎 통증을 참고 도중에 두 번 쉬면서 언덕길을 15분 만에 올라갔다. 시설 안으로 들어가 타이완산 개나리가 예쁘게 장식되어 있는 정원을 지나, 붉은 빛, 오렌지 빛, 자색 꽃들이 흐드러지게 피어 있는 식물들이 줄지어 있는 현관 앞까지 와서 숨을 고른다. 자동문을 지나 로비로 들어서자 냉방이 기분 좋게 느껴졌다. 시설 특유의 냄새도 느껴졌다. 악취는 아니다. 오히려 청결함이 강하게 느껴지는 냄새였는데 몇 번을 와도 익숙해지지 않았다.

접수대에서 면회기록부에 이름을 적고 언니가 머물고 있는 2층으로 향했다. 4인실 안쪽 창가 측에 언니 침대가 있었다. 전에 없이 침대가 비어 있고 언니의 모습은 보이지 않았다. 건너편 침대의 노인은 잠들어 있고 다른 두 노인도 방에 없었다. 조용한 실내에서 잠시 언니의 침대 머리맡에 걸려 있는 세 장의 그림을 바라봤다. 이 시설에 들어온 후 요양사의 권유로 언니는 그림을 그리기 시작했다. 크레용으로 그린 그림은 모두 무겁고 어두운 색조로 짙은 녹색과 청색, 자색이 몇 번이고 덧칠되어 있어 깊은 숲 속을 연상시켰다. 세 장의 그림은 같은 것처럼 보이지만 미세하게 달랐다.

오른쪽 상단에 걸린 그림은 어린 풀색과 노란색이 곳곳에 칠해져 있는데 세 장 가운데 가장 밝은 분위기다. 다만 그림 정 가운데에서 조금 오른쪽으로 검게 칠한 구멍 같은 것이 있었다. 검은 크레용을 집요하게 칠한 그것을 보고 있자니 실제로 거기에 깊숙한 구멍이 나 있고, 가까이 다가오는 것을 집어삼킬 것처럼 보여 어쩐지 섬뜩했다. 그것만이 아니라 언니의 마음에도 같은 구멍이 나 있고, 그 구멍 때문에 우리가 계속해서 불안에 떨고 있는 것 같아 기분이 좋지 않았다.

그 왼쪽 옆 그림은 가장 어두운 색조로, 짙은 녹색과 자색, 군청색, 짙은 갈색과 검은 선이 도화지를 뒤덮고 있다. 오른쪽 그림의 검은 원과 대조해 보니 정중앙부터 왼쪽 상단 쪽으로 붉은색 원이 그려져 있다. 짙은 붉은색 크레용을 몇십 번이나 둥글게 돌려가며 칠한 것 같은 그것은 어떤 나무의 열매처럼 보였는데, 나무들 사이로 보이는 석양으로도 보였다. 아니면 이쪽을 바라보는 생물체의 눈이나 핏덩어리처럼 보이는 것이 역시나 섬뜩한 기분이 들었다.

그 두 장 아래쪽에 걸린 그림은 지난 주 왔을 때는 없었던 것으로 최근에 그린 것으로 보인다. 녹색과 자색을 덧칠한 어두운 숲 위로 2센티미터 폭 정도의 푸른 선이 수평으로 칠해져 있다. 그 푸른 색이 다른 두 장의 그림과는 다른 인상을 주었다. 도화지 오른편 하단에 갈색 크레용으로 그려진 두 개의 기묘한 형상이 있고, 처음엔 외래어처럼 보였던 그것은 잘 들여다보니 사람의 형상인 듯했다. 두 사람이 서로 기대어 웅크리고 있는 것처럼 보인다. 두 사람이 풀숲에 숨어 있는 것인지, 무언가를 찾고 있는 것인지, 그렇지 않으면 체온을 나누고 있는 것인지 잘 알 수 없었다. 작은 동그라미와 비뚤어진 선으로 그려진 그 형상은 숲 속 미아가 되어 헤매고 있는 것처럼도 보였다. 만약 한 사람이 언니라면 다른 한 사람은 누구일까. 커 버린 아기일까……, 그렇게 생각하면서 푸른 띠로 시선을 옮기려다 문득 정신을 차리고 창밖을 내다봤다.

언덕 위에 자리하고 있어 바다가 잘 내다보였다. 구름이 태양을 덮고 있고, 바다색은 잿빛을 드리우고 있다. 사탕수수밭 저편에 해안선을 따라 목마황 방조림이 펼쳐져 있고, 그 위쪽으로는 바다가 펼쳐져 있다. 그 풍경을 보니, 언니가 표현한 숲 위의 푸른 띠가 하늘이 아니라 바다일 것 같다는 생각이 들었다. 창가를 따라 바깥쪽 경치를 내다보니 잔디가 깔린 넓은 정원 끝 난간에 두 손을 얹고 바다 쪽을 바라보고 있는 언니의 뒷모습이 보였다. 침대에 꽃다발을 올려두고 서둘러 방을 나가 언니가 있는 쪽으로 향했다.

가까이 다가가 부르자 언니가 놀란 듯 고개를 움츠리며 천천히 뒤를 돌아본다. 그 움직임이 어쩐지 중학교 교정에서 말을 건넸던 소녀와 닮아 보였다. 또 놀라게 한 건 아닌지, 자신의 부주의함에 화가 났다.

놀랐지, 언니, 미안해.

얼굴도 보기 전에 목소리로 알아차린 듯 언니는 고개를 끄덕이며 미소를 띠었다. 갈색으로 변해버린 이가 듬성듬성한 입가로 침이 흘러 내렸다. 손수건으로 침을 닦아주자 언니는 작은 목소리로 고마워, 라고 말하며 다시 바다 쪽을 바라본다. 날이 저물었지만 더위는 계속되었다. 모자도 양산도 없이 오랜 시간 서 있었을 생각을 하니 언니 건강이 염려되었다. 또 한편으로는 늘 누워만 지내던 언니가 오늘은 밖으로 나와 건강해 보이는 것이 기뻤다.

언니, 뭘 보고 있어?

언니는 전방을 주시한 채 대답하지 않았다. 언니처럼 콘크리트로 만든 나무 난간에 기대어 언니가 보고 있는 쪽을 바라봤다. 불어오는 바람에 사탕수수밭이 천천히 물결치고 있고, 목마황 가느다란 가지와 잎사귀도 넘실거린다. 먼 바다 물결을 따라 흰색 파도가 일렁이며 멀리에서 해조음이 단조로운 소리를 내며 울려온다. 모두가 잠에 빠진 듯 요양원은 조용했고, 정원에 나와 있는 것은 우리 둘뿐이었다. 사탕수수밭을 건너 언덕까지 불어오는 바람이 언니의 짧게 자른 백발을 어지럽힌다. 언니는 기분 좋은 듯 눈을 가늘게 하고 미소를 띠었다. 그 옆모습을 바라보며 이런 온화한 표정이 얼마만인지 생각했다. 문득 언니가 입술을 움직이며 무언가를 말한 것 같았다.

응? 뭐라고?

언니는 바다를 응시한 채, 아무 말도 없었다. 다만 언니가 속삭이던 말만 귓속에 남았다. 아련한 바람소리와 함께.

들렴수다, 세이지.

친애하는 미스터 ****. 보내 주신 편지 감사히 잘 받았습니다. 오키나와에서 개최되는 행사에서, 오키나와 전투 당시 통역병으로 종군한 우리 2세들에게 오키나와 현이 표창을 한다는 소식은 저도 들어 알고 있습니다. 실은 예전 동료로부터 한 달 전쯤 연락이 왔었습니다. 그 역시 저처럼 양친 모두 오키나와 출신이며, 오키나와 전투에 함께 종군했었기 때문에 매우 기뻐했습니다. 꼭 함께 수상식에 가자며, 지금부터 건강을 잘 챙기자고 했습니다. 우리가 전시에 수행한 일이 평가받는다는 것은 기쁜 일입니다. 그런데 그때 저는 그에게 가겠다는 약속을 하지 못했습니다.

이번에 또 당신께서 수상 대상자로 저를 추천했다는 현 담당자의 연락을 받았습니다. 기쁜 마음도 없지 않았지만 솔직히 말씀드리면 당혹스럽습니다. 단도직입적으로 결론부터 말씀드리겠습니다. 저는 당신의 추천을 받아들일 수 없습니다. 이렇게 말씀드리는 것이 당신의 호의를 짓밟는 것 같아 걱정됩니다만, 아무리 생각해도 수상 대상자가 될 수 없습니다. 겸손 때문만은 아닙니다. 저 스스로가 그 대상이 되는 것을 용납할 수 없기 때문입니다.

이제 그 이유를 말씀드려야 할 것 같습니다. 이유도 말씀드리지 않고 거절하는 것은 실례가 되는 일이며, 저의 사퇴로 인해 다른 동료에게 피해가 가는 건 아닌지 걱정도 되어, 그 이유를 당신에게 설명해야겠다고 생각했습니다. 다만 지금부터 쓰는 이 글은 당신 마음속에만 간직해 주시길 바랍니다. 다른 사람에게 절대 말하지 말아주십시오. 그 점을 충분히 이해하신 후 이 글을 읽어주셨으면 합니다. 강요하는 것 같아 죄송합니다만, 그것이 제 간절한 바람이라는 것을 부디 이해해 주셨으면 합니다.

양친이 오키나와 출신인 저는 일본어와 오키나와어 모두 어느 정도 구사할 수 있었습니다. 그 점을 살려 통역병이 되었고, 오키나와에 파견된 것은 알고 계신 그대로입니다. 포로 심문이나 압수한 일본군 문서, 병사 수첩 등에서 중요한 사항을 선별하여 통역하는 작업, 그리고 방공호에 숨어 있는 일본군 병사와 주민에게 투항하도록 권유하는 일. 우리가 수행한 임무는 지금까지 당신에게 말씀드린 바와 같습니다. 그런 일들 외에도 또 하나 제가 오키나와에서 체험한 중요한 사건이 있습니다. 몇 번이나 당신에게 말을 하려고 생각했지만 결국 말하지 못하고 지금에 이르렀습니다. 이번 일이 없었다면 말하지 않은 채로 있었을지 모릅니다. 결코 잊을 수 없는 사건이었기 때문에 떠올리기가 괴로웠습니다. 다른 사람에게 말하지 못하고 마음속에만 묻어두고 있었습니다. 그런 기억이라는 걸 염두에 두시고 다소 이야기가 길어지더라도 마지막까지 읽어주셨으면 합니다.

오키나와로 파견된 저는 곧 바로 오키나와 섬 남부 전투에 참전한 것은 아니었습니다. 당초에는 북부에 상륙한 부대에 있었고 한 달 정도 북부 지역에서 임무를 수행했습니다. 알고 계신 것처럼 북부 지역의 본격적인 전투는 단기간에 종료되었습니다. 반도 산악지대를 거점으로 삼은 일본군의 무기는 형편없었고, 우리 군의 공격에 대항할 만한 전투력을 갖추지 못했습니다. 다만 북부 지역은 산과 밀림으로 이루어져 있어 그 속에서 게릴라전을 펼치는 일본군을 토벌하기란 쉽지 않았습니다. 그럼에도 이미 패잔병에 가까운 일본군은 무기도 형편없는 데다 식량까지 부족해 조직적으로 저항할 만한 힘이 없었습니다.

북부 지역의 전투는 끝났지만 중남부 지역에서는 아직 격렬한 전투가 계속되고 있었습니다. 토벌전과 포로로 잡은 병사와 주민에 대한 대책을 신속히 내놓고 부대를 중남부 전선으로 이동시키는 일이 급선무였습니다.

그런 와중에 한 지역에서 사건이 발생했습니다. 어부 일을 하는 젊은이가 작살로 우리 군 병사를 찔러 중상을 입힌 것입니다. 나는 바로 그 지역으로 투입되어 조사를 담당하는 헌병대 윌리엄 소위의 통역 임무를 맡았습니다. 그 젊은이는 자취를 감추었고 우리는 젊은이가 사는 마을 사람들을 조사를 하는 한편, 현지 부대를 동원하여 젊은이를 체포하기 위해 산속을 뒤지기 시작했습니다.

마을 주민들은 예상 밖으로 협조적이었습니다. 점령 직후부터 주민들에게 의료를 베풀고, 식량을 제공했던 선무공작의 효과가 나타나기 시작한 것입니다. 구장이 솔선하여 산을 수색하는 데 주민들을 동원해 주었고 그 덕에 젊은이가 숨어있던 동굴을 특정할 수 있었습니다. 구장은 젊은이의 행동이 혼자 제멋대로 한 것이며, 일본군과는 아무런 관련이 없으며, 마을 주민들과도 관련이 없다고 했습니다. 젊은이의 이름은 세이지이며, 어렸을 때부터 난폭하고 지능이 떨어져 별난 인물로 취급 받았다는 것입니다. 돌격대 흉내를 내거나 영웅심리에 도취되어 병사를 공격했을 거라며 부상을 입혀서 죄송하다며 사과를 했습니다. 그 과도하다 싶을 정도로 협조적인 언동은 거꾸로 수상쩍은 느낌마저 들게 했지만 다른 주민들의 이야기를 종합해 볼 때 젊은이가 일본군과 관계없이 단독으로 행동한 것은 틀림없어 보였습니다.

숲 안쪽에 있는 동굴을 부대가 에워싸고, 그 바깥쪽에는 백 명 가까운 주민들이 지켜보는 가운데 나는 마이크를 잡고 젊은이에게 무기를 버리고 나오라고 재촉했습니다, 구장도 오키나와 말로 호소했지만, 젊은이는 나오지 않았습니다. 윌리엄 소위의 지시로 동굴 안에 최루탄을 투하했습니다. 30분 정도 지났을까요, 작살에 몸을 지탱하며 젊은이가 비틀거리며 나오더니 큰 소리를 지르며 오른손을 휘둘렀습니다. 그 손에 수류탄이 들려 있는 것을 보고 나는 다급하게 땅에 엎드렸습니다. 다음 순간 수발의 총성이 울리고 젊은이는 하늘을 향해 쓰러졌습니다. 수류탄이 불발되어 우리는 화를 면했습니다.

우리는 젊은이를 주둔지로 연행해 응급처치를 했습니다. 어깨와 다리에 총알을 맞았는데 목숨에는 이상이 없는 상태였습니다. 오히려 최루가스를 맞은 눈 쪽에 중상을 입었습니다. 소위는 젊은이가 수류탄을 가지고 있었기 때문에 일본군이 관여된 것으로 의심하여 조사를 시작했습니다.

침대에 누운 젊은이, 지금부터는 세이지라는 이름으로 부르도록 하겠습니다. 그의 행동이 단독이었는지, 일본군의 명령에 의한 것이었는지, 그것을 명확히 하기 위해 우리는 엄격하게 심문했습니다. 세이지는 의미가 불명확한 말들을 중얼거릴 뿐 제대로 답변하려 하지 않았습니다. 그 말이 오키나와 말이라는 것은 알았지만 부모님이 쓰던 말과 다른 데다 발음도 분명치 않아, 나는 제대로 통역할 수 없었습니다.

소위는 세이지가 심문에 저항하고 있다고 판단했습니다. 그 때문에 조사는 가혹해졌습니다. 어찌되었든 전시 하의 일입니다, 나도 그랬고 때로는 거칠게 다루기도 했습니다. 상처를 입은 세이지에게는 고문처럼 느껴졌을지 모릅니다. 그래도 세이지는 우리의 심문에 굴복하지 않았습니다. 얼굴은 부어올랐고 양쪽 눈은 떠지지 않았습니다. 입술 끝에 피로 범벅이 된 거품을 물고 뜻 모를 헛소리를 반복하는 세이지를 보고 나는 그의 강한 기에 질리고 어쩐지 으스스한 기분마저 느꼈습니다.

화가 치민 윌리엄 소위는 심문을 멈추고 구장에게 사정을 다시 듣기 위해 마을로 향했습니다. 마을 중심부에 있는 광장에 지프차를 세우고 우리는 바로 구장 집을 찾았습니다. 정기순찰 중인 병사를 통해 미리 연락을 취해 놓았던 터라 구장은 집 마당에서 우리를 기다리고 있었습니다. 섬들 가운데 그 마을은 포격과 공습을 거의 받지 않아 대부분의 집이 파괴되지 않고 그대로 남아 있었습니다. 섶으로 이은 낮은 지붕 아래에 놓여 있는 오래된 나무 의자를 소위와 나에게 권했습니다. 소위는 바로 앉았지만 나는 선 채로 통역을 하겠다고 말하고 구장에게 소위 건너편에 가서 앉도록 했습니다. 구장이 떨떠름한 표정으로 나에게 거듭 의자를 권하자, 소위는 나에게 이 남자가 무슨 말을 하는 거냐고 물었습니다. 구장은 그제야 사태의 심각성을 알아차린 듯 의자에 앉았습니다.

세이지라는 젊은이의 행동이 일본군의 명령에 의한 것이 아니냐는 물음에 대해 구장은, 이 일대의 일본군은 이미 전원 체포되어 명령을 내릴 수가 없는 상태이니 그것은 세이지의 단독 행동이 분명하다고 이전과 같은 대답을 했습니다. 긴장을 한 탓인지 이마에선 땀이 흐르고 목소리나 시선도 불안정했습니다. 소위는 그런 그를 믿지 못하겠다는 표정으로 응시했습니다. 소위의 예리한 시선 때문에 구장의 긴장감은 점점 더 고조되었을 겁니다. 구장은 연신 손바닥으로 이마와 목줄기의 땀을 닦아내며 주변에 모여 있는 주민 쪽을 향해 억지 미소를 띠고 있었습니다.

우리가 광장에 지프차를 세우고 구장 집으로 향하는 것을 본 주민들이 모여들어 심문을 시작할 때는 30여 명의 사람들이 집 마당과 울타리 밖에서 이 광경을 지켜보고 있었습니다. 호위하던 병사들이 마당과 문 주위에서 경계태세를 취하고 있었지만 특별히 규제하지는 않았습니다. 구름이 낮게 드리운 무더운 날씨긴 했지만, 구장이 흘리는 땀은 불신감을 심어주기에 충분했습니다.

남자가 단독으로 한 것이라면 그 이유는 뭔가? 짐작 가는 점은 없나?

소위의 말을 전달하자 구장은 이마의 땀을 손바닥으로 닦아 내며 뭔가 말을 꺼내려 멈추고는 내 쪽을 향해 얼굴을 일그러뜨렸습니다. 비굴함이 묻어나는 불유쾌한 웃음이었습니다. 나의 고향인 오키나와 사람이 나에게 보인 그 표정을 바라보는 것이 괴로웠습니다. 공포와 반발, 이 두 가지를 감추고자 던진 비굴한 웃음. 거기에 동요하고 있는 나 자신에게 화가 났고 구장에 대한 노여움도 쌓여 갔습니다.

바른대로 말하시오.

내가 소리를 지르자 구장은 눈을 감았습니다. 내 아버지 연배의 구장에게 소리를 친 것에 자기혐오가 밀려와 나는 괴로운 마음으로 서 있었습니다. 앉아 있는 구장의 무릎이 가늘게 떨리고 있었습니다. 그것을 보고 소위는 코웃음을 치며, 말하지 않으면 부대로 연행해 갈 거라고 했습니다. 그대로 통역하자 구장은 정말 그 남자 혼자 한 행동입니다, 라고 말하며 연신 고개를 숙였습니다. 소위가 침을 뱉으며 자리에서 일어나자 마당 쪽에서 젊은 여자의 목소리가 들려왔습니다.

구장님, 진실을 말하세요.

눈을 돌리자 힌푼ヒンプン이라는 오키나와 지역 특유의 담장 옆에 20세 전후로 보이는 여자가 서서 째려보는 듯한 눈길로 우리 쪽을 바라보고 있었습니다. 구장의 얼굴이 순식간에 붉어졌습니다. 소위는 뭐라는 것이냐고 물었고, 내가 여자의 말을 전하자 손짓을 하며 불렀습니다. 색이 검은 작은 체구의 여자는 금방이라도 울음을 터트릴 것처럼 입술을 앙다물었지만 이내 당당한 걸음걸이로 내 옆으로 왔습니다.

쓸데어신 말 허지 말라.

구장의 섬말은 나도 알아들었습니다.

쓸데없는 말이라니 그게 뭡니까?

내가 묻자 구장은 놀라서 나를 보고는 곧 시선을 피했습니다.

이름이 뭐죠?

마쓰다 가나松田カナ예요.

여자의 목소리는 가늘게 떨렸습니다. 그러나 정면으로 나를 응시하는 깊고 검은 눈동자에는 강인한 의지가 보였습니다.

당신이 알고 있는 게 뭐죠? 진실이라고 했는데 그게 뭔가요. 모두 말씀해 주시죠.

여자는 깊숙이 숨을 들이키고는 미국 병사 네 명이 사요코를 범해서 그래서 세이지가 화가나 혼자서 적을 물리치려고 한 겁니다. 나쁜 쪽은 그 미국 병사들이에요……, 라며 거침없이 말하기 시작했습니다. 나는 당황하여 여자의 말을 막으며 좀더 천천히 말씀해 주세요, 라고 부탁하고는 소위에게 통역했습니다.

그것은 여자의 입을 통해 듣기에는 너무도 가혹한 이야기였습니다. 여자는 때때로 목멘 소리로 바닷가에서 조개를 줍고 있던 사요코라는 소녀가 우리 군 네 명의 병사에게 습격당해 강간당했다는 것. 세이지는 사요코의 어릴 적 친구라는 것. 나쁜 쪽은 미국 병사들이라는 것을 말하고는 부디 세이지를 죽이지 말아 달라고, 도와 달라고, 두 손을 모으고 눈물을 흘렸습니다.

마지막 말까지 통역이 끝났지만 나도 소위도 어떻게 대응해야 좋을지 몰랐습니다. 말하는 모습으로 보건대, 그 여자가 거짓말을 하는 것 같진 않았습니다.

저 여자 말이 사실인가?

소위는 구장을 다그쳤습니다. 구장은 고개를 숙인 채 무언가 생각하는 듯하더니, 여자 쪽으로 시선을 돌리며 사실입니다, 라고 대답했습니다. 소위는 구장을 째려보며, 여자에게 고맙다는 인사를 전하고, 주위에 모여 있는 주민들을 둘러보았습니다. 모습을 지켜보고 있던 사람들은 아이를 빼고는 소위와 눈을 마주치려 하지 않았습니다. 단한 사람, 조금 전 말한 여자만이 소위를 응시하고 있었습니다.

그 피해를 당한 소녀는 지금 어떻게 하고 있나?

소위의 말을 전하자 구장은, 집안에 틀어박혀 있습니다, 라고 작은 목소리로 답했습니다.

그 부모는 지금 어디 있나?

아마 집에 있을 겁니다.

구장의 답변을 전하자 소위는, 지금 바로 그 집으로 가서 부모와 본인에게 사정을 들을 테니 구장에게 안내하도록 했습니다. 구장은 일어서더니 아, 바로 가까이에 있습니다, 예예, 라며 고개를 숙이고, 증언을 한 여성에게 무언가를 말했지만, 여자는 미동하지 않았습니다. 소위는 호위 병사들에게 다른 주민들을 광장 가주마루 나무 아래로 집결하도록 지시하고, 나와 구장을 대동하고 소녀의 집으로 향했습니다.

소녀의 집은 걸어서 일 분도 걸리지 않았습니다. 후쿠기로 덮인 가야부키茅葺き 띠로 지붕을 임 지붕의 집이었고, 그 옆집은 체포 직후 조사하러 왔던 세이지의 집이었습니다. 그때 안내했던 구장이 옆집에 피해자 소녀가 있음을 보고하지 않았다는 사실에 소위는 노여움

을 느꼈지만 이를 억누르며 구장을 다그쳤습니다. 구장은 죄송합니다, 죄송합니다, 를 연발하며 머리를 조아렸습니다.

구장이 앞장을 서서 사람을 부르자 40세 전후의 여성이 나왔습니다. 피해를 입은 소녀의 모친입니다, 라며 구장은 우리 앞으로 여성을 불러 세웠습니다. 여성은 겁먹은 표정으로 나와 소위를 바라보며 구장의 설명을 듣고 있었습니다. 소녀에게 사정을 듣고 싶다는 우리의 요구에 여성은 시선을 떨군 채 아무런 말이 없었습니다. 돗자리가 깔린 마루로 구장이 올라가고, 나와 소위는 신발을 신은 채로 올라갔습니다. 키가 큰 소위는 몸을 숙이지 않으면 대들보에 머리가 부딪히니 구부정한 자세를 해야 하는 게 마음에 들지 않은 듯 혀를 찼습니다. 그 소리가 구장에게 위협적으로 들렸던 모양으로 아첨하듯 웃으며 구장은 안쪽 방문을 열었습니다.

방안은 어두침침해 잘 보이지 않았습니다. 그러나 방 안에서는 우리의 모습이 보였을 겁니다. 그러자 곧 어둠 속에서 비명이 터져 나왔습니다. 그렇게 격렬하고 아픈 비명을 나는 지금껏 들어 본 적이 없습니다. 그 소리는 내 몸 깊은 곳을 관통하며 그곳에 박혀버렸습니다. 구장도 소위도 미동도 할 수 없었습니다.

어두운 방 안에서 마루를 쾅쾅 울리는 소리가 나자 공기의 흔들림이 전달되어 왔습니다. 순간 몸을 웅크리고 있던 야수가 뛰어오르며 날카로운 이빨과 발톱을 세우며 덮쳐 오는 것 같은 공포가 나를 엄습했습니다. 소위가 허리춤으로 손을 가져가는 것이 보였습니다. 무언가가 부딪히는 커다란 소리가 들리고 떨어져 나간 덧문과 함께 기모노 차림을 한 몸이 마당으로 굴러 떨어졌습니다. 일어선 것은 야수와 조금도 닮지 않은 소녀였습니다. 가슴 언저리까지 길게 기른 검은 머리칼이 산발이 되고 표정은 불규칙한 압력이 가해진 듯 일그러져 있었지만 그래도 또렷한 눈매와 눈썹, 코와 입술의 형태가 소녀의 아름다움을 한층 선명히 해 주었습니다. 그러나 소녀의 목젖 깊은 곳에서 터져 나온 비명을 다시 들었을 때 그 인상은 나에게서 날아가 버렸습니다. 나와 소위를 보고 소녀는 몇 번이고 비명을 지르며 목덜미와 어깨, 가슴 등을 마구 긁으며 쥐어뜯었습니다. 옷이 벗겨져 가슴이 드러나자 그 가슴에 손톱으로 사선으로 달리듯 붉은 선이 드러나 있었습니다. 끈이 풀려 옷이 아래로 흘러내리자 소녀는 음모를 쥐어뜯듯 양손으로 성기에 상처를 내며, 우리를 응시하며 비명을 지르고 있었습니다. 그리고 몸을 돌려 문밖으로 뛰쳐나갔습니다.

그때까지 우리 뒤에 서 있던 어머니가 큰 소리를 치며 우리를 떠밀어내고 마당으로 뛰어 내려가 옷을 주워 들고 소녀의 뒤를 쫓았습니다. 나와 소위는 그곳에 선 채로 소녀와 어머니의 소리가 멀어져 가는 것을 듣고 있을 수밖에 없었습니다. 좁은 마당은 후쿠기의 진한 녹음이 그늘을 만들어 서늘한 공기가 흐르고 있었고, 떨어져나간 덧문만 없었다면 조금 전까지 소녀가 날뛰었던 것이 모두 거짓말인 것처럼 느꼈을 것입니다. 그러나 소녀의 비명은 내 귓속 깊숙한 곳에서, 아니, 몸속 깊숙한 곳에서 계속해서 울리고 있었습니다.

아무 말 없이 서있던 소위는 마당으로 내려가 주위를 둘러보고는 문 쪽으로 향했습니다. 나도 곧 그의 뒤를 따랐는데, 문득 등 뒤에서 인기척이 나서 뒤를 돌아보았습니다. 어디에 숨어있었는지 소녀의 여동생과 남동생인 듯한 아이들이 방에서 얼굴을 내밀고 있었습니다. 그 투명한 눈에 자신이 어떻게 비춰졌을까, 하는 생각이 들자, 나는 도망치듯 소위가 있는 곳으로 달려갔습니다.

광장의 가주마루 나무 아래에는 모여든 주민들로 소란스러웠습니다. 눈앞을 뛰어가던 벌거벗은 소녀와 어머니를 보고 우리가 난폭한 행동을 한 것이라고 오해한 듯했습니다. 빠른 걸음으로 오고 있는 윌리엄 소위를 보고 주민들의 움직임과 소리가 멈췄고, 팽팽하게 긴장된 공기가 광장을 압도했습니다. 호위하던 병사가 총으로 위협하지 않았더라면 우리를 습격했을지도 모릅니다. 아니, 실제로 그런 일은 일어나지 않았을지 모르지만 그때 나는 나를 향하던 주민들의 어두운 눈빛에 공포를 느끼지 않을 수 없었습니다. 마음속 동요를 들키지 않도록 애써 의기양양한 모습으로 소위의 뒤를 바짝 따랐습니다. 소위는 걸으면서 몸을 살짝 숙이더니 아까 본 건 절대 밖으로 발설하지 말라고 강한 어조로 말했습니다. 네! 알겠습니다, 반사적으로 자세를 바로잡으며 대답하자, 소위는 걸음을 더욱 재촉하며 가주마루 나무쪽으로 향했습니다. 내 등 뒤로 구장이 당황한 모습으로 뛰어 왔습니다.

소위는 주민들을 향해 지금 즉시 해산할 것, 자세한 지시는 추후 구장을 통해 연락할 것이므로 그때까지 외출을 삼가고 집에 머물 것을 명령했습니다. 내가 이 말을 통역하자 주민들은 말없이 흩어졌습니다. 그것을 바라보던 소위는 이어서 전원 지프차에 올라타도록 하고 구장도 동석토록 했습니다.

부대로 돌아온 소위와 나는 바로 구장으로부터 사정을 전해 들었습니다. 구장의 증언은 많이 달라져 있었습니다. 마을 젊은 여자의 말처럼, 네 명의 병사에게 소녀가 강간을 당했다는 것. 그 외에도 몇 명의 여자가 같은 일을 당했다는 것. 마을 여자들은 모두 겁에 질려 있었지만 병사들이 총을 들고 있어 어쩔 도리가 없었다는 것. 세이지라는 남자가 작살로 미군 병사에게 상처를 입힌 것은 강간당한 소녀의 보복이라고 생각한다는 것. 그러한 내용을 구장은 요설쟁이마냥 하나하나 풀어놓았습니다. 이야기를 듣고 있던 소위는 어째서 지금까지 그 일을 말하지 않았느냐고 한 대 칠 듯한 기세로 구장을 다그쳤습니다. 구장은 겁에 질려 그저 용서를 구할 뿐이었습니다.

사정을 대강 듣고 난 후 소장은 의자에 기대어 팔짱을 끼곤 턱과 입술 위쪽을 손가락으로 매만지며 벽을 뚫어져라 응시하고 있었습니다. 유쾌하지 못한 생각을 해야 하는 데에서 오는 초조한 표정이 그대로 드러나고 있었고, 구장뿐만 아니라 나도 소위의 노여움이 당장이라도 폭발할 것 같아 긴장하고 있었습니다. 테이블을 손바닥으로 두드리며 소위가 구장을 보자, 구장은 무릎을 모으며 고쳐 앉았습니다.

마을 생활은 지금대로 하면 된다. 헌병의 순찰을 늘리고 이 같은 사건이 발생하지 않도록 한다. 대원에게 상처를 입힌 남자는 회복하는 대로 석방한다. 이 건에 대해서는 더 이상 소문이 확산되지 않도록 구장은 질서유지에 힘써주기 바란다. 통역하는 나의 말을 다 듣고 난 구장은 자리에서 일어나 알겠습니다, 반드시 실행하겠습니다, 라고 대답하고 머리를 깊이 숙였습니다. 소위는 무심한 얼굴로 자리에서 일어나 구장을 마을로 데려다 주고 오는 길에 상황을 살펴보고 오라고 나에게 명령한 후 방을 나갔습니다.

다시 지프차에 올라 마을로 돌아가는 동안, 구장은 나에게 말을 걸고 싶어 하는 눈치였지만, 나는 계속 무시하고 있었습니다. 세이지라는 젊은이를 붙잡기 위해 온 산을 뒤지고 다니기까지 한 우리를 속인 구장에게 노여운 마음을 누를 길이 없었습니다. 소위의 조치가 너무도 온건하여 의외였고, 이 남자에게 무거운 벌을 줘야 한다고 생각했습니다.

그러나 소위의 의중도 생각 못한 바는 아닙니다. 원칙대로라면 마을 여자들을 덮친 네 명의 병사를 군법회의에 걸어 처벌해야 하겠지만, 그렇게 하지 않고 내밀하게 처리하려 한 것입니다. 나는 그렇게 미루어 짐작하고 소위의 의중에 따라 신중히 행동하지 않으면 안 된다고 생각했습니다.

마을 광장에 도착했을 때는 해질녘이 되어 가고 있었습니다. 낮게 드리운 하늘은 검붉은 빛이 펼쳐져 있었고, 광장은 고요했습니다. 평소 같으면 가주마루 나무 아래에서 놀고 있을 아이들의 목소리도 들리지 않았습니다. 주민들은 소위의 지시대로 집에 틀어박혀 있는 듯했습니다. 구장에게 소위의 지시를 복창하게 하자 필사적으로 암기한 것을 피로하듯 막힘없이 대답했습니다. 그것이 이 남자의 살아가는 요령이라고 생각하니 더욱 더 기분 나쁜 감정이 쌓였습니다.

구장을 돌려보내고 나는 조금 망설이다가 소녀의 집으로 향했습니다. 문 앞까지 와서 상황을 살펴보니, 덧문이 닫혀 있었습니다. 어둠 속에서 소녀를 중심으로 서로 껴안고 있을 부모와 남동생, 여동생들. 그런 모습이 떠오르자 나는 그 안으로 들어갈 수가 없었습니다. 나를 향하던 소녀의 눈길과, 몸에서 나오는 것이 아닌 영혼 깊은 곳에서 뿜어져 나오는 비명. 그것이 되살아나서 나는 쫓기듯 지프차로 돌아왔습니다.

지프차에 흔들리며 부대로 돌아오는 동안, 아니, 귀대 후 소등시간이 되어서도 소녀의 눈길과 비명이 뇌리에서 떠나지 않았습니다. 자신의 잘못이 아님에도 양심에 찔린다고 할까 죄악감이라고 할까, 그런 감정들이 밀려와 잠을 이룰 수 없었습니다.

내가 할 수 있는 일은 없을까. 그렇게 생각해 보았지만 내 마음대로 행동할 수 있는 건 아무 것도 없었습니다. 내가 할 수 있었던 건,

구장을 통해 소녀의 집에 얼마간의 식량을 융통하는 정도였습니다.

내 예상대로 소위는 내밀하게 조사를 진행한 듯했습니다. 네 명의 병사를 조사하는 데에는 나는 들어가지 않았습니다. 사건 뒷수습 역시 자세한 내막은 알 수 없었습니다. 부대 안에서 네 명이 저지른 일이 화제가 되는 일은 없었습니다. 설령 알려졌다고 해도 그런 일쯤은 점령지에서는 드문 일은 아니었습니다. 실제로 그 후로도 나는 여러 번 그런 부류의 이야기를 들었습니다. 주민에게 위해를 가한 자는 엄벌에 처한다, 라는 상관의 주의가 있어도 병사들 대부분은 한 귀로 듣고 흘려버렸습니다.

상처를 입은 병사는 얼마 안 있어 본국으로 송환되었고 다른 세 명은 남부 전선으로 보내졌다는 말만 어느 날 윌리엄 소위로부터 들었습니다. 네 명에게 취해진 조치에 처벌의 의미는 없었습니다. 부대 대부분이 남부 전선으로 이동해 가게 되었기 때문입니다. 나도 그 중 하나였습니다. 그 후 남부의 전투를 겪은 이들 입장에서 보면 세이지에게 작살로 찔려 급하게 본국을 송환된 병사는 오히려 행운이었다고 할 수 있겠지요.

이동하기 전에 해 두어야 할 일이 나에게 부과되었습니다. 세이지를 마을로 돌려보내는 일이었습니다. 사건의 진상을 알고 난 후 조사할 때 거칠게 다루었던 일이 후회가 되어 견딜 수 없었습니다. 같은 부대 병사로 인해 상처를 입은 주민들에게 의료반은 최소한의 치료밖에 하지 않았습니다. 사정을 설명하고 정중하게 다루어 줄

것을 요청하고 싶어도 말하지 못하고 지켜볼 수밖에 없었습니다. 어깨와 다리에 입은 총상은 수술과 항생제의 힘으로 악화되지 않고 아물었지만 문제는 눈이었습니다. 최루가스에 장시간 노출되었던 것과 그 이후의 처치가 적절치 않았기 때문이겠죠. 다른 원인도 있었겠지만 부기가 빠져도 시력은 회복되지 않았습니다. 상태를 보러 가면 늘 세이지는 침대 위에서 천장을 바라보고 누워 낮은 목소리로 헛소리를 하고 있었습니다. 그 말의 의미를 이해하는 날은 결국 오지 않았습니다.

　남부로 이동하기 전날, 나는 세이지를 집으로 돌려보냈습니다. 목발을 짚고 걸을 수 있게 되었지만 눈이 보이지 않아 지프차를 오르고 내리는 일은 도움이 필요했습니다. 지프차로 마을을 향하는 동안 세이지는 늘 그렇듯 뜻 모를 말을 되뇌고 있었습니다. 마을로 들어가 광장을 가로질러 세이지 집 앞에 지프차가 멈춰 서자 후쿠기로 뒤덮인 마당에서 어머니와 아버지가 달려 나와 몇 번이고 나에게 머리를 숙여 인사를 했습니다. 구장을 통해 부모에게 세이지가 돌아오는 날짜를 미리 연락해 두었기 때문입니다.

　세이지를 내려놓고 마을 사람들이 모이기 전에 바로 사라질 작정이었습니다. 그러나 아무래도 옆집이 신경이 쓰여 나는 문 앞까지 걸어가 상황을 살폈습니다. 덧문은 열려 있었고 돗자리가 깔린 마루가 보였지만 인기척은 없었습니다. 뒷방에 소녀가 있을지도 모른다고 생각했지만 내가 온 것을 알기라도 하면 다시 공포에 빠져들

것 같았습니다. 모자를 벗어 가볍게 목례를 한 후 나는 지프차로 돌아가려 하고 있었습니다.

그때 어머니의 팔에 이끌려 세이지가 바로 옆에 와 있었습니다. 내가 뒤로 물러서자 세이지는 문 앞에 서서 무언가를 중얼거렸습니다. 지금까지 헛소리 같았던 말들과 달리 침착한 목소리로 꺼낸 말은, 나도 처음 들었습니다.

댕겨완, 사요코

무언가 냄새를 맡듯 깊숙이 숨을 들이쉬며, 천천히 뱉어내는 세이지의 옆얼굴에는 지금까지 본 적이 없는 늠름함이 있었습니다. 구장이나 다른 주민들에게서 들었던 세이지에 대한 평가가, 아니, 나 스스로가 평가절하 했던 것이 완전히 오산이었음을 나는 깨달았습니다. 꼿꼿하게 서 있는 세이지의 감겨진 눈에서 눈물이 떨어졌습니다.

나는 모자를 고쳐 쓰고는 경례를 하고 지프차에 올라탔습니다. 그것이 내가 본 세이지의 마지막 모습이었습니다. 나는 그 이후 두 번 다시 마을에 가지 않았습니다.

남부 전선에서 내가 어떤 나날들을 보냈는지는 여러 차례 당신에게 말했으므로 반복하지 않겠습니다. 분명한 건 내가 방공호 안에 숨어 있는 주민을 몇 백 명이나 구출했다는 사실입니다. 그 일을 나는 지금도 자랑스럽게 생각합니다. 다만 그와 동시에 나는 세이지라는 젊은이와 그가 지키고자 했던 사요코라는 소녀의 일을 잊을수가 없습니다. 그리고 나와 소위를 보고 마당을 뛰쳐나가 도망친소녀의 눈길과 비명을 떠올릴 때마다 나의 자긍심은 사라져 버립니다. 소녀에게는 나도 무서운 미군 병사 중 하나에 지나지 않았던 것입니다.

당신은 지나친 생각이라고 말할지 모릅니다. 나 자신 몇 번이나자기변명의 말을 찾고 나에게 아무런 죄도 없다, 고 스스로에게 되뇌어 왔습니다. 그럼에도 불구하고 소녀의 그 눈길과 비명은 어떤말을 늘어놓아도 그것을 무너뜨리고, 내 안의 양심의 가책과 견딜수 없는 생각들을 부채질합니다. 그런 생각이 드는 한 당신의 청을받아들이기 어려울 것 같습니다.

이야기가 길어졌습니다. 이 편지를 쓰는 데 일주일 넘게 걸렸습니다. 이런 이야기는 가족에게도 말한 적이 없습니다. 지금까지 우리 노병들의 이야기에 진지하게 귀를 기울이고, 계속해서 기록해주신 당신이기 때문에 나는 고백할 수 있었던 것입니다. 그래서 또반복하지만 이 이야기는 공표하지 말아 주십시오. 공표했다고 해서무슨 문제가 생기는 것은 아니겠지만 말입니다. 이미 이 일들은 60년도 더 된 일입니다. 그래도 이 이야기는 당신의 기억 안에만 있었으면 좋겠습니다.

세이지라는 젊은이와 사요코라는 소녀는 살아 있다면 아마 70대후반쯤 되었을 테죠. 두 사람이 그 후 어떻게 되었는지, 나는 전혀 알지 못합니다. 다만 나는 두 사람이 인연을 맺어 행복하게 살고 있을 거라고 믿고 싶습니다. 그것이 나 자신을 위로하기 위한 것임을 알면서도 그렇게 바라고 싶습니다.

　이 편지를 읽고 당신이 이해해 주기를, 그리고 우리의 전쟁을 계속해서 기록해 온 당신의 작업이 앞으로도 순조롭게 이어져 보도되기를 바랍니다. 젊은 세대가 당신이 기록한 우리의 증언을 읽고 두 번 다시 그러한 전쟁을 일으키지 않도록 노력해 주었으면 좋겠습니다. 이 바람은 쉽게 이루어질 것 같지 않습니다. 그러나 설령 그렇더라도 그것이 사라져 가는 노병의 간절한 희망인 것입니다.

　　　　　　　※ 이 작품은 픽션이며 실제 섬이나 인물과는 관련이 없습니다.

옮긴이의 말

『기억의 숲』(원제는 『眼の奥の森』)은 오키나와 출신 작가 메도루마 슌의 장편소설이다. 2004년 가을호부터 2007년 여름호까지 계간지 『전야前夜』(2004년 창간)에 총 12회에 걸쳐 연재되었던 것을 수정·가필하여 2009년 5월에 가게쇼보影書房에서 단행본으로 간행되었다. 작가가 『전야』라는 잡지를 선택하여 이 소설을 연재한 데에는 적지 않은 의미가 있는 것으로 보인다. 왜냐하면 『전야』는 전쟁체제로 기울어가는 일본 사회에 경종을 울리고, 이에 대항하기 위한 사상적·문화적 거점 구축을 목표로 하여 NPO 전야前夜에 창간된 진보적 성향의 잡지이자, 작가 메도루마 슌이 추구하는 소설 세계와도 맞닿아 있기 때문이다. 실제로 『전야』의 창간을 전후한 시기는, 미국에서 9·11 동시다발 자살테러가 발생하고 곧 이어 아프가니스탄 전쟁이 발발하는 등 세계정세가 위태로운 상황이었다. 당시 미국 부시 대통령은 "국민들을 기아상태로 방치하고, 미사일과 대량파괴

무기로 무장하고 있다"고 비난하면서, 북한을 비롯한 이란, 이라크를 '악의 축'으로 지목했다. 일본도 이러한 흐름에 편승하여 헌법을 어기고 자위대의 이라크 파병을 허용하는 한편, 야스쿠니신사靖國神社 참배를 강행하는 등 한국, 중국과의 관계를 악화일로로 치닫게 하였다.

일본 사회의 우경화 분위기는 오키나와에 대한 인식에서도 그대로 드러난다. 2004년 오키나와국제대학에 미군 헬기가 추락하는 사건이 발생한 가운데 오키나와 주민의 반핵·반기지 운동에 대한 부정적 시선이 확산되고, 오키나와 전투에서의 '집단자결'의 강제성을 부정하는 역사수정주의의 움직임이 가시화되는 것도 이 무렵이다. 소설의 현재 시점이 2005년으로 설정된 것은 바로 이러한 일본 및 오키나와, 그리고 동시대 세계정세를 반영하는 상징성을 띠고 있다고 하겠다.

소설의 배경은, 1945년 오키나와 전투 당시와 그로부터 60여 년이 흐른 2005년으로, 이 두 개의 커다란 시간축을 자유롭게 넘나들며 전개된다. 또한 그 사이사이에 베트남전쟁과 9·11테러를 배치함으로써 끊임없이 되풀이되고 있는 폭력의 연쇄성에 대한 작가 특유의 비판적 시각과 폭력의 현재성을 사실적으로 드러내 보이고 있다.

소설의 큰 흐름은, 오키나와 전투 당시 본도 북부의 작은 섬 해변에서 17세 소녀 사요코가 복수複數의 미군 병사들에게 성폭행을 당하는 사건이 벌어지고, 그로부터 얼마 후 사요코를 염모하던 소년 세이지가 바다 속으로 뛰어 들어 가해자인 미군 병사들을 작살로 찔러 복수하는 내용으로 요약할 수 있다. 이 때 세이지의 폭력은 가해자 측의 폭력에 대응하는 피해자 측의 이른바 '대항 폭력對抗暴力'라고 할 수 있는데, 이것은 앞서 언급한 되풀이되는 폭력의 연쇄성과 함께 메도루마 슌의 작품 세계를 관통하는 주요 개념에 해당한다. 폭력에 대한 작가의 예리한 시각은 여기에 멈추지 않는다. 집단따돌림이라는 학교폭력에 시달리고 있는 여중생을 통해 현대 사회 곳곳에 만연한 일상의 폭력에까지 주의를 환기시킨다.

이 소설의 또 하나 특징으로는, 소설의 시점인물이 하나가 아니라는 점이다. 소설 안에 장 구분은 되어 있지 않지만, 편의상 10개의 장으로 나눌 수 있는데, 그 구분에서 두드러지는 점은 시점인물의 변화다. 미군에 의한 오키나와 소녀의 성폭행이라는 하나의 사건을 둘러싸고, 사건과 직간접적으로 관련이 있는 다양한 시점인물을 통해 기억·기술하게 함으로써 누가 무엇을 은폐하고 무엇이 은폐되어 왔는지 날카롭게 파헤친다. 사요코가 성폭행을 당한 장소에 함께 있던 여동생 또래의 후미(1장)와 히사코(3, 4장), 당시 구장 가요(2장), 세이지(1, 5장), 오키나와 출신 소설가(6장), 폭력의 가해 당사자이자 세이지의 작살에 상해를 입은 미군 병사(7장), 학교폭력에 시달리는 여중생(8장), 사요코의 여동생 다미코(9장), 2세 통역(10장) 등이 주요 시점인물이다. 그러나 정작 가장 직접적인 피해 당사자라고 할 수 있는 사요코의 목소리는 배제되어 있다. 유일하게 사요코의 목소리를 들을 수 있는 것은, 과거의 기억을 잃고 병들고 쇠약해진 몸을 의탁하고 있는 요양시설에서 바다를 응시하며, 애타게 자신을 부르는 세이지의 목소리에 응답하는 다음과 같은 두 장면이다.

'내 목소리가 들렴시냐? 사요코……. 바람을 타고, 파도를 타고, 흘러가는 내 목소리가 들렴시냐? 해는 서쪽으로 지고, 바람도 잔잔해져서, 이제 좀 전딜 만한디, 너는 지금 어디에 이신 거니? 너도 바당 건널편에서, 이 바람을 맞으멍, 파도소리를 듣고 이신 거니…….' (130쪽)

'들렴수다, 세이지.' (238쪽)

오키나와에 가해진 폭력의 상흔을 어루만지고 치유해 주는 듯한, 작가의 섬세한 필치가 돋보이는 장면이 아닐 수 없다.

작가 메도루마 슌은 '오키나와 전후 제로년沖縄戦後ゼロ年'이라는 표현을 통해 지금도 여전히 전쟁의 위기에서 자유롭지 않은 오키나와의 상황과 신식민지적 현실을 고발한다. 잘 알려진 것처럼 작가는 지금까지도 미군 신기지 건설 반대운동으로 소설에 전념하지 못하는 나날들을 이어가고 있다. 그러나 작가 자신도 밝히고 있듯 그러한 상황이 없었다면 『기억의 숲』과 같은 소설은 탄생치 못했을 것이다. 분명한 것은 메도루마 슌 소설의 힘, 더 나아가 오키나와 문학의 세계성은 바로 이러한 폭력을 감지하는 예리한 감수성에서 비롯되었다는 것이다.

이 책이 번역되어 나오기까지 많은 분들의 도움과 격려가 있었다. 우선『기억의 숲』을 추천해 주고 번역되어 나올 수 있도록 격려를 아끼지 않으셨던 김재용 선생님께 감사의 마음을 전하고 싶다. 또『기억의 숲』을 관통하는 핵심요소라고 할 수 있는 오키나와어(우치나구치)를 어떻게 표현할지 고심하던 역자에게 제주어의 숨결을 불어 넣어주고, 표현 하나하나에 세심한 조언으로 소설의 완성도를 높여 주신 김동윤 선생님께 깊은 감사를 드린다. 이 소설의 번역 출판과 관련하여 작가와의 만남을 가졌을 때에 작가가 염려한 부분도 바로 이 오키나와어 표현이었다. 특히 세이지의 독백으로 채워진 5장 부분은 이 소설의 클라이맥스라고 할 만큼 중요한 부분인데, 이 안에는 오키나와어・시마고토바, 일본어・표준어, 가타카나로 표기한 2세 통역의 언어가 뒤섞여 당시의 복잡한 언어상황을 그대로 보여주고 있다. 이것을 표준어로 번역하였을 때와 제주어로 바꿔 표현했을 때를 비교해 보니, 전혀 다른 소설로 보일 만큼 큰 차이가 있었다. 일본어와 오키나와어가, 영어와 독일어의 차이만큼이나 크다고 말한 작가의 의도를 이 정도까지 살릴 수 있었던 것은 전적으로 김동윤 선생님의 노고 덕분이다. 제주어로 바꾸지 않았다면 이 작품은 반쪽자리 번역이 되었을 것이다. 오키나와어를 제주어로 바꾸는 작업은 단순한 번역 그 이상의 함의를 내포하고 있음을 독자들도 함께 느껴주었으면 한다. 마지막으로 반핵・반기지를 향한 작

가의 절실한 염원이 이루어지기를, 그리하여 메도루마 슌의 차기
소설을 읽을 수 있는 그 날이 하루라도 빨리 오기를 기대하며 역자
의 말을 대신하고자 한다.

오키나와 전투 발발로부터 73년이 되는 해

2018년 4월

옮긴이 손지연

메도루마 슌 目取真俊

1960년 오키나와현 나키진今仁帰 출생. 류큐대학 법문학부 졸업. 1983년 『어군기魚群記』(影書房)로 등단한 후, 1997년 『물방울水滴』(文藝秋春)로 아쿠타가와芥川 상과 제27회 규슈예술제九州芸術祭 문학상을 수상하고, 2000년 『넋들이기魂込め』(朝日新聞社)로 가와바타 야스나리川端康成 문학상과 기야마 쇼헤이木山捷平 문학상을 수상했다. 그 외, 『풍음 - The Crying Wind』(リトル·モア), 『무지개 새虹の鳥』, 『오키나와 '전후' 제로년沖縄 「戦後」 ゼロ年』(NHK出版) 등의 작품이 있다. 이 가운데 많은 작품이 한국어로 번역되었으며, 『기억의 숲』은 최근 영어판(IN THE WOODS OF MEMORY')으로도 간행되었다.

손지연

경희대학교를 졸업하고 나고야대학교에서 일본 근현대문학을 전공하여 박사학위를 받았다. 현재 경희대학교 일본어학과 부교수로 재직 중이다. 동아시아의 전쟁과 폭력의 상흔을 젠더와 내셔널 아이덴티티의 관점에서 조명하는 연구를 진행하고 있으며, 지은 책으로 『오키나와 문학의 힘』(공저, 2016), 『오키나와 문학의 이해』(공편, 2017) 등이 있고, 옮긴 책으로 『폭력의 예감』(공역, 2009), 『일본군 '위안부'가 된 소녀들』(2014), 『오시로 다쓰히로 문학선집』(2016) 등이 있다.

글누림비서구문학전집 10

기억의 숲 (원제 : 眼の奧の森)

초판 1쇄 인쇄 2018년 4월 17일
초판 1쇄 발행 2018년 4월 23일

지 은 이 메도루마 슌
옮 긴 이 손지연
펴 낸 이 최종숙
펴 낸 곳 글누림출판사

책임편집 문선희
편   집 이태곤 권분옥 홍혜정 박윤정 추다영
디 자 인 안혜진 홍성권
마 케 팅 박태훈 안현진 이승혜

주   소 서울시 서초구 반포4동 577-25 문창빌딩 2층(137-807)
전   화 02-3409-2055(대표), 2058(영업), 2060(편집)
팩   스 02-3409-2059
전자메일 nurim3888@hanmail.net
홈페이지 www.geulnurim.co.kr
블 로 그 blog.naver.com/geulnurim
북트레블러 post.naver.com/geulnurim
등록번호 제303-2005-000038호(2005.10.5)

정가는 뒤표지에 있습니다.
ISBN 978-89-6327-512-3 04830
     978-89-6327-098-2(세트)

* 이 도서의 국립중앙도서관 출판시도서목록(CIP)은 서지정보유통지원시스템 홈페이지(http://seoji.nl.go.kr)와
  국가자료공동목록시스템(http://www.nl.go.kr/kolisnet)에서 이용하실 수 있습니다.(CIP제어번호: CIP2018010524)